A última fugitiva

Da autora:

Moça com Brinco de Pérola
A Dama e o Unicórnio
O Azul da Virgem
Viva Chama
Seres Incríveis
A Última Fugitiva

TRACY CHEVALIER
A última fugitiva

Tradução
Beatriz Horta

BERTRAND BRASIL

Rio de Janeiro | 2015

Copyright © Tracy Chevalier 2013

Título original: *The Last Runaway*

Imagem de capa: "The silhouette of maize field" © Khomson Satchasataporn / Shutterstock
"White clouds in blue sky" © Elenamiv / Shutterstock
"Young girl with a beautiful tree reflected in a puddle" © Nadya Korobkova / Shutterstock

Editoração: Futura

Texto revisado segundo o novo
Acordo Ortográfico da Língua Portuguesa

2015
Impresso no Brasil
Printed in Brazil

Cip-Brasil. Catalogação na publicação.
Sindicato Nacional dos Editores de Livros, RJ.

C452u Chevalier, Tracy, 1962-

A última fugitiva / Tracy Chevalier; tradução Beatriz Horta. — 1. ed. — Rio de Janeiro: Bertrand Brasil, 2015.

Tradução de: The last runaway
ISBN 978-85-286-2043-6

1. Ficção americana. I. Horta, Beatriz. II. Título.

15-25857

CDD: 813
CDU: 821.111.(73)-3

Todos os direitos reservados pela:
EDITORA BERTRAND BRASIL LTDA.
Rua Argentina, 171 — 2º andar — São Cristóvão
20921-380 — Rio de Janeiro — RJ
Tel.: (0xx21) 2585-2076 — Fax: (0xx21) 2585-2084

Não é permitida a reprodução total ou parcial desta obra, por
quaisquer meios, sem a prévia autorização por escrito da Editora.

Atendimento e venda direta ao leitor:
mdireto@record.com.br ou (0xx21) 2585-2002

Este livro é dedicado ao Acampamento Quaker Catoctin
e à faculdade Oberlin, dois lugares
que me formaram e me orientaram quando jovem

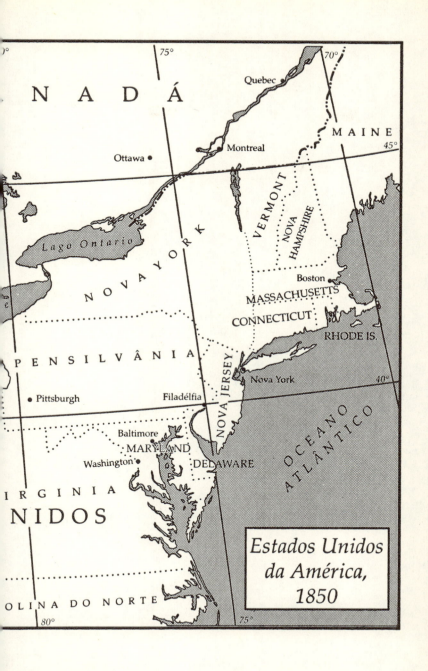

Horizonte

Ela não podia voltar. Quando Honor Bright avisou à família, de repente, que ia com a irmã Grace para a América — quando pegou seus pertences e ficou só com o mais necessário; quando deu todas as suas colchas de retalhos; quando se despediu dos tios, beijou os primos e sobrinhos; quando entrou no vagão que ia levá-las de Bridport; quando ela e Grace subiram, de braços dados, a prancha de embarque no navio em Bristol — fez tudo isso pensando no que não podia dizer: sempre poderei voltar. Mas, oculta no meio dessas palavras, estava a suspeita de que, no instante em que seus pés saíssem do solo inglês, sua vida estaria mudada para sempre.

A ideia de voltar tinha, pelo menos, amenizado um pouco tudo nas semanas que antecederam a partida, como uma pitada de açúcar reduz a acidez num tempero. Fez com que ela ficasse calma e não chorasse como a amiga Biddy, quando Honor deu a ela a recém-terminada colcha de losangos marrons, amarelos e creme que formavam uma estrela de Belém com oito pontas, depois estofada e com a borda pespontada de penas pela qual era conhecida. Ganhou de presente da comunidade uma colcha de retalhos assinada (cada quadrado feito e assinado por um amigo ou membro da família) e o baú não tinha espaço para levar duas colchas. A colcha da comunidade não era tão bem feita quanto a dela, mas claro que tinha de levá-la.

— Fica com ela para lembrares de mim — insistiu, quando a amiga chorosa tentou devolver a colcha da estrela de Belém. — Faço outras em Ohio.

Tentando não pensar na viagem propriamente dita, Honor tentou pensar no final, na casa de madeira que seu futuro cunhado tinha desenhado para Grace nas cartas que enviou de Ohio. "É uma casa sólida, apesar de não ser de pedra, como as que tu estás acostumada", tinha escrito Adam Cox. "Quase todas aqui são de madeira. Só depois que a família se estabelece e pretende ficar no lugar é que se constrói uma casa de tijolos."

"Fica no final da Main Street, na periferia da cidade", ele tinha escrito também. "Faithwell ainda é uma cidade pequena, com quinze famílias de amigos. Mas vai crescer, com a graça do Senhor. A loja do meu irmão fica em Oberlin, uma cidade maior, a cinco quilômetros daqui. Nós dois esperamos trazê-la para Faithwell quando a cidade tiver espaço para um armarinho. Aqui, eles chamam de 'loja de miudezas'. Há muitas palavras novas para aprender na América."

Honor não conseguia imaginar como seria morar numa casa de madeira, material que pegava fogo com facilidade, empenava, rangia e estalava e não dava uma sensação de permanência como a pedra e o tijolo.

Ela tentou centrar os pensamentos na ideia de morar numa casa de madeira, mas só conseguiu pensar na viagem no *Adventurer*, o navio no qual atravessariam o Atlântico. Como qualquer habitante de Bridport, Honor conhecia bem os navios. Algumas vezes, ela tinha ido ao porto com o pai quando chegava um carregamento de cânhamo. Chegou até a embarcar e viu os marinheiros recolhendo velas, enrolando cordas e limpando os conveses. Porém, nunca tinha viajado em um. Uma vez, quando tinha dez anos, o pai levou-os para passar o dia em Eype, um lugarejo próximo. Lá, Honor, Grace e os irmãos saíram de barco a remo. Grace adorou ficar na água, deu gritinhos e risadas e fingiu que ia entrar na água. Mas, enquanto os irmãos remavam, Honor segurava-se nas bordas do barco e tentava não parecer medrosa com o balanço e com a sensação estranha e desagradável da falta de estabilidade. Viu a mãe andando de um lado ao outro na praia, de vestido escuro e touca branca, esperando os filhos voltarem em segurança. Honor não quis mais sair de barco.

Honor tinha ouvido histórias de travessias acidentadas, mas esperava enfrentar essa como fazia com qualquer dificuldade:

com firme paciência. Mas não era do mar, como diziam os marinheiros. Devia ter concluído isso quando ficou com água sob os pés no barco a remo. Depois que o navio deixou Bristol, ela ficou no convés com Grace e outros passageiros, observando o litoral de Somerset e o norte de Devon se desdobrarem na frente deles. Para os outros, a oscilação do navio era uma novidade divertida, mas Honor ficou cada vez mais inquieta, reagia aos movimentos do navio com o cenho franzido, os ombros duros e um peso na garganta, como se tivesse engolido um ferro. Aguentou o máximo que pôde, mas, quando o *Adventurer* passou pela ilha Lundy, o estômago de Honor revirou e ela vomitou no convés. Um marinheiro que passava achou graça.

— Está enjoada e ainda nem saímos do Canal da Mancha! Espere até chegarmos no mar. *Aí* vai saber o que é enjoo! — tripudiou ele.

Honor vomitou no ombro de Grace, nos lençóis da cama, no chão da pequena cabine delas, numa bacia esmaltada. Vomitou quando não tinha mais nada para vomitar, o corpo parecia um mágico fazendo aparecer algo a partir do nada. Não melhorava depois de vomitar. Quando chegaram ao Atlântico e o navio começou a subir e descer grandes ondas, ela continuou enjoada. Agora Grace também estava, além de vários outros passageiros, mas só até se acostumarem com o novo ritmo da embarcação. Honor, não: a náusea não a abandonou durante todo o mês da viagem.

Quando não estava enjoada ela mesma, Grace cuidava de Honor, lavando os lençóis, limpando a bacia, trazendo sopa e biscoito-de-marinheiro, lendo a Bíblia para ela ou um dos poucos livros que levaram: *Mansfield Park*, *The Old Curiosity Shop*, *Martin Chuzzlewit*. Para distrair Honor, a irmã falava sobre a América, tentando fazer com que pensasse no futuro e não no amargo presente.

— O que preferes conhecer: um urso ou um lobo? — perguntava, e ela mesma respondia:

— Um urso, pois os lobos parecem cachorros crescidos demais, enquanto o urso só se parece com ele mesmo. Preferes passear de vapor ou de trem?

Honor sofria só de pensar em outro navio.

— Isso mesmo, de trem — concordava Grace. — Gostaria que pudéssemos ir de trem de Nova York a Ohio. Um dia poderemos. Ah, Honor, imagine só: daqui a pouco estaremos em Nova York!

Honor sorriu, desejando ver aquela mudança como a grande aventura que Grace claramente via. A irmã sempre foi a mais agitada dos Bright, a mais disposta a acompanhar o pai quando ele precisava ir a Bristol, Portsmouth ou Londres. Aceitou até se casar com um homem mais velho e turrão porque ele prometeu tirá-la de Bridport. Grace conhecia os Cox, uma família de cinco irmãos, há anos, desde que eles saíram de Exeter para abrir um armazém, mas só se interessou por Adam quando ele decidiu emigrar para Ohio. Um irmão — Matthew — já estava lá, tinha adoecido e a esposa dele escreveu pedindo para outro irmão vir ajudar na loja. Depois que Adam foi para a América, ele e Grace passaram a se corresponder regularmente e ele gentilmente insinuava se ela iria para Ohio como esposa dele, onde administrariam a loja junto com Matthew e Abigail.

Os Bright se surpreenderam com a decisão de Grace, Honor achava que ela preferiria se casar com um homem mais animado. Mas Grace ficou tão encantada com a possibilidade de morar na América que não pareceu se importar com a discrição do futuro marido.

Grace foi paciente com a irmã, talvez se sentisse culpada por fazê-la ficar semanas enjoada, mas acabou se irritando com o interminável mal-estar de Honor. Após alguns dias, parou de insistir para ela comer, já que Honor só ficava alguns minutos com alguma coisa no estômago. Passou a deixar a irmã sozinha na cabine e andar no convés, sentar, costurar e conversar com as outras passageiras.

Honor fez um esforço para acompanhar Grace numa reunião da Adoração Divina organizada por outros membros da Amigos que estavam a bordo, mas, quando ficou em silêncio com eles numa pequena cabine, não conseguiu tirar todos os pensamentos para esvaziar a mente; achou que, se tirasse, podia perder o pouco de autocontrole que tinha e vomitar na frente deles. Dali a pouco, teve de sair da cabine por causa do balanço do navio e do estômago revirado.

De vez em quando, na desgastante viagem de Bristol a Nova York, quando ela ficava curvada feito um camarão no apertado beliche ou debruçada sobre um penico, Honor lembrava da mãe com seu gorro branco nos seixos da praia de Eype e se perguntava por que largou a segurança da casa dos pais.

Sabia por que: foi porque Grace pediu, esperando que uma nova vida curasse o coração despedaçado da irmã. Honor tinha sido rejeitada e, embora tivesse espírito menos aventureiro, pensar em ficar num lugar onde todos tinham pena dela, fez com que fosse embora junto com Grace. Vivia bem em Bridport, mas depois que Samuel terminou o noivado, ficou tão ansiosa quanto Grace por sair de lá.

Todas as roupas dela ficaram impregnadas com um cheiro azedo, nem lavar adiantava. Honor evitava os outros passageiros e até a irmã. Não aguentava a cara deles de nojo misturado com pena. Ela então descobriu um lugar entre dois barris no convés sotavento e lá ficou, fora do caminho dos marujos apressados e dos passageiros curiosos, mas perto da amurada para onde ela podia correr e vomitar no mar sem chamar atenção. Ficava no convés até debaixo de chuva e frio, era melhor do que a pequena cabine com uma cama de tábua dura e o mau cheiro dos lençóis. Ela estava, no entanto, indiferente à paisagem marítima: o céu e o mar imensos, que contrastavam tanto com as suaves colinas verdes e as cercas vivas de Dorset. Enquanto outros passageiros ficavam impressionados e se distraiam com as nuvens carregadas, com os arco-íris e com o sol prateando a água, com os bandos de golfinhos acompanhando o navio, com o vislumbre de uma cauda de baleia, Honor achava que a monotonia e o enjoo arrasavam tudo o que essas maravilhas da natureza pudessem proporcionar.

Quando não estava debruçada na amurada, ela tentava desviar a atenção do estômago sofrido e embrulhado cuidando dos retalhos para colchas. A mãe tinha dado de presente de despedida centenas de losangos de tecido, amarelos e creme e moldes de papel para Honor fazer rosas de pano como as de sua avó. Ela esperava terminar uma colcha durante a viagem, mas o balanço do convés não deixava que se firmasse para fazer os pequenos pontos idênticos e minúsculos que eram sua marca registrada. Até a simples tarefa de alinhavar os losangos nos recortes (primeira coisa que aprendeu a fazer quando menina), exigia mais concentração que o ondear do navio permitia. Viu logo que qualquer tecido que ela trabalhasse ficaria para sempre manchado pelo enjoo ou pela lembrança dele, o que dava no mesmo. Após alguns dias tentando costurar as rosas, Honor esperou até não ver ninguém por perto e jogou os losangos ao mar, ela enjoaria só de ver aquele tecido de novo. Foi um grande desperdício de precioso material, e sabia que devia tê-los dado para Grace ou qualquer passageira, mas sentia vergonha pelo cheiro deles e por sua própria fraqueza. Ao olhar os pedaços de pano flutuarem e depois sumirem na água, o estômago de Honor se acalmou por um instante.

— Olhe para o horizonte — disse um marinheiro um dia, depois de vê-la ter uma ânsia de vômito. — Levante a cabeça e olhe para onde vamos. Não ligue para as subidas e descidas, os balanços e sacolejos do navio. Olhe para o que está parado e seu estômago vai melhorar.

Honor concordou com a cabeça, embora soubesse que não adiantava, pois já tinha tentado isso. Tinha experimentado tudo o que todos sugeriram: mastigar gengibre, colocar uma garrafa de água quente sobre os pés, um saco de gelo no pescoço. Ela ficou observando o marinheiro pelo canto do olho, nunca tinha visto um negro tão de perto antes. Em Bridport não havia nem um e quando esteve em Bristol uma vez, viu um cocheiro negro passar, mas ele sumiu sem que pudesse olhá-lo direito. Honor reparou na pele do homem: era cor de castanha-da-índia, embora áspera e seca, em vez de lisa e brilhosa. Lembrava uma maçã madura e muito vermelha enquanto as outras ainda estavam verdes claras. E o homem tinha um sotaque indefinível, que podia ser de todo e qualquer lugar.

O marinheiro também a estava observando. Talvez ele não tivesse visto muitas quakers, ou estivesse curioso para ver como era seu rosto quando não estava tomado pela náusea. Normalmente, a testa de Honor era lisa, marcada por sobrancelhas que pareciam asas sobre os grandes olhos cinza. Mas o enjoo deixava marcas onde não havia e tirava a beleza calma de seu rosto, deixando-a com péssima aparência.

— A imensidão do céu me assusta — disse, surpreendendo-se consigo mesma.

— Melhor a senhora se acostumar. Lá aonde vai, tudo é grande. Então, por que vai para a América? Vai procurar um marido? Os ingleses não servem pra senhora?

Não, ela pensou. Não servem.

— Estou acompanhando a minha irmã. Ela vai se casar em Ohio — respondeu.

— Ohio! — zombou o marinheiro. — Não saia do litoral, meu bem. Não vá para onde não possa sentir o cheiro do mar, é o conselho que dou. Vai se perder no meio daquele mato. Ah, lá vai ela outra vez. — Ele se afastou quando Honor se debruçou de novo na amurada.

O capitão do *Adventurer* declarou que aquela foi a mais rápida e tranquila travessia do Atlântico que ele já havia feito. O que só ajudou a atormentar Honor. Após trinta dias de mar, ela desceu no porto de Nova York aos tropeços, esquelética, com a impressão de ter vomitado tudo o que havia dentro dela, só sobrando a casca. Horrorizada, viu que o chão subia e balançava tanto quanto o convés do navio e vomitou pela última vez.

Sabia que, se não conseguiu lidar com a travessia mais fácil que o Senhor poderia lhe conceder, jamais conseguiria voltar para a Inglaterra. Enquanto Grace se ajoelhava no cais e agradecia ao Senhor por ter chegado à América, Honor começou a chorar por lembrar da Inglaterra e da vida que tinha antes. Agora, um mar impossível estava entre ela e sua casa. Não poderia voltar.

Hotel Mansion House
Hudson, Ohio
Vigésimo sexto dia do quinto mês de 1850

Meus queridos mamãe, papai, William e George,

É com enorme pesar que comunico que nossa amada Grace faleceu hoje. O Senhor a levou tão jovem e quando estava tão perto de começar sua nova vida na América.

Escrevo de um hotel em Hudson, Ohio, onde Grace passou a fase final de sua enfermidade. O médico disse que foi febre amarela que, pelo jeito, é mais comum na América do que na Inglaterra. Tive de aceitar o diagnóstico, uma vez que não conheço a doença e os sintomas. Tendo acompanhado o sofrido perecimento de minha irmã, posso dizer que Dorset tem sorte de ser poupada de tal horror.

Já relatei nossa viagem até Nova York. Espero que tenham recebido as cartas enviadas de lá e da Filadélfia. Quando envio cartas daqui, não tenho muita certeza de que vão chegar. Mudamos nossos planos de viagem em Nova York e resolvemos ir de diligência para a Filadélfia e depois da Pensilvânia para Ohio, em vez de pegar barcos a vapor nos rios e canais de Nova York ao lago Erie e depois até Cleveland. Apesar de muita gente ter dito que esses vapores fluviais são muito diferentes de navios marítimos, eu não conseguiria enfrentar a água novamente. Temo agora que meu medo tenha sido fatal para Grace, pois talvez ela não tivesse contraído a febre se tivéssemos ido de vapor. Com seu perdão e a compreensão do Senhor, deverei viver com essa culpa.

Afora um leve enjoo, Grace passou muito bem na travessia e depois na viagem de diligência até Filadélfia, onde nos hospedamos com Amigos por uma semana para nos recuperarmos. Lá, pudemos comparecer à reunião da Arch Street. Nunca imaginei uma tão grande, devia ter uns quinhentos Amigos na sala, que era vinte vezes maior que a de Bridport. Fico contente de Grace ter podido assistir a uma Reunião assim na vida.

Fomos então para Ohio, onde há uma rede de Amigos com os quais os fiéis podem se hospedar na Pensilvânia. Por todo o caminho (em cidades grandes como Harrisburg e Pittsburgh e em locais menores também) fomos bem recebidas, mesmo quando Grace teve os primeiros sinais da febre amarela, dois dias após sairmos de Harrisburg. Começou com febre, calafrios e enjoo, sintomas que poderiam ser de muitas doenças, por isso só nos preocupamos com o mal-estar de Grace, nas diversas diligências em que percorremos a Pensilvânia.

Ficamos alguns dias em Pittsburgh e ela deu a impressão de melhorar, a ponto de insistir para seguirmos viagem. Lastimo ter obedecido a ela e não ao meu instinto, que me dizia que ela precisava descansar mais, porém estávamos ansiosas para chegar a Faithwell. Infelizmente, no dia seguinte, a febre voltou, dessa vez acompanhada de vômito negro e o tom amarelo da pele que, hoje sei, confirmam a doença. Foi muito difícil convencer os cocheiros a não nos deixarem na beira da estrada e levar-nos até Hudson. Lastimo dizer que precisei gritar com eles, embora os Amigos não costumem fazer isso. Os passageiros não queriam que ficássemos dentro da diligência por medo de contágio e os cocheiros nos obrigaram a nos empoleirarmos no meio das bagagens, no teto da diligência. Foi uma solução muito precária, mas encostei Grace em mim e segurei bem firme para ela não caísse.

Em Hudson, levou apenas uma noite até o Senhor chamá-la para a morada eterna. Ela delirou quase o tempo todo, mas ficou lúcida por alguns momentos nas últimas horas e conseguiu expressar seu amor por cada um de vocês. Eu preferia levá-la para ser enterrada em Faithwell, entre Amigos, mas ela foi enterrada hoje em Hudson, pois todos temiam que a infecção se espalhasse.

Já que estou tão perto de Faithwell, estou determinada a seguir em frente. Fica a apenas sessenta quilômetros de Hudson, o que não é nada depois dos seiscentos quilômetros que percorremos de Nova York até aqui e os milhares mais que fizemos pelo mar. Sofro por Grace ter ficado tão perto de seu novo lar e nunca conhecê-lo.

Não sei o que farei quando chegar lá. Adam Cox ainda não sabe dessa triste notícia.

Grace sofreu muito e enfrentou tudo com coragem, mas agora está em paz com o Senhor. Sei que um dia voltaremos a encontrá-la e isso me dá algum conforto.

Sua amada filha e irmã,
Honor Bright

Colcha

Honor ainda não tinha se acostumado com o fato de depender totalmente de estranhos para hospedá-la, dar comida, levá-la de um lugar a outro e até para sepultar a irmã morta. Não tinha viajado muito na Inglaterra, fez apenas pequenas viagens a vilarejos próximos, esteve em Exeter uma vez para o Encontro Anual dos Amigos, e outra vez em Bristol, quando o pai tinha negócios lá. Costumava conhecer quase todo mundo com quem se relacionava, sem precisar se apresentar e explicar nada. Não era muito de conversar, preferia o silêncio, já que isso permitia que reparasse nas coisas e pensasse. Grace tinha sido a falante e animada da família, costumava falar por Honor, de modo que podia ficar calada. Sem a irmã, Honor foi obrigada a se manifestar mais, a contar sua situação várias vezes para as várias pessoas estranhas que cuidaram dela quando a diligência deixou as duas Bright no hotel em Hudson.

Após o enterro de Grace, Honor ficou sem saber o que fazer: se mandava um recado para Adam Cox e esperava a chegada dele ou se achava um jeito de chegar a Faithwell. Mas descobriu que os americanos são pessoas práticas e objetivas: o dono da estalagem já tinha arrumado uma carona para ela. Um velho chamado Thomas estava em visita a Hudson, mas morava perto de Wellington, uma cidade a quinze quilômetros do sul de Faithwell. Ele se ofereceu para levar Honor quando voltasse. Uma vez em Wellington, ela poderia encontrar alguém para levá-la à casa de Adam Cox ou entraria em contato para que ele fosse buscá-la.

— Só que temos de sair cedo, pois quero chegar em casa no mesmo dia — avisou Thomas.

Partiram para Wellington quando ainda estava escuro, com o baú dela na parte de trás da carroça. Estava cheio de roupas de Grace, pois Honor não tinha trazido o baú da irmã para a bagagem de Thomas ficar mais leve. Ela também teve de deixar a colcha de retalhos que fez especialmente para o casamento da irmã: de tecido inteiriço branco, bordado com um delicado medalhão rosa aplicado no centro, rodeado de intricadas figuras geométricas, com os espaços preenchidos com losangos duplos. Honor fez tudo sozinha e ficou encantada com o resultado. Mas o dono do hotel insistiu que usassem a própria roupa de cama e, após a morte de Grace, o médico disse que a colcha e todas as roupas que foram usadas por ela precisavam ser queimadas para não disseminar a doença.

Antes de fazer uma trouxa de roupas para queimar, Honor desobedeceu ao médico: pegou a tesoura e cortou um pedaço do vestido marrom de Grace. Um dia ela usaria numa colcha de retalhos. E se estivesse contaminado e ela morresse, teria sido a vontade do Senhor.

Apesar de não ter chorado quando a irmã morreu — no final, Grace estava tão fraca que Honor rezou para que o Senhor a levasse —, Honor escondeu-se no quarto e chorou muito depois de entregar as roupas e a colcha.

Assim como Honor, Thomas parecia preferir o silêncio e não perguntou nada. Pela primeira vez desde que chegou à América, ela pôde sentar-se e olhar tudo sem ter outros passageiros por perto, nem a irmã para ela se preocupar. Seguiam na estrada escura e dali a pouco o sol surgiu atrás deles, dando uma luz suave às florestas em volta. O canto dos pássaros foi aumentando até ficar uma algaravia frenética, quase todos os sons eram desconhecidos para ela. Também ficou impressionada com as penas de cores fortes, principalmente as de um pássaro vermelho, de cabeça preta com penacho; um azul, com asas listradas de preto e branco, seus trinados roucos assustavam o canto dos menores e mais contidos. Teve vontade de perguntar que aves eram aquelas, mas não quis quebrar o confortável silêncio. Seu companheiro de viagem estava sentado tão ereto que ela pensou que tinha adormecido, mas, de vez em quando, ele batia os pés duas vezes e sacudia as rédeas, parecendo lembrar à gorda égua tordilha que ele estava ali. A égua não corria, mas seguia num trote firme.

Iam por uma estrada bem menor do que as que Honor tinha passado de diligência em Nova Jersey e na Pensilvânia. Lá, ela e a irmã viajaram por estradas bem movimentadas, largas e pontilhadas de casas e cidades, além de hospedarias para fazer a troca de cavalos, comer e dormir. Já ali, a estrada era mais uma trilha de lama seca e cheia de sulcos passando por árvores densas. Eram poucas as casas, ou clareiras ou qualquer coisa diferente de florestas. Após muitos quilômetros pela mesma floresta, sem qualquer sinal de gente, Honor começou a pensar para que servia aquela estrada. Quase todas as estradas na cidade de onde ela veio tinham um destino certo. Ali, o destino ficava bem mais longe e menos claro.

Mas ela não deveria comparar Ohio com Dorset. Não adiantava.

De vez em quando, passavam por uma casa destacando-se da floresta junto à estrada e Honor dava um suspiro e continha outro, enquanto a floresta envolvia-os de novo. Não que as casas fossem grande coisa: eram pouco mais que cabanas de madeira muitas rodeadas por cercas de tocos. Às vezes, havia um menino do lado de fora cortando lenha, uma mulher estendendo uma colcha para arejar, ou uma menina cuidando de um canteiro de legumes. Eles olhavam quando Thomas e Honor passavam e não respondiam ao aceno de Thomas. Ele não parecia se importar com o fato.

Após uma hora de viagem, desceram para um vale simples e passaram por uma ponte sobre o rio.

— Aqui é Cuyahoga, que é um nome indígena — murmurou Thomas.

Honor não estava ouvindo, nem olhando para o rio. Olhava para o alto, pois a ponte de madeira por onde passavam ruidosamente era coberta. Thomas deve ter notado o estranhamento dela.

— Ponte coberta. Nunca viu? — perguntou ele.

Honor negou com a cabeça.

— Não deixa juntar neve e protege do frio.

As pontes nos rios e riachos que ela conheceu na infância eram de pedra e arqueadas. Honor nunca imaginou que algo tão elementar quanto uma ponte pudesse ser tão diferente na América.

Algumas horas depois, pararam para dar água e aveia à égua e comer o mingau de milho frio que os habitantes de Ohio serviam no café da manhã. Depois, Thomas sumiu no meio do mato. Enquanto isso, Honor ficou junto à carroça, olhando as árvores do outro lado da trilha. Também eram desconhecidas. Até árvores que ela conhecia, como carvalhos e castanheiros, eram diferentes, de folhas mais pontudas e menos curvas, as do castanheiro não cresciam em ramalhetes. As plantas rasteiras pareciam estranhas, densas e primitivas, feitas para não deixar as pessoas se aproximarem.

Ao voltar, Thomas fez sinal indicando o mato e disse:

— Você decerto precisa se aliviar.

— Eu... — Honor ia reclamar, mas alguma coisa no jeito dele mostrou que era para obedecer, como quando um avô manda. Além do mais, não podia dizer que tinha medo da floresta de Ohio. Um dia teria de se acostumar com ela.

Ela saiu da trilha e entrou no meio das árvores, um pé depois do outro, com cuidado, pisando nas folhas secas, nas pedras cheias de musgo, nos galhos caídos. Tudo tinha um cheiro forte de samambaias e decomposição; havia um ruído também, que Honor tentou ignorar, concluindo que eram ratos, esquilos cinzentos ou pequenos roedores marrons com listras pretas e brancas nas costas e cauda peluda, que ela tinha aprendido que se chamavam esquilos. Ela ouviu dizer também que a floresta abrigava lobos, panteras, porcos-espinhos, jaritatacas, gambás, guaxinins e outros animais que não existiam na Inglaterra. A maioria, ela não saberia reconhecer se os visse o que, de certa maneira, fazia com que ficassem mais assustadores. Dizia-se que também havia muitas cobras. Ela só podia desejar que nenhum desses bichos estivesse naquela parte da floresta naquela manhã. Quando ficou a mais ou menos dez metros da estrada, Honor respirou fundo e ficou de frente para a carroça e de costas para as infinitas fileiras de árvores que podiam ter bichos escondidos. Achou um canto onde Thomas não poderia vê-la, levantou as saias e abaixou-se.

Afora o vento batendo nas folhas e os pássaros cantando, estava tudo calmo. Honor ouviu Thomas levantar o banco onde vieram sentados, ali devia ser lugar de armazenagem. Ouviu-o falar baixo, provavelmente com a égua, tranquilizando-a assim como Honor precisava que alguém a tranquilizasse, garantindo que lobos e panteras não estavam à espreita. A égua respondeu com um leve relincho.

Honor levantou-se, arrumou as saias. Não conseguiu se aliviar, ficou tensa por estar tão desprotegida na floresta. Olhou em volta. Concluiu que aquele era o lugar mais distante de casa onde já tinha estado e estava sozinha. Estremeceu e correu para a segurança da carroça.

Depois que ela sentou-se, Thomas bateu os pés duas vezes no chão da carroça e partiram de novo. O café da manhã parecia tê-lo despertado. Continuou sem conversar, mas cantarolava baixinho algo que Honor não conhecia, devia ser um tipo de hino. Dali a pouco o cantarolar, o barulho do coche e o estalar dos arreios, o vento, os pássaros, tudo isso junto a embalou, assim como a trilha que se estendia a perder de vista na frente deles e o sussurrar das árvores. Ela não dormiu, mas ficou num estado de meditação que ela conhecia do Culto. Era como se estivesse num Culto de dois fiéis na carroça, ela e Thomas, embora os Amigos não costumassem cantarolar nas reuniões. Honor fechou os olhos e deixou seu corpo balançar ao ritmo dos movimentos da carroça. Finalmente se sentindo firme e confortável, ela mergulhou em si mesma à espera da Luz Interior.

Era muito fácil se distrair durante o Culto da Adoração Divina. Às vezes, sua mente era tomada de pensamentos cotidianos, como uma cãibra na perna, ou um recado que esquecera de dar para a mãe, ou uma mancha na touca branca de uma vizinha de banco. Era preciso disciplina para acalmar a mente. Honor costumava encontrar uma espécie de paz na meditação, mas o verdadeiro alcance da Luz Interior, aquela sensação de que o Senhor estava com ela, era mais difícil de conseguir. Ela não esperava atingir esse estágio no meio da floresta de Ohio, com um velho cantarolando hinos ao lado dela.

Naquele momento, sentada na carroça que a levava para o oeste, Honor começou a sentir uma presença, como se não estivesse sozinha. Claro que estava com Thomas, mas era mais que isso: era um zumbido no ar, a impressão de que estava acompanhada na viagem pelas profundezas de Ohio. Nunca sentiu isso de maneira tão tangível e pela primeira vez desde que começou a frequentar os Cultos, teve vontade de falar.

Abriu a boca e então ouviu. Longe, num ponto atrás deles, vinha um som de arranhar. Logo após, passou a ser um tropel, um galope forte.

— Vem vindo alguém — disse Honor, nas primeiras palavras que dirigiu a Thomas naquele dia. Não era o que pretendia dizer.

Thomas virou a cabeça para um lado e ouviu, uma expressão ausente até chegar à mesma conclusão. O olhar dele então pareceu se intensificar e Honor não conseguiu entender o que aquilo significava. Thomas olhou para ela como se quisesse admitir algo sem palavras, mas ela não sabia o que era.

Ela tirou os olhos dele e virou-se para trás. Surgiu um ponto na estrada.

Thomas bateu os pés três vezes no piso da carroça.

— Fale na sua irmã — ele pediu.

— Desculpe, não entendi.

— Fale na sua irmã, aquela que morreu. Como ela se chamava?

Honor franziu o cenho. Não queria falar na irmã naquela hora, com outra pessoa chegando e uma nova tensão no ar. Mas Thomas não tinha perguntado muito durante a viagem, então ela se sentiu na obrigação de responder.

— Grace. Era dois anos mais velha que eu.

— Ia se casar com um homem de Faithwell?

O som agora era bem mais claro: um cavalo a galope, de ferradura grossa, que fazia um som nítido. Era difícil não se distrair.

— Ele ... é inglês. Adam Cox. Do mesmo vilarejo que nós. Emigrou para Ohio, veio ajudar o irmão na loja em Oberlin.

— Loja de quê?

— Armarinho.

Thomas pareceu intrigado e Honor lembrou-se da carta de Adam.

— Miudezas.

Thomas se animou.

— Miudezas Cox? Eu conheço. Fica na Main Street, ao sul de College. Um deles era bem pobre. Bateu os pés três vezes novamente.

Honor olhou de novo para trás. Agora dava para ver o cavaleiro montado num cavalo baio.

— Por que você veio com sua irmã?

— Eu...— Honor não conseguia responder. Não queria explicar para um estranho o que tinha ocorrido entre ela e Samuel.

— O que vai fazer agora que está aqui sem ela?

— Eu... não sei.

As perguntas de Thomas eram diretas e incisivas e essa última foi como uma agulha furando uma bolha. Arrebentou a bolha e Honor começou a chorar.

Thomas meneou a cabeça.

— Desculpe, senhorita. Talvez precisemos dessas lágrimas — ele murmurou.

O cavaleiro então chegou. Ficou ao lado da carroça e Thomas fez a égua cinzenta parar. O cavalo relinchou para a égua, mas ela ficou impassível, sem demonstrar qualquer interesse pela nova companhia.

Honor enxugou as lágrimas e olhou o homem antes de colocar as mãos no colo e fixar os olhos nele. Mesmo montado no cavalo, dava para ver que era bem alto, com a pele bronzeada e seca de quem vive ao ar livre. Olhos castanho-claros se destacavam no rosto quadrado e curtido. Seria um homem bonito, se o olhar tivesse algum calor, mas eram tão duros que ela teve um calafrio. Súbito, teve consciência do isolamento de Thomas e dela naquela estrada. E duvidava que Thomas tivesse um revólver como aquele bem à vista na cintura do homem.

Se Thomas pensou a mesma coisa, não disse.

— Boa tarde, Donovan — disse ele ao recém-chegado.

O homem sorriu, o que não alterou a expressão dele.

— O velho Thomas e uma garota quaker, certo?

Estendeu o braço e pôs a mão na aba da touca de Honor. Ela afastou a cabeça, ele riu.

— Estava só conferindo. Pode dizer aos outros quakers que não se incomodem em vestir seus negros com roupas de quakers. Conheço essa história, é um velho truque.

Tirou o chapéu gasto e cumprimentou Honor, que ficou olhando para ele, confusa com o que ouviu, pois não fazia sentido para ela.

— Não precisa tirar o chapéu para falar com quakers. Eles não acreditam nisso — explicou Thomas.

O homem fez um muxoxo.

— Não vou mudar minhas boas maneiras só por que uma garota quaker pensa diferente. Não se importa se eu tirar o chapéu, não, senhorita?

Honor abaixou a cabeça.

— Está vendo? Ela não se importa — concluiu o homem.

Ele se espreguiçou. Sob o colete marrom, a camisa branca sem colarinho estava manchada de suor.

— Precisa de alguma coisa? Se não, temos de ir, temos muito caminho pela frente — disse Thomas.

— Estão com pressa, não? Vão para onde?

— Levo essa jovem para Wellington. Ela veio da Inglaterra para Ohio, mas a irmã faleceu em Hudson, de febre amarela. Pode ver pelas lágrimas que ela está de luto — explicou Thomas.

— É inglesa? — perguntou o homem.

Honor concordou com a cabeça.

— Então diga alguma coisa, sempre gostei do sotaque.

Honor ficou indecisa e o homem disse:

— Vamos, diga alguma coisa. É muito orgulhosa para falar comigo? Diga "como vai, Donovan."

Em vez de ficar calada e fazer a insistência dele se tornar raiva, Honor olhou para a cara divertida dele e disse:

— Como estás senhor Donovan?

Donovan deu outro muxoxo.

— *Estás? Estás* ótimo, obrigado. Há anos ninguém me chama de sr. Donovan. Vocês, quakers, são engraçados. Como se chama, moça?

— Honor Bright.

— É honrada como o nome?

— Seja gentil com a moça que acabou de perder a irmã numa terra estranha para ela — apartou Thomas.

— O que tem lá dentro? — perguntou Donovan, mudando de tom e mostrando o baú de Honor, que estava na parte da carroça coberta por uma lona.

— São as coisas da srta. Bright.

— Tenho de dar uma olhada. O baú é perfeito para esconder um negro.

Thomas franziu o cenho.

— Não é direito um homem mexer no baú de uma jovem. A srta. Bright vai lhe dizer o que tem dentro. Não sabe que os quakers não mentem?

Donovan olhou para ela, curioso. Honor balançou a cabeça, confusa. Ainda estava se recuperando de Donovan mexer na touca e mal conseguia acompanhar a conversa.

Então, mais rápido do que ela podia imaginar, Donovan saltou do cavalo para a carroça. Honor sentiu uma pontada de medo nas entranhas, pois ele era muito maior, mais rápido e mais forte do que ela e Thomas. Donovan descobriu que o baú estava trancado e, por medo, ela entregou a chave para ele, que guardou numa fitinha verde pendurada no pescoço durante a longa viagem.

Donovan abriu o baú e tirou a colcha que Honor tinha trazido para a América. Pensou que ele fosse deixar a colcha de lado, mas sacudiu-a e estendeu-a no chão da carroça.

— O que é isso? Nunca vi colcha com coisas escritas — constatou, olhando com atenção.

— É uma colcha assinada. Amigos e familiares fizeram cada parte e assinaram. Ganhei de presente quando mudei para a América. De despedida — explicou Honor.

Cada parte consistia de quadrados e triângulos marrons, verdes e creme com um remendo no meio assinado pelo autor. Inicialmente era para Grace, mas, quando Honor resolveu de repente ir também, os autores dispuseram de novo os nomes na colcha, ficando o dela no quadrado central, os da família em volta e os dos amigos depois. Com um desenho simples de losangos, não era especialmente lindo, pois variava de acordo com o talento de cada artesão e não tinha o desenho que Honor teria preferido. Mas não podia dar a colcha para ninguém, fora feita para ela lembrar da sua comunidade.

Donovan mexeu no chão do coche e olhou tanto a colcha que Honor começou a pensar se havia dito algo de errado. Deu uma olhada em Thomas: ele continuava impassível.

— Minha mãe fazia colchas — disse finalmente Donovan, passando os dedos por um nome Rachel Bright, uma tia de Honor. — Nada parecido com isso. As dela tinham uma grande estrela no centro, feita de vários pequenos losangos.

— Esse modelo se chama Estrela de Belém.

— Ah, é?

Donovan virou-se para ela e seus olhos castanhos ficaram um pouco menos frios.

— Já fiz esse modelo — acrescentou ela, pensando na colcha que tinha deixado com Biddy. — É um desenho difícil, pois é complicado juntar as pontas dos losangos. Precisa costurar bem. Vossa mãe deve ser habilidosa com a agulha.

Donovan concordou com a cabeça, depois pegou a colcha e enfiou-a no baú. Trancou-o e saltou da carroça.

— Podem ir.

Sem uma palavra, Thomas bateu as rédeas e a égua tordilha voltou à vida. Um instante após, Donovan estava ao lado deles.

— Vão para Wellington?

— Não, para Faithwell, perto de Oberlin. O noivo de minha finada irmã mora lá — respondeu Honor.

— Oberlin! — Donovan deu uma cuspida, apertou as esporas na barriga do baio e passou por eles correndo. Honor ficou aliviada, não ia aguentar aquele homem ao lado deles até Wellington.

O som das patas do cavalo dele ficou no ar, mais leves e mais distante por vários minutos até sumirem, finalmente.

— Tudo certo — disse Thomas, suavemente.

Bateu duas vezes com os pés, estalou as rédeas no lombo da égua outra vez. Mas não cantarolou mais até o final da viagem.

Só depois de percorrem quilômetros foi que Honor percebeu que Donovan não tinha devolvido a chave do baú.

Chapelaria Belle Mills
Main Street
Wellington, Ohio
30 de maio de 1850

Caro sr. Cox,

Estou com a irmã de sua noiva, Honor Bright, em minha casa. Lastimo informar que a sua pretendente faleceu. Teve febre amarela.

Honor precisa descansar aqui por alguns dias, por isso peço que o senhor venha buscá-la no domingo à tarde, por favor.

Sinceramente,
Belle Mills

Toucas

Quando chegou a Wellington, Honor já tinha dormido em tantas camas que, ao acordar, não conseguiu lembrar onde estava. O vestido e o xale estavam numa cadeira, mas ela não se lembrava de ter tirado a roupa, nem de colocar lá. Sentou-se na cama, certa que não era muito cedo como costumava acordar. Usava uma camisola de algodão que não conhecia e que era comprida demais para ela, e estava coberta por uma colcha leve.

Onde quer que estivesse, não havia dúvida de que era na América. O sol era diferente: mais amarelo e mais forte, chegando até ela para aquecê-la. Ia ser um dia quente, embora no momento estivesse fresco o bastante para que ela ficasse grata pela colcha. Passou a mão no tecido: ao contrário das colchas que tinha visto até então, essa não tinha apliques ou quadrados, mas era a verdadeira colcha de retalhos inglesa, bem acabada e, embora o tecido estivesse gasto, não tinha pontas soltas ou descosturadas. O desenho era de losangos laranja, amarelos e vermelhos que formavam uma estrela no meio, uma Estrela de Belém como a colcha de Biddy e a que Donovan disse que a mãe fazia. Ao lembrar o encontro com ele no dia anterior, Honor estremeceu.

O quarto onde ela passou a noite era grande, mas, apesar da cama onde estava, era usado mais como um depósito que como um quarto. Rolos de tecidos estavam encostados nas paredes, vários de cor branca, mas também coloridos, estampados e xadrezes. Fitas, arames, laços e penas tingidas de cores fortes saíam de gavetas abertas. Num canto, dominando o quarto, havia blocos ovais e cilíndricos de madeira lisa empilhados de qualquer jeito, assim como estranhas faixas redondas parecidas com roscas ou rodas, umas de madeira, outras de um material branco e duro que Honor não conhecia. Debruçou-se para examiná-los mais de perto. Os blocos tinham a forma de cabeças. Quando Thomas deixou-a na casa, tarde da noite anterior, ela havia entrado numa espécie de loja. Na hora, estava muito cansada para reparar, mas agora entendia: estava no depósito de uma chapelaria.

As mulheres quakers não usavam chapéus, só toucas e gorros simples, que elas mesmas costumavam fazer. Nas poucas vezes em que Honor esteve na chapelaria de Bridport, foi para comprar fitas. Mas sempre dava uma olhada na vitrine para admirar as últimas modas nas prateleiras. Era um lugar pequeno e feminino, com o piso de madeira pintado de azul-claro e longas prateleiras cheias de chapéus.

Em cima da cômoda cheia de enfeites, sobre uma bacia combinando, havia um jarro de porcelana estampado com rosas, igual ao que Honor tinha visto em todas as casas da Pensilvânia. Ela usou-os para lavar o rosto, depois se vestiu, penteou os cabelos negros e, quando colocou a bandana na cabeça, viu que a touca não estava ali. Antes de descer, olhou pela janela que dava para uma rua movimentada, com pedestres, cavalos e carruagens. Era um alívio ver gente depois de um dia inteiro na estrada vazia no meio da floresta.

Honor desceu a escada sem fazer barulho e entrou numa pequena cozinha com lareira e fogão, mesa, cadeiras e um aparador com algumas louças. O lugar parecia pouco usado, como se não se cozinhasse muito ali. A porta dos fundos estava aberta, deixando entrar uma brisa que passava pela cozinha e entrava na sala da frente. Honor foi atrás dela, até o centro da casa.

A loja era parecida com a de Bridport em muitos aspectos: tinha prateleiras com chapéus em todas as paredes, chapéus e toucas em cavaletes sobre as mesas, além de vitrines laterais expondo luvas, pentes e alfinetes de prender chapéus. Uma das paredes tinha um grande espelho e o lugar era iluminado e arejado por duas janelas na frente. O piso não era pintado, mas gasto e brilhoso graças aos pés dos fregueses. Num canto, numa mesa de trabalho, havia chapéus em várias fases de feitio:

camadas de palha moldavam um bloco de madeira, secando na forma; abas ovais à espera da copa do chapéu; chapéus arrematados com laços; no meio de uma confusão de laços e arames, uma pilha de flores de seda esperavam para serem colocadas. A mesa estava em desordem; em ordem, só os chapéus prontos.

Por outro lado, Honor achou a loja bem diferente, como tantas outras coisas na América. Enquanto a de Bridport tinha sido projetada para aquela função, a chapelaria de Wellington parecia ter ficado assim por acaso. Algumas prateleiras estavam cheias de chapéus, enquanto outras estavam sem nada. O lugar era iluminado, mas as janelas estavam empoeiradas. O chão parecia ter sido bem varrido, mas Honor suspeitava que rolos de poeira se acumulavam nos cantos. Dava a impressão de que a loja tinha sido aberta de repente, visto que Honor sabia que sua bisavó havia comprado fitas na de Bridport.

Os chapéus e toucas também eram peculiares. Honor não entendia muito de enfeites, já que não os usava, mas ficou impressionada com alguns. Um chapéu de palha de copa simples arrematado com um grande buquê de rosas xadrezes. Outro, tipo boina era arrematado com uma cascata de fitas coloridas amarradas com renda. Uma touca de usar no campo, bem parecida com a que Honor usava, tinha copa alta, mas penas brancas na parte interna da aba, em vez dos franzidos brancos habituais. Honor não podia usar nada daquilo, pois os quakers seguiam regras de simplicidade tanto na roupa quanto no comportamento. Mesmo se pudesse usar, não sabia se ia querer aqueles adornos.

Mesmo assim, aqueles chapéus deviam vender bastante, já que a loja estava cheia de senhoras e meninas em volta das mesas, mexendo em bandanas pregueadas e toucas de sol, revirando cestos com fitas vendidas por peça e flores de pano, rindo, conversando e falando alto.

Um instante após, ela reparou numa mulher atrás do balcão dos fundos, que inspecionava a loja com um olhar clínico. Era a proprietária, que Honor encontrara rapidamente na noite anterior. Ela viu Honor e acenou com a cabeça. Não tinha a aparência que se esperava de uma chapeleira. Alta e magra, tinha um rosto ossudo e um semblante cético. Seus olhos castanhos eram levemente saltados, com a parte branca meio amarelada. Usava uma touca branca e simples demais para uma chapeleira, e tinha uma mecha desmilinguida de cabelos louros caindo na testa. O vestido marrom se dependurava nos ombros e mostrava uma saboneteira pronunciada que fez Honor lembrar dos espantalhos nos campos de Dorset. O contraste entre a simplicidade angulosa e as roupas cheias de franzidos e drapeados que ela vendia deixou Honor com vontade de rir.

— Do que está rindo, Honor Bright?

Honor levou um susto. Donovan tinha entrado na loja, seu passo pesado fez as freguesas ficarem caladas e recuarem todas ao mesmo tempo.

Honor ficou parada. Não queria chamar a atenção, por isso respondeu apenas:

— Tenha um bom dia, Donovan.

Donovan pousou os olhos sobre ela.

— Eu estava passando e vi você aqui. Pensei "por que, diabos, o velho Thomas deixa uma moça quaker na loja de Belle Mills, se ela não pode usar chapéus?"

— Donovan, não seja tão rude com nossa hóspede, senão ela volta direto para a Inglaterra e diz para todo mundo que os americanos são mal-educados.

Belle Mills saiu de trás do balcão e dirigiu-se a Honor:

— É inglesa, não, srta. Bright? Sei disso por causa da costura em sua gola. Só uma inglesa poderia fazer isso. Nunca vi um detalhe que chame tanta atenção, pelo menos na roupa de uma quaker. Muito bonito. Simples. Prático. Você mesma desenhou ou copiou de algum lugar?

— Eu mesma fiz.

Honor olhou o debrum em forma de "v" no acabamento de seu vestido verde-escuro. Não tinha a mesma cor bem branca com o qual saiu da Inglaterra. Mas nada era tão limpo na América quanto na sua terra natal.

— Trouxe alguma revista inglesa? *Ladies' Cabinet of Fashion* ou *Illustrated London News*?

Honor negou com a cabeça.

— Que pena. Gosto de copiar os chapéus que eles publicam. Aliás, se você não sabe onde está a sua touca, eu a trouxe para cá.

Belle Mills mostrou uma prateleira atrás dela. A touca de Honor (verde-clara, com a copa e a aba unidas em uma linha horizontal) tinha sido colocada num dos blocos para chapéu.

— Precisava de uns retoques. Escovei, depois salpiquei água com goma. Daqui a uma hora estará como nova. Comprou para a viagem?

— Não, minha mãe fez.

Belle concordou com a cabeça.

— Tem boa mão. Você também costura?

Faço mais que costurar, pensou Honor, mas não disse.

— Aprendi com ela.

— Talvez possa me ajudar enquanto está aqui. Não costumo ficar muito ocupada após as compras de toucas novas para a Páscoa, mas o tempo esquentou de repente e todas as senhoras quiseram uma touca nova, ou um enfeite novo para o chapéu.

Sem saber o que dizer, Honor concordou. Não pretendia ficar em Wellington e sim ir logo para Faithwell, que ficava a apenas quinze quilômetros. Tinha esperança de achar outro fazendeiro que lhe desse uma carona, ou um menino que levasse um bilhete para Adam Cox vir buscá-la. Pensar em vê-lo dali a pouco a assustou, não sabia se a receberia de tão bom grado, sem Grace.

Donovan interrompeu seus pensamentos.

— Céus, é só disso que vocês, mulheres, falam o dia inteiro? Vestidos e toucas?

A conversa de Belle fez as freguesas se acalmarem e voltarem a mexer nas mercadorias. Mas, ao ouvir a voz de Donovan, tão estranha numa chapelaria, levaram outro susto.

— Ninguém pediu para você entrar aqui e ouvir a nossa conversa — retrucou Belle. — Pode sair, está assustando as minhas clientes.

— Honor Bright, você vai ficar aqui? Não tinha me dito isso. Pensei que ia para Faithwell — cobrou Donovan.

— Não se meta na vida dela. O velho Thomas me disse que você a incomodou na estrada. Antes mesmo de se recuperar da viagem, a pobre Honor teve de conhecer o pior da sociedade de Ohio — disse Belle.

Donovan não estava prestando atenção no que Belle dizia, continuava olhando para Honor.

— Então acho que vou continuar a vê-la aqui por Wellington, Honor Bright.

— Sr. Donovan, podes devolver minha chave, por favor?

— Só se me chamar de Donovan. Não aguento esse "senhor."

— Está bem. Donovan. Quero a minha chave.

— Claro, querida.

Donovan fez um movimento, mas mudou de ideia.

— Desculpe, Honor Bright, perdi a chave na estrada.

Olhou bem para ela para mostrar que estava mentindo, mas sem poder ser acusado disso. A cara dela deixou de ser desconfiada e passou a decidida e interessada. Ela sentiu um tremor na barriga que era um misto de medo e outra coisa: animação. Era uma situação tão inadequada que ela corou.

Donovan sorriu. Depois, tirou o chapéu, num cumprimento a todas as presentes e virou-se para ir embora. Quando chegou à porta, Honor viu na parte de trás do pescoço dele uma fita verde-escura.

Assim que ele saiu, as mulheres começaram a falar como galinhas agitadas ao verem uma raposa.

— Bom, Honor Bright, parece que você já fez uma conquista — observou Belle. — Nada que valha a pena, posso garantir. Você deve estar com muita fome agora. Não jantou na noite passada e aposto que comeu pouco na estrada. Senhoras — ela falou mais alto — podem ir para casa para o almoço. Preciso dar comida para essa viajante cansada. Se quiserem comprar alguma coisa, voltem daqui a uma ou duas horas. Sra. Bradley, sua touca fica pronta amanhã. A sua também, srta. Adams. Agora eu tenho uma costureira comigo e posso adiantar os serviços.

Honor olhou as mulheres saírem em fila, obedientes, e ficou muito confusa. Sua vida parecia depender de estranhos para tudo: aonde ir, onde se hospedar, por quanto tempo, o que comer e até o que costurar. Pelo jeito, ela agora faria toucas para uma mulher que tinha acabado de conhecer. Seus olhos ficaram marejados.

Belle Mills deve ter percebido, mas não disse nada, apenas dependurou na porta o aviso FECHADO e foi para a cozinha, onde pôs presunto e vários ovos numa frigideira.

— Venha comer — chamou, minutos após, colocando dois pratos na mesa. Era evidente que ela não perdia muito tempo cozinhando.

— Olha, ali tem pão de milho e manteiga. Sirva-se.

Honor olhou o presunto gorduroso, os ovos cheios de banha, o pão de milho pesado que já havia comido em todas as refeições na América. Tinha a impressão de que não aguentaria comer aquilo, mas como Belle estava olhando, cortou um pedacinho do presunto e pôs na boca. Teve uma surpresa com o sabor doce misturado ao salgado, que abriu o apetite. Começou a comer sem parar, até o pão de milho que estava cansada de ver em toda parte.

Belle concordou com a cabeça.

— Bem que imaginei. Você estava pálida demais. Quando saiu da Inglaterra?

— Há oito semanas.

— Quando sua irmã morreu?

Honor teve de pensar.

— Há quatro dias.

Parecia que isso tinha ocorrido há meses e bem longe dali. Aqueles cinquenta quilômetros de Hudson a Wellington levaram-na para um mundo mais distante do que todo o trajeto da viagem.

— Querida, é claro que você está debilitada. Thomas me disse que você vai para a casa do noivo da sua irmã em Faithwell.

Honor concordou com a cabeça.

— Eu o avisei que você está aqui. Disse para ele vir buscar você no domingo à tarde. Imaginei que precisaria de alguns dias para se recuperar. Se quiser, pode me ajudar na costura. Em troca da hospedagem.

Honor não lembrava que dia era.

— Está bem — concordou, aliviada por Belle resolver as coisas.

— Agora, vejamos o que sabe fazer com a agulha. Você tem seus apetrechos de costura ou quer usar os meus?

— Tenho uma caixa de costura. Mas está trancada na arca.

— Maldito Donovan. Bom, acho que consigo abrir com martelo e cinzel, se você não se importar que eu quebre o cadeado. Pode ser? Não temos outro jeito.

Honor concordou com a cabeça.

— Você lava os pratos e eu abro a arca.

Belle deu uma olhada na mesa, que tinha o prato limpo de Honor e o dela, quase intocado. Pegou este e guardou-o no armário coberto com um guardanapo. Depois, sumiu no andar de cima. Minutos após, quando Honor estava esfregando a frigideira, ouviu marteladas, seguidas de um grito vitorioso.

— Os cadeados ingleses são tão ruins quanto os americanos — anunciou Belle, ao descer a escada. — Abri a arca. Vá pegar seus apetrechos de costura. Eu termino a louça.

Honor trouxe a caixa de costura e viu que Belle estava puxando uma cadeira de balanço pela porta dos fundos.

— Vamos sentar na varanda dos fundos, aproveitar a brisa fresca. Quer a cadeira de balanço ou prefere uma simples?

— Vou pegar uma simples.

Honor tinha visto cadeiras de balanço por todo o canto na América, eram bem mais comuns que na Inglaterra. O movimento delas lembrava muito o navio. Além disso, ela precisava de firmeza para costurar.

Ao pegar uma cadeira na cozinha, reparou que o prato de comida de Belle tinha sumido do aparador.

A chapelaria era a última casa comercial de uma fileira de construções que incluía um armazém, uma selaria, uma confeitaria e uma farmácia. O quintal desses estabelecimentos não eram usados, mas um deles tinha uma horta e outro, roupas dependuradas no varal. O quintal de Belle tinha apenas uma pilha de lenha e uma cabra amarrada no matagal.

— Não chegue perto do mato, tem cobra. E não mexa na cabra, é dos vizinhos e é do mal — avisou Belle.

Havia também um alpendre na lateral da casa para guardar lenha, mas era evidente que a loja era a parte da casa que recebia mais atenção de Belle.

Honor sentou-se e abriu a caixa de costura para tirar as coisas. Pelo menos, esse ritual era familiar. A caixa tinha sido da avó que, quando começou a enxergar mal, deu-a para a neta que costurava melhor. Era de nogueira, forrada com um bordado de lírios do vale verdes, amarelos e brancos. Era um desenho que Honor conhecia desde pequena; se fechasse os olhos, podia vê-lo com nitidez, como fez muitas vezes para se distrair quando passou mal na viagem. A bandeja superior da caixa tinha um porta-agulhas que Grace tinha feito, bordado com lírios iguais aos da tampa da caixa; um passador de linha de arame, um dedal de porcelana que ganhou da mãe, pintado de rosas amarelas; uma almofada para alfinetes enfeitada com contas que a amiga Biddy tinha feito para ela; alfinetes embrulhados em papel verde; uma pequena caixa com cera de abelha que ela passava na linha antes de costurar as colchas; duas pequenas tesouras de costura com pegador amarelo e verde de ágape, que pertenceram à avó e que ficavam num macio porta-tesoura de couro.

Belle Mills inclinou-se para olhar.

— Ótimo. O que é isso?

Ela pegou pedaços de metal cortados em várias formas: losangos, quadrados, triângulos.

— Moldes para colchas de retalho. Meu pai fez para mim.

— Estofador?

Honor concordou com a cabeça.

— O que tem embaixo dessa bandeja?

Honor tirou a bandeja e mostrou carretéis de várias cores bem-arrumados.

Belle fez sinal de aprovação e pegou no meio dos carretéis um pequeno dedal de prata.

— Não prefere deixar esse dedal por cima?

— Não.

O dedal tinha sido presente de Samuel, com votos de amor duradouro. Ela não ia mais usar o dedal, mas não podia jogar fora.

Belle ergueu as sobrancelhas. Como Honor não disse mais nada, Belle colocou o dedal no meio dos carretéis para desfazer a perfeita arrumação.

— Certo, Honor Bright, todo mundo tem direito a ter seus segredos — disse, rindo. — Vamos começar. Já costurou em palha?

Honor negou com a cabeça.

— Nunca fiz chapéus, só toucas.

— Aposto que você só tem duas toucas: uma para o inverno, outra para o verão. Vocês, quakers, não gostam de roupas elegantes, não? Bom, vou apresentá-la ao tecido. A touca de verão da sra. Bradley precisa de acabamento. É fácil, não precisa de estrutura de palha, só de um tecido. A maioria das mulheres sabe fazer, mas a sra. Bradley acha que não pode pegar numa agulha. Acha que você consegue fazer? Aqui está a linha. Uso agulha número seis.

Ela entregou a Honor uma touca macia e alinhavada, faltava só costurar. Era um modelo simples, com uma comprida e larga renda franzida na parte de trás para proteger a nuca do sol. O tecido era xadrez azul-claro com pequenas listras amarelas e brancas. Honor nunca tinha visto aquele modelo, nenhuma inglesa gostaria de ter tanto pano em volta do pescoço, mas o sol ali era mais forte, devia ser útil. De todo jeito, era uma costura fácil de fazer.

Honor pegou um carretel e o passador de linha e, rápido, enfiou a linha em seis agulhas, espetando-as na almofada de agulhas. Ficou atenta, pois sabia que Belle estava observando, mas, em matéria de costura, ela era segura. Começou a costurar a copa na aba pelo lado de dentro para firmar, dando pequenas dobras no pano a toda volta. Honor era uma costureira rápida e caprichosa, embora fizesse essa touca mais devagar para garantir que ficasse como Belle queria.

Belle sentou-se na cadeira de balanço ao lado dela e aplicou a seda creme numa touca de palha em formato oval. De vez em quando, dava uma olhada no que Honor estava fazendo.

— Vejo que não preciso tomar conta de você — notou, quando Honor terminou a touca de sol. — Agora, veja como dobro esse tecido para aplicar na aba. Assim, veja. Entendeu? Então, experimente. Use isto, é uma agulha de chapeleiro, que é melhor para palha.

Depois que Honor fez como Belle queria, a chapeleira levantou-se e espreguiçou-se.

— Que sorte você aparecer. Quando terminar essa touca, pode fazer essas.

Ela bateu numa pilha de toucas em diversas fases de acabamento que estavam numa mesa entre as duas e acrescentou:

— Coloco os enfeites depois. Se tiver alguma dúvida, estou na loja. Vou abrir para o período da tarde.

Tinha esquentado, o sol estava alto e a varanda, menos sombreada. Desde sua chegada à América, Honor quase não tinha ficado sozinha e gostou de ficar numa luminosa tarde de primavera fazendo um trabalho que conhecia e nada além. Gostaria de ver uma casa de campo com canteiros de flores como aqueles que a mãe dela tinha, com tremoceiros, delfinos, aquilégias, nigelas e miosótis. Não sabia se na América tinha alguma dessas flores, nem se os americanos cultivavam jardins assim. Achava que não, jardins não eram uma ocupação prática, sobretudo ali, onde a sociedade ainda estava saindo da selvageria e a energia era focada na sobrevivência e não em decoração. Olhou a pilha de toucas que Belle deixou para ela e pensou, puxa, as mulheres de Ohio gostam de certa extravagância nas roupas, as toucas eram em cores fortes, estampados em vichy e chita.

Terminou a touca creme e pegou outra, verde clara, estampada de pequenas margaridas e com a dobra da aba de outra cor — no caso, marrom. Honor preferiria a cor rosa, mas não ia dizer nada. Ao fazer a segunda touca, entrou no ritmo firme e conhecido da costura, a repetição liberou seus pensamentos mais do que um Culto da Devoção. Os ombros ficaram mais leves e a tensão que ela sentia desde que saiu da Inglaterra diminuiu um pouco. A linha acabou e ela descansou as mãos no colo e fechou os olhos. A calma e a solidão deram espaço para ela pensar em Samuel dizendo que tinha se apaixonado por outra; na decisão de ir embora de Dorset; na morte da irmã deixando-a tão sozinha num lugar estranho. Finalmente, Honor chorou tristes soluços que pareciam as ânsias de vômito que teve a bordo do *Adventurer*.

Mas o alívio das lágrimas durou pouco, entretanto. No meio dos soluços abafados, teve a mesma impressão da estrada de Hudson a Wellington: ela não estava só. Honor olhou para trás, porém, Belle não estava na porta, nem na cozinha, inclusive dava para ouvir a voz dela na loja. E não se via ninguém por perto. Honor então ouviu um barulho atrás dela, no alpendre, era o som de uma lenha caindo da pilha.

Achou que podia ser um cachorro e secou as lágrimas na manga do vestido. Ou um daqueles animais que não temos na Inglaterra, um gambá, um porco-espinho, um guaxinim. Mas sabia que eles não costumavam derrubar lenha. E, embora não soubesse como, sabia que a presença que sentia naquele momento e que tinha sentido na estrada, era de uma pessoa.

Honor não se considerava corajosa. Até vir para a América, isso não tinha sido testado. Mas, naquele momento, ela resistiu ao desejo de chamar Belle. Em vez disso, deixou a touca de lado, levantou-se e foi andando sem fazer barulho até a escada do fundo. Não adiantava hesitar, concluiu. Respirou fundo, prendeu o ar e foi olhar no alpendre.

A luz só permitia enxergar meio metro dentro do alpendre, o resto era penumbra e escuridão total. Honor ficou um instante sem ver nada, até os olhos se adaptarem. Depois, distinguiu a lenha bem empilhada, à direita; à esquerda, um estreito espaço entre a lenha e a parede, para chegar à pilha. Nesse espaço, estava um homem negro. Honor conteve o susto por cima da respiração que já estava presa e soltou o ar de repente. Olhou bem para ele. Tinha altura e corpo medianos, cabelos crespos e rosto largo. Estava descalço, as roupas gastas e sujas. Foi só o que conseguiu ver, ou perceber, pois não conhecia direito as feições dos negros para poder avaliar, comparar e descrever. Não dava para avaliar se ele estava assustado, irritado ou resignado. Para ela, o homem era apenas negro.

Não soube o que dizer, nem se devia falar, por isso não falou, deu um passo para trás. Depois, correu para longe do alpendre e começou a guardar os apetrechos de costura na caixa. Colocou as toucas por cima e levou tudo para dentro de casa.

Belle não estranhou vê-la.

— O sol a alcançou? — perguntou, enquanto ajeitava um chapéu numa freguesa, deixando a aba cair para o lado antes de prender o chapéu na cabeça com um alfinete. As duas mulheres conferiram o resultado no espelho.

— Melhorou, não? Cai bem na senhora.

— Não sei, você economizou nas violetas.

— A senhora acha? Posso fazer mais, agora tenho uma assistente. Cada violeta custa um centavo, certo?

Belle fez sinal para Honor e perguntou:

— Terminou a touca da srta. Adams? A verde. Sim? Ótimo. Você pode trabalhar no canto ao lado da janela, é onde tem mais luz.

Antes que Honor pudesse dizer alguma coisa, Belle virou-se para falar com a freguesa alguma coisa sobre as violetas.

Ela fez toucas a tarde toda e, aos poucos, suas mãos pararam de tremer. Com o tempo, chegou a pensar que tinha imaginado a presença do homem. Talvez o calor, a luz e o próprio trauma que sofrera há pouco, com a morte da irmã, tivessem feito ver um homem onde havia um guaxinim. Resolveu então não contar nada para Belle.

A loja tinha uma clientela fiel e todas consideraram Honor uma curiosidade a ser comentada, embora dirigissem as perguntas a Belle e não diretamente a ela.

— Você arrumou uma quaker para a loja, Belle? — perguntavam.

— De onde ela veio? Para onde vai? Por que está aqui?

Belle não parava de responder. No final do dia, todas as mulheres de Wellington deviam saber que Honor veio da Inglaterra e ia para Faithwell, mas ficou com Belle e passaria alguns dias ajudando na costura. Ela chegou a dizer que Honor já havia se tornado uma atração da loja.

— Ela tem mãos de ouro, consegue ser melhor que eu. Encomende uma touca hoje e peço para ela fazer. A costura dela é firme, a touca vai durar a vida toda, ou até a senhora se cansar dela e querer uma nova. Aí, a senhora vai se arrepender de ter comprado uma touca feita por Honor Bright, pois ela não vai acabar e a senhora não terá desculpa para querer outra.

Ao entardecer, Belle fechou a loja e levou Honor para dar uma volta por Wellington. Nada muito além de umas poucas lojas e casas em ruas que se cruzavam, todas largas e dispostas no sentido norte e sul, leste e oeste. A Main Street foi ampliada de maneira a formar uma praça pública retangular, com a prefeitura, uma igreja, um hotel e lojas (uma das quais, a chapelaria) em volta. As lojas nos arredores eram de todo tipo: armazéns, além de sapateiro, alfaiate, ferreiro, carpinteiro, oleiro e um fabricante de carroças e carruagens. Quase todas tinham dois andares e eram de madeira, com toldos sobre grandes vitrines expondo os produtos. Construíram uma escola e a estação ferroviária estava quase pronta, pois o trem chegaria a Wellington no verão.

— Quando a estrada de ferro chegar aqui, esta cidade vai explodir. Isso é bom para o comércio. Bom para os chapéus — concluiu Belle.

Enquanto caminhavam, Honor teve a mesma impressão esquisita das outras cidades por onde passou a caminho de Ohio: parecia que todas foram construídas rápido e que podiam, com a mesma rapidez, ser destruídas num incêndio, ou numa das calamidades climáticas americanas das quais ouviu falar: furacões, tornados e nevascas. As fachadas das lojas podiam ser relativamente novas, mas já tinham sofrido com o sol e a neve. A rua era, ao mesmo tempo, seca e úmida, poeirenta e lamacenta.

Por toda parte aonde iam, a rua e as tábuas colocadas por cima da lama estavam cheias de poças de cuspe. Quando chegaram a Nova York, Honor e Grace ficaram impressionadas de ver como os americanos cuspiam, circulando com um boca cheia de tabaco e cuspindo dentro e fora de casa. Ficaram impressionadas também ao notar que ninguém parecia se importar.

Belle cumprimentava todos os que passavam e parou para uma conversa rápida com algumas mulheres. A maioria delas usava toucas comuns, mas algumas estavam de chapéus que Honor identificou como sendo de Belle, com sua combinação característica de adornos. Belle confirmou que eram.

— Algumas freguesas fazem suas próprias toucas, mas todos os chapéus são meus. Você vai ver mais chapéus na igreja, domingo. Não ousariam usar um chapéu dos chapeleiros de Oberlin, elas sabem que eu jamais as aceitaria como freguesas depois. Eles não têm nada de errado, mas a gente compra onde mora, não?

A própria Belle usava um chapéu de palha com uma larga fita laranja na aba, adornada de flores feitas com pedaços de palha.

O hotel da cidade ficava num dos cantos da praça. Para uma cidade tão pequena, ele era bem grande: um prédio comprido, de dois andares com sacadas por toda a fachada, sustentadas por pares de colunas brancas.

— Hotel Wadsworth, único lugar na cidade onde se pode beber alguma coisa. Você não se interessaria pelo assunto, já que os quakers não bebem, não é?

Honor assentiu com a cabeça.

— Pois eu bebo meu uísque em casa. Ali está o motivo.

Belle fez sinal para uma parte do hotel que ficava de frente para a chapelaria do outro lado da praça. Na varanda havia um grupo de homens, ladeados por garrafas de bebida. Donovan era um deles, com os pés em cima de uma mesa. Quando viu Belle e Honor, ele levantou a garrafa para elas como se fosse um cumprimento e bebeu.

— Que encantador.

Belle continuou andando com ela. Quando passaram pelo último par de colunas, Honor notou um cartaz colado numa delas. O que chamou sua atenção não foi a RECOMPENSA de 150 dólares, anunciada em letras garrafais, mas a silhueta de um homem correndo com uma trouxa pendurada no ombro. Parou e leu.

Fugitivo da fazenda do abaixo assinado, perto de Clarksburg, na Virgínia, em 15 de maio de 1850,

homem Negro chamado
JONAS.

Cerca de 30 anos de idade, 1m90, corpulento. Cor média, rosto largo, nariz africano. Cabelos crespos, penteados de lado. Canhoto, falante, esperto. Pagarei a recompensa acima para quem o prender de maneira que eu possa reavê-lo, não importa onde.

H. Browne
Agência Postal de Clarksburg, 26 de maio de 1850

A descrição era bem clara. Ela identificou o homem que tinha visto no alpendre. As palavras agora diziam como ele era, adjetivos como corpulento, africano e esperto, ela conseguiu vê-lo, os olhos avaliadores, os ombros fortes — e o cabelo, crespo e repartido do lado.

Donovan a observava.

— Vamos andando — disse Belle, baixo, segurando no braço dela e fazendo-a virar na esquina da Mechanics Street.

Quando ninguém poderia ouvi-las, Honor perguntou:

— Foi Donovan quem colocou aquele cartaz?

— Foi. Ele é caçador de escravos fugitivos. Você percebeu, não?

Honor concordou com a cabeça, embora não soubesse que o que ele fazia tinha nome.

— Ohio inteiro tem caçadores de escravos vindos do Kentucky ou da Virgínia para recapturar negros para os donos. Aqui tem muitos fugitivos a caminho do Canadá. Na verdade, Ohio tem muito trânsito de pessoas, de uma forma ou de outra. Basta você ficar numa esquina para ver. Do leste para o oeste, há colonos indo à procura de terras. Do sul para o norte, há escravos fugitivos em busca de liberdade. Engraçado que ninguém quer ir para o sul ou o leste. Só o norte e o oeste trazem alguma esperança.

— Por que os negros não ficam em Ohio? Pensei que aqui não havia escravidão.

— Alguns ficam em Ohio, você verá negros livres em Oberlin, mas no Canadá a liberdade é garantida. É outro país, com outras leis, então lá os caçadores de escravos não podem fazer nada.

— Mas Donovan se interessou por você — prosseguiu Belle.

— Engraçado, pois ele não costuma confiar nos quakers. Ele gosta de citar um político que disse que os quakers não defenderão o país quando houver guerra, mas gostam de se meter na vida das pessoas quando há paz. Não vale a pena chamar a atenção dele, pois não será fácil se livrar dele. Vai atrás de você até Faithwell. É um filho da puta teimoso. Sei bem disso.

Quando Honor fez um olhar interrogativo, Belle sorriu e acrescentou:

— É meu irmão.

Belle achou graça da mudança de expressão de Honor.

— Irmãos por parte de mãe, por isso não somos muito parecidos. Somos do Kentucky, mas nossa mãe era inglesa, de Lincolnshire.

Uma peça se encaixou no quebra-cabeça.

— Sua mãe fez a colcha de retalhos da minha cama?

— Fez. Donovan sempre quis tirar essa colcha de mim. É um mesquinho filho da puta. Seguimos rumos diferentes, mesmo os dois tendo vindo parar no norte. Bom, é melhor voltarmos para casa.

Belle parou na frente de Honor e avisou:

— Escute, querida, sei que você viu algo na minha casa, mas é melhor que você não saiba de nada. Assim, se Donovan perguntar, você não precisa mentir. Os quakers não mentem, não é?

Honor sacudiu a cabeça.

Belle segurou no braço dela e virou-se para voltarem à chapelaria.

— Sagrado Coração de Jesus, ainda bem que não sou quaker. Eles não bebem, não usam roupas coloridas, nem enfeites, não mentem. O que sobra?

— Também não xingam — acrescentou Honor.

Belle caiu na gargalhada.

Honor sorriu.

— Chamamos a nós mesmos de "povo peculiar", pois achamos que é assim que os outros nos veem.

Belle continuou a rir, mas parou quando chegaram ao bar do hotel. Donovan não estava mais lá.

Honor passou os dois dias seguintes costurando: de manhã, sentada no canto da loja, ao lado da janela; à tarde, na varanda dos fundos.

Belle pediu para Honor fazer mais toucas, terminando algumas que as freguesas pegariam naquele dia. Ela arrematou uma com renda, outra com uma fileira dupla de babados, depois costurou maços de miosótis de pano na aba interna de uma touca verde e dura e colocou largas fitas verde-claras para amarrar sob o queixo.

— Consegue fazer mais flores, se eu der as pétalas? — perguntou Belle, quando Honor terminou.

Honor alertou-a de que nunca tinha feito flores, já que as quakers não usavam enfeites, mas achava que não devia ser mais difícil do que alguns detalhes que ela havia costurado em colchas.

Belle entregou uma caixa cheia de pétalas e flores.

— Fiz as pétalas ontem à noite, quando você foi dormir. Apenas eu, o uísque e a tesoura, como gosto.

Mostrou como fazer os amores-perfeitos, depois as violetas, rosas, cravos e pequenos buquês de renda parecidos com a florzinha chamada véu de noiva. Honor quis que Grace estivesse ali para ver o que estava fazendo: enfeites cada vez mais coloridos e caprichados.

As freguesas de Belle continuavam a comentar a presença de Honor, até as que estiveram na loja um dia antes e já tinham falado no assunto.

— Gente, olha essa jovem quaker com o colo cheio de flores! Não é engraçado? Você vai conseguir mudá-la, Belle, vai sim! — diziam alto.

Mas Honor era apenas um tema passageiro, que talvez pudesse voltar mais tarde. Por enquanto, depois de darem suas opiniões, as freguesas se dedicaram à tarefa mais importante de conferir os novos produtos e pechinchar. Experimentando os diversos chapéus e toucas que estavam expostos, colocavam em dúvida os modelos de Belle e criticavam detalhes para conseguir descontos. Belle, por sua vez, não tinha a intenção de abaixar os preços e seguia-se uma batalha de argumentos.

Honor ficou irritada com a barganha que, no fundo, trazia o conceito de que o valor de algo pode mudar de acordo com a intensidade do desejo de comprar ou vender. O fato de não terem um preço fixo fazia com os chapéus de Belle tivessem um valor flutuante. Os quakers jamais pechinchavam, estabeleciam e mantinham o valor que achavam justo pelo produto ou serviço. Cada produto tinha o que se considerava um valor intrínseco, fosse uma cenoura, uma ferradura ou uma colcha, e ele não se alterava apenas por que muitas pessoas precisavam de uma ferradura. Honor conhecia comerciantes em Bridport que pechinchavam, exceto quando ela chegava à loja ou à barraca deles. Nas vezes em que testemunhou, a barganha era um tanto sem jeito, até constrangida, como se os envolvidos estivessem fazendo apenas por brincadeira, porque era esperado que o fizessem. Mas ali na loja de Belle a pechincha parecia mais decidida, como se cada lado tivesse certeza de que tinha razão e o outro não só estivesse errado como fosse moralmente suspeito. Algumas freguesas de Belle ficavam tão irritadas que Honor achava que jamais voltariam.

Mas Belle parecia se divertir com a pechincha e não se incomodou nem quando virou uma disputa acirrada e o chapéu acabou não sendo vendido.

— Elas voltam. Não têm outra chapeleira. Sou a única da cidade — disse.

Realmente, embora não conseguissem reduzir o preço, muitas mulheres fizeram encomendas. Era raro Belle tomar as medidas de uma freguesa, ela conhecia quase todas e as novas ela calculava só de olhar.

— A maioria das cabeças tem cerca de 50 cm de circunferência. As alemãs têm um pouco mais, porém as de outras nacionalidades costumam ter a medida igual, não importa o muito ou o pouco que tenham dentro — ironizou para Honor.

Belle costumava sugerir copas e abas de formas diferentes das que se usavam, e quase todas as freguesas aceitavam a opinião dela, deixavam a discussão para o preço e não o estilo do chapéu. Pelo que Honor pôde ver das que vieram buscar as encomendas, Belle costumava ter razão: escolhia cores e estilos diferentes do que as mulheres estavam habituadas a usar.

— Os chapéus podem perder a graça — disse ela para uma freguesa a quem tinha acabado de convencer a comprar um chapéu tingido de verde e debruado com palha dobrada imitando espigas de trigo.

— A senhora deve sempre surpreender as pessoas com algo novo para que elas a vejam de outra maneira. Uma mulher que usa sempre uma touca azul debruada de renda acaba ficando parecida com a touca, mesmo quando não está com ela na cabeça. Precisa de algumas flores pertos dos olhos, ou uma faixa vermelha, ou uma aba que realce o rosto.

Ela olhou com tanta atenção a touca simples de Honor que a jovem abaixou a cabeça.

— Mas você está com a mesma coisa todos os dias, Belle — observou a freguesa.

Belle deu uma batidinha na touca que usava, quase tão simples quanto a de Honor, embora tivesse um enrugado frouxo na aba e um cordão na parte de trás, que formava uma prega quando puxado.

— Não fica bem eu usar nada muito extravagante na loja. Não quero competir com minhas freguesas, vocês é que precisam aparecer. Uso meus chapéus quando saio.

Apesar das barganhas, dos enfeites frívolos e da impressão, às vezes, de que ela era uma diversão para as donas dos chapéus de Wellington, Honor gostava de trabalhar com Belle. Não importa o que fazia, pelo menos estava ocupada, sem tempo para pensar nas tristezas do passado, na incerteza do presente ou na interrogação que era o futuro.

Enquanto trabalhava ao lado da janela aberta, Honor viu Donovan passar duas vezes, montado em seu baio de ferraduras pesadas. Uma tarde, ele ficou no bar do hotel do outro lado da praça, encostado na grade, de olho na chapelaria e também (foi a impressão que ela teve), nela. Honor se encolheu na cadeira, mas não conseguiu evitar o olhar e pouco depois mudou-se para a varanda dos fundos, longe da vista dele.

Belle tinha entregado a Honor mais uma pilha de toucas para fazer, mas, antes de começar o trabalho, ela parou alguns minutos para ouvir. Não vinha nenhum som do barracão de lenha, mas ela sentia que tinha alguém lá dentro. Agora que sabia quem era, sabia até o nome e como ele era, teve um pouco menos de medo. Afinal de contas, ele é que devia ter medo dela.

Belle tinha sido bastante trivial sobre escravos, mas, para Honor, aquela ideia continuava nova e chocante. Os Amigos que moravam em Bridport criticavam a vergonha da escravidão na América, mas foram apenas palavras indignadas, nenhum deles jamais tinha visto um escravo em pessoa. Honor estava pasma por um deles estar escondido a cinco metros dela.

Ela pegou uma touca cinza, quase tão simples que poderia ser usada por uma quaker. O forro era num tom amarelo-claro, e sua tarefa era costurar faixas cor de mostarda e colocar uma fita amarela na renda sobre a nuca, onde o tecido podia ser apertado, criando um franzido. Primeiro Honor ficou em dúvida quanto à combinação das cores, mas quando terminou teve de reconhecer que o amarelo destacava a cinza e, ao mesmo tempo, era suave, não deixava a touca ficar espalhafatosa, embora a cor da faixa fosse mais forte do que ela teria escolhido. Belle tinha um gosto ousado, mas sabia usar os materiais para causar bom efeito.

Quando o movimento na loja deu uma trégua, Belle trouxe uma caneca de alumínio com água para Honor. Enquanto ela bebia, Belle encostou-se à grade da varanda e olhou o quintal com atenção.

— Tem uma cobra tomando sol nas tábuas — anunciou. — Cobra cabeça de cobre, vocês têm essa espécie na Inglaterra? Não? Pois fique longe dela, uma picada pode matar e é uma morte horrível.

Belle disse isso e desapareceu dentro de casa, voltando com uma espingarda. Sem avisar, mirou na cobra e atirou. Honor deu um pulo e fechou os olhos com força, deixando cair a caneca. Quando teve coragem de abri-los de novo, viu a cobra decapitada, o corpo estirado na grama, a vários metros das tábuas.

— Pronto. Mas deve haver um ninho de cobras por ali. Vou arrumar uns meninos para matarem todas. Não quero cobras no barracão de lenha — disse ela, satisfeita.

Honor pensou no homem escondido lá dentro há quase três dias, encolhido no calor e no escuro, ouvindo o tiro. Pensou também porque Belle teria aceitado escondê-lo. Depois que os ouvidos dela pararam de zunir, Honor perguntou:

— Disseste que o estado do Kentucky é escravista. Tua família tinha escravos? — Foi a pergunta mais direta que ela conseguiu fazer.

Belle virou-se para ela com seus olhos amarelados, encostada na grade da varanda e ainda segurando a espingarda, que parecia um vestido pendurado nos ombros. Ocorreu a Honor que ela devia ter uma doença secreta para ser tão magra e pálida.

— Nossa família era muito pobre para ter escravos. Por isso Donovan faz o que faz. Brancos pobres detestam os negros mais que qualquer um.

— Por quê?

— Porque acham que os negros estão tirando o trabalho deles e reduzindo o preço que se paga. Sabe, os negros têm um valor muito mais alto. Os donos de plantações pagam mil dólares por um negro, mas um branco pobre não vale nada.

— Mas tu não detestas os negros.

Belle deu um sorrisinho.

— Não, querida, não os detesto.

O sino na porta da loja tocou, anunciando uma freguesa. Belle pegou a espingarda.

— Aliás, Donovan foi embora. Nos sábados à noite ele sempre bebe até cair no Wack's, em Oberlin. Pode ter certeza. Acho que hoje ele começou cedo. Pode parar de se esconder dele aqui, se quiser.

Chapelaria Belle Mills
Main Street
Wellington, Ohio
Primeiro dia do sexto mês de 1850

Querida Biddy,

Lamento ter de informar-te que o Senhor levou Grace há seis dias, com febre amarela. Não vou entrar em detalhes, meus pais podem deixar que leias a carta que mandei para eles. Gostaria tanto que estivesses aqui comigo agora, segurando a minha mão e me consolando.

Creio que ficaste surpresa de ver onde estou agora. Estou sentada na varanda dos fundos da Chapelaria Belle Mills, em Wellington, Ohio. A varanda dá para o oeste e estou vendo o sol descer sobre um trecho de terra, no final do qual brilham os trilhos da estrada de ferro. Quando a ferrovia ficar pronta, irá em direção sul para Columbus e a norte para Cleveland. Os moradores de Wellington estão muito animados com isso, como nós ficaríamos, caso os trens na Inglaterra fossem até Bridport.

Belle é uma das muitas pessoas desconhecidas que se apiedaram de mim e me ajudaram. De fato, Belle foi a mais gentil de todas. A loja dela fica a apenas quinze quilômetros da casa de Adam Cox em Faithwell, embora ela não tenha me enviado logo para lá. Sem perguntar nada, notou que eu precisava de uma pausa para me recuperar da morte de Grace, então me deixou ficar uns dias com ela. Em retribuição, tenho ajudado na costura, o que me agrada, pois é uma atividade que domino e me sinto útil, em vez de depender totalmente dos outros, ou do meu dinheiro.

Ainda estou abalada por Grace ter partido há poucos dias. O tempo e o espaço me pregaram boas peças: a viagem marítima pareceu durar anos, embora tenha levado apenas um mês. E já me sinto longe de Hudson, onde Grace está enterrada, apesar de estar em Wellington há apenas três dias. Para uma pessoa que tinha uma vida tão rotineira e sem surpresas como eu, aconteceu muita coisa em pouco tempo. Tenho a impressão de que a América vai continuar a me surpreender.

Não entendo muito bem o povo, pois é muito diferente dos ingleses. Primeiro, são mais barulhentos e falam o que pensam de um jeito que não estou acostumada. Apesar de saberem o que são os quakers, acham-me estranha. As freguesas na loja de Belle não se acanharam em dizer isso, com excessiva e espantosa franqueza. Sabes que sou calada e, em meio aos americanos, fiquei mais ainda.

Há, também, os segredos. Por exemplo: tenho quase certeza de que, a apenas cinco metros de onde escrevo esta carta, esconde-se um escravo fugitivo. E desconfio também que ele estava escondido na carroça em que vim para Wellington. Mas não ouso conferir, pois há homens à procura do escravo e sabes que não posso mentir, se alguém perguntar. Em nossa terra natal, era fácil ser sincera e franca. Raramente eu tinha de esconder alguma coisa da família ou de ti. Por isso a situação com Samuel foi difícil de enfrentar. Mas, agora, tenho de guardar meus pensamentos para mim. Não tenho a intenção de mentir, mas aqui é mais difícil seguir esse princípio.

Pelo menos, posso ser sincera contigo, minha amiga mais querida. Confesso que estou nervosa com a chegada de Adam Cox amanhã. Ele veio para Ohio esperando que a futura esposa fosse morar com ele e agora tem de se contentar comigo sem Grace. Claro que o conheço e a Matthew de quando os Cox mudaram para Bridport, mas são mais velhos e eu não tinha uma relação próxima com eles. Agora eles vão ser os únicos rostos conhecidos no meio de estranhos.

Por favor, não comente nada disso com meus pais, pois não quero que se preocupem comigo. Não acho desonesto esconder meus sentimentos, pois não são fatos e podem mudar. Espero que, na próxima vez que eu escrever, possa dizer que me sinto bem em Faithwell e satisfeita de morar lá. Até lá, querida Biddy, faça com que eu esteja sempre em teus pensamentos e orações.

> *Tua amiga fiel,*
> *Honor Bright*

Silêncio

No domingo, Honor acordou cedo. Adam Cox só viria buscá-la depois de comparecer ao Culto de Adoração em Faithwell, mas a ansiedade fez com que ela ficasse acordada na cama, ouvindo o canto dos desconhecidos pássaros americanos ao amanhecer, passando os dedos sobre o contorno da Estrela de Belém no meio da colcha, à espera das mudanças que viriam.

Apesar de ficar bebendo quase a noite toda, Belle também acordou cedo. Enquanto tomavam o café da manhã (mais ovos com presunto, além de mingau de semolina, uma espécie de mingau branco e ralo que Belle disse comer desde quando era criança no Kentucky), Honor ficou pensando se a chapeleira iria à igreja. Mas Belle não fez menção de sair de casa; após limpar a cozinha, sentou-se na varanda de trás e leu o *Cleveland Plain Dealer*, que uma freguesa tinha deixado na loja no dia anterior. Honor ficou indecisa, depois pegou a Bíblia na arca e foi ficar com Belle.

Assim que sentou-se, percebeu que o homem tinha saído do alpendre. Havia uma sutil mudança no ar e em Belle, que parecia mais relaxada. Ela deu uma olhada no livro que estava no colo de Honor.

— Não vou muito à igreja, o padre e eu discordamos em quase tudo — Belle informou. — Mas posso levar você, se quiser. Pode escolher entre congregacionistas, presbiterianos ou metodistas. Eu escolheria os congregacionistas, pois cantam melhor. Escutei do lado de fora.

— Não precisa.

Belle balançava na cadeira enquanto Honor abria a Bíblia, tentando lembrar onde tinha parado a leitura, há séculos, quando a irmã estava no leito de morte. Leu trechos esparsos, mas não conseguiu se concentrar nas palavras.

Belle balançava mais rápido.

— Gostaria de saber uma coisa a respeito dos quakers — anunciou, abaixando o jornal.

Honor levantou os olhos do livro.

— Vocês ficam sentados em silêncio, não é? Não cantam hinos, não rezam, não têm padre para fazer refletir. Por quê?

— Porque ficamos ouvindo.

— Ouvindo o quê?

— O Senhor.

— Não conseguem ouvir o Senhor num sermão ou num hino?

Honor lembrou-se de quando ficou do lado de fora da igreja de St. Mary, em Bridport, que era do outro lado da rua da Casa do Culto. A congregação estava cantando e ela teve uma pequena inveja do som.

— O silêncio ajuda na concentração — disse ela. — O silêncio prolongado ajuda a ouvir o que está no interior. Chamamos de esperar na expectativa.

— No silêncio, vocês não ficam pensando no jantar ou no comentário que alguém fez sobre alguém? Eu pensaria no próximo chapéu que vou fazer.

Honor sorriu.

— Às vezes, eu penso na colcha que estou fazendo. Leva tempo para tirar da mente os assuntos cotidianos. Ajuda estar com outras pessoas que também esperam, assim como fechar os olhos.

Ela procurou palavras para explicar como se sentia num Culto.

— Quando a mente está limpa de pensamentos, a pessoa se volta para dentro e mergulha numa meditação profunda. Atinge a paz e tem a forte sensação de que está tomada pelo que chamamos de Espírito ou Luz Interior.

Honor fez uma pausa e acrescentou:

— Ainda não consegui sentir isso na América.

— Foi a muitos cultos aqui?

— Só a um. Grace e eu fomos a um Culto na Filadélfia. Foi... Não foi como na Inglaterra.

— O silêncio não é igual em toda parte?

— Há vários tipos de silêncio. Alguns são mais profundos e produtivos do que outros. Na Filadélfia, eu estava distraída e não encontrei a paz que buscava naquele dia.

— Pensei que os quakers da Filadélfia fossem os melhores que há. Quakers de Primeira Qualidade.

— Não vemos assim. Mas... — Honor hesitou. Não gostava de criticar os Amigos com uma não quaker. Mas tinha começado, precisava continuar.

— O Culto da Arch Street é grande, pois há muitos Amigos na Filadélfia e quando Grace e eu entramos no salão, havia poucos bancos vazios. Sentamos num e pediram que nos levantássemos, pois aquele era o banco dos negros.

— O que é isso?

— Para os membros de pele negra.

Belle ergueu as sobrancelhas.

— Há quakers de cor?

— Sim. Eu não sabia. Mas nenhum compareceu ao Culto naquele dia e o banco continuou vazio, apesar dos outros estarem cheios e apertados.

Belle aguardou sem dizer nada.

— Achei estranho que os Amigos separassem os membros negros assim.

— Então foi isso que a impediu de chegar ao Senhor nesse dia.

— Talvez.

Belle resmungou.

— Honor Bright, você é uma flor delicada. Acha que, já que os quakers consideram que todas as pessoas são iguais diante do Senhor, isso significa que todos são iguais uns aos outros?

Honor abaixou a cabeça. Belle deu de ombros e voltou a ler o jornal.

— Enfim, eu gosto de um hino bonito. Acho melhor que o silêncio em qualquer dia. — Começou a cantarolar baixinho, balançando a cadeira no ritmo de uma melodia simples e repetitiva.

Mais tarde, Belle pediu para os filhos dos vizinhos carregarem a arca de Honor para o térreo de modo que estivesse pronta quando Adam Cox chegasse. Após o almoço, as duas podiam ficar na loja à espera dele. Apesar de todas as lojas estarem fechadas, as pessoas andavam para lá e para cá, olhando as vitrines.

— Obrigada por sua ajuda — disse Belle, enquanto esperavam. — Agora estou com as encomendas em dia. Só volto a ficar ocupada em setembro, quando elas trazem as toucas de inverno.

— Estou muito grata por teres me hospedado.

Belle agitou a mão, dispensando o agradecimento.

— Querida, por nada. Engraçado, não costumo apreciar companhias, mas você é ótima. Primeiro, por que fala pouco. Todos os quakers são calados assim?

— Minha irmã não era. — Honor apertou as mãos para não tremerem.

— Você pode voltar quando quiser — disse Belle, após uma pausa. — Na próxima vez, vou mostrar como fazer chapéus. E tenho uma coisa para você aqui.

Belle foi para trás do balcão e pegou a touca cinza e amarela que Honor tinha feito no dia anterior e a estendeu para Honor.

— Uma vida nova precisa de uma touca nova. E esta precisa de uma aventura.

Honor não estendeu a mão para pegar, então Belle colocou a touca nas mãos dela.

— É o mínimo que posso fazer, como pagamento por todo o seu trabalho. Vai ficar bem em você. Experimente.

Relutante, Honor tirou a touca antiga. Gostava da cor cinza da nova, mas achava que a aba amarela não ia cair bem. Mas, quando olhou no espelho na loja, ficou surpresa ao ver que Belle tinha razão. A aba amarela era como uma auréola suave que iluminava seu rosto.

— Você viu? — observou Belle, contente. — Vai chegar elegante em Faithwell e um pouco mais na moda. E aqui está um pouco da fita amarela que sobrou, não dá para costura, portanto não tem muita utilidade para mim. Sei que as fabricantes de colchas gostam de retalhos.

Apesar de saber que era uma ideia boba, Honor se perguntava se Adam Cox tinha sido tão frio por não aprovar a touca nova.

Quando Honor e Belle ouviram o som de um coche vindo do norte, foram para a frente da loja encontrá-lo. Honor sentiu um frio no estômago. Embora temesse ter de dar detalhes sobre a morte de Grace, ver a dor dele e sentir a própria dor outra vez, estava ansiosa por um rosto conhecido. Quando ele parou na frente da loja, devagar e com cuidado, ela se adiantou ávida, mas o olhar duro dele paralisou-a como se estivesse distante e sem se envolver com o que via. Não parecia olhar para ela. Mesmo assim, ela disse:

— Adam, estou contente por te encontrares.

Adam Cox desceu do coche. Honor sempre estranhou Grace tê-lo escolhido para casar. Era alto, com os ombros caídos de um comerciante, suíças ao longo do maxilar, roupas sóbrias e chapéu de abas largas, fez um cumprimento com a cabeça ao se aproximar da varanda, mas não a abraçou como um parente faria. Parecia desconfortável e, antes que ele dissesse qualquer coisa, Honor percebeu que o encontro seria difícil. Não havia laços de sangue ou de afeto para uni-los, só as circunstâncias e a lembrança de Grace. Ela sentiu as lágrimas vindo e se esforçou para controlá-las.

— Também estou contente de ver-te, Honor — disse Adam. Não parecia contente.

— Obrigada por vires me buscar. — A voz de Honor saiu abafada.

Belle olhava os dois, cruzando os braços enquanto avaliava Adam Cox. Mas foi educada.

— Lamento muito a morte de sua pretendente — disse ela. — Sem dúvida, a vida que o Senhor nos deu é dura. Agora, cuide de Honor. Ela passou por um período muito difícil.

Adam encarou-a.

— E é a mais talentosa costureira da cidade — acrescentou Belle. — Trabalhamos bastante. Bom, Honor, acho que vamos nos ver menos a partir de agora, Faithwell fica mais perto de Oberlin do que daqui então, quando precisar comprar seus suprimentos, vá para lá. Cuidado com os habitantes de lá, têm opinião sobre todos os assuntos e gostam de expô-las. Se você cansar daquilo lá, volte, aqui sempre terá trabalho para você. Ora, mas o que é isso?

Honor estava chorando. Belle deu um abraço apertado e ossudo nela. Para uma mulher magra, ela era bem forte.

A estrada na direção norte saindo de Wellington era mais larga e mais estável que a trilha que Honor e Thomas percorreram vindo de Hudson. Deixaram as árvores mais longe, por isso a floresta não era tão opressiva e havia fazendas, milharais e trigais pelo caminho, além de vacas pastando nos campos. Havia pouco movimento, pois era domingo.

Em pouco tempo de viagem, Honor descobriu por que Adam Cox estava estranho: em poucas palavras, ele contou que o irmão, Matthew, tinha falecido há três semanas, da doença que tinha feito Adam vir para Ohio ajudar na loja.

— Lamento muito — disse Honor.

— Era esperado. Não quis preocupar Grace informando o diagnóstico nas cartas que escrevi.

— Como está a viúva?

— Abigail está resignada com a vontade do Senhor. Ela é forte e vai superar. Mas conta-me de Grace.

Honor fez um resumo da doença e morte da irmã. Depois, os dois ficaram em silêncio e ela sentiu no ar o peso das perguntas que não foram feitas e dos comentários não ditos. A maior de todas, tinha certeza, era: "o que a irmã é pra mim agora que a esposa se foi?" Naturalmente, Adam Cox era um homem honesto e honrado, e aceitaria a responsabilidade pela ex-futura-cunhada. Mas não era fácil para nenhum dos dois.

Adam olhou rapidamente para Honor.

— Essa touca é nova?

Surpresa por ele se interessar pelo que ela usava, Honor gaguejou:

— Foi, foi... um presente, de Belle.

— Sei. Não foste tu que fizeste.

— Tem algo errado com ela?

— Errado, não. É diferente do que costumas usar... Do que uma integrante dos Amigos usaria. Mas nada de errado.

Era estranho ouvir o sotaque de Dorset tão longe de casa. Adam pigarreou.

— Abigail, a viúva de Matthew, não esperava que viesses. Eu também não. Só soubemos que vieste para Ohio quando a chapeleira escreveu no outro dia para dizer que estavas na casa dela.

— Não recebeste a carta de Grace? Ela escreveu assim que decidi vir. Mandou imediatamente, no dia seguinte. — Honor continuou dando detalhes como se, falando bastante, a carta fosse chegar.

— Honor, as cartas nem sempre chegam, ou demoram, às vezes chegam depois da pessoa que escreveu. E aí, as notícias estão velhas. Escreveste para teus pais a respeito de Grace?

— Claro.

— Vão levar pelo menos seis semanas para saber. Enquanto isso vais receber cartas perguntando dela. Deves te preparar para isso, por mais enervante que seja. O intervalo entre as cartas pode incomodar. As coisas mudam antes que as pessoas possam saber.

Honor não estava ouvindo direito, pois no meio das palavras dele veio o som que ela esperava desde que saiu de Wellington: o tropel desigual do cavalo de Donovan se aproximando por trás.

Donovan ficou ao lado do coche, com cheiro de uísque e de fumaça.

— Honor Bright, você achou que podia ir embora da cidade sem se despedir de mim? Não seria educado, afinal. Tampouco simpático.

Adam Cox puxou as rédeas para parar o coche.

— Olá, amigo. Conheces Honor?

— Esse é o sr. Donovan, Adam — intrometeu-se Honor. — Conheci-o na estrada para Wellington. — Não disse que ele era irmão de Belle: não ia melhorar a opinião que Adam tinha da chapeleira.

— Sei. Agradeço qualquer gentileza que tenhas feito a Honor durante a fase difícil que enfrentou.

Donovan riu.

— Ah, Honor foi um evento na cidade, não é, querida?

Adam franziu o cenho pela intimidade grosseira. Mas Donovan só sabia ser sincero.

— Levo-a para morar em Faithwell. Se era tudo o que querias dizer, vamos seguir.

Adam segurou as rédeas, à espera.

— O quê, vai casar com ela agora que a irmã faleceu?

Honor e Adam se afastaram. Honor se sentiu fisicamente mal.

— Tenho a obrigação de cuidar de Honor — disse Adam. — Ela é como uma irmã para mim e para minha cunhada. Vamos viver como uma família.

Donovan franziu o cenho.

— Duas cunhadas e nenhuma esposa? Parece conveniente para você.

— Basta, Donovan.

O tom ríspido de Honor foi quase tão surpreendente quanto o tratamento de "senhor". Adam piscou.

— Ah, guarde suas garras! Certo, certo, desculpe. — Donovan deu um meio cumprimento por cima da sela, depois desmontou. — Agora vou dar uma olhada no seu coche. Desçam.

— Por que vais mexer em nossos pertences? — exigiu Adam, o rubor surgindo no rosto. — Não temos nada a esconder.

— Adam, deixa-o. É mais fácil — disse Honor, enquanto descia do coche.

Adam continuou sentado.

— Ninguém tem o direito de mexer nos pertences de outro sem motivo.

A violência que ocorreu foi tão súbita que Honor prendeu a respiração. Num instante Adam estava sentado, desafiador, no coche; no instante seguinte, estava no chão da estrada, gritando e segurando o pulso, com sangue escorrendo do nariz. Honor correu e se ajoelhou ao lado, segurando a cabeça dele no colo e limpando o sangue com um lenço.

Enquanto isso, Donovan abriu a arca de Honor novamente, mexeu em tudo e colocou os pertences no chão do coche, sem comentar nada a respeito da colcha assinada. Depois, levantou o banco onde estavam sentados e revirou lá dentro. Finalmente, satisfeito por não achar nada, desceu e ficou ao lado deles.

— Onde está o negro, Honor? Sabe que não pode mentir para mim, garota quaker.

Honor olhou para ele.

— Não sei — respondeu ela sinceramente.

Donovan encarou-a por um longo instante. Ainda estava cansado por causa da farra de sábado à noite, mas os olhos brilhavam de interesse e Honor achou-os incríveis, pois eram castanhos claros, mas com pequenas manchas negras como casca de árvore. Dava para ver que ele continuava com a chave dela por baixo da camisa, podia ver o contorno.

— Está bem. Não sei por que, mas acredito em você. Mas nunca minta para mim. Vou ficar de olho. Logo vou lhe visitar em Faithwell.

Montou seu cavalo baio. Olhando na direção de Wellington, ele fez uma pausa.

— A touca de minha irmã fica bem em você, Honor Bright. As cores são de um lençol de quando éramos pequenos. — Ele estalou a língua e o cavalo saiu a galope.

Honor preferia que ele não tivesse dito tais coisas.

Longe, outro coche se aproximava. Honor ajudou Adam a levantar do chão para que ele não ficasse mais envergonhado, caído no chão na frente de estranhos. Ele segurou no pulso dela.

— Quebrou ou machucou? — perguntou ela.

— Acho que só machuquei, graças ao Senhor. Só preciso enfaixar.

Adam balançou a cabeça, contrariado, ao ver as coisas de Honor espalhadas pelo coche.

— O que ele estava procurando? Sabe que não teríamos bebidas, fumo e nada de valor.

Confuso, Adam olhou para Honor, que pegou o chapéu dele na beira da estrada e tirou a poeira. Entregou-o.

— Ele procura um escravo fugitivo.

Adam olhou-a bem até que precisou sair do caminho para dar passagem ao coche que se aproximava. Não disse nada até voltarem a sentar-se, ele com o punho amarrado com um dos cachecóis de Honor, rumo a Faithwell novamente. Ele pigarreou.

— Parece que estás aprendendo rápido as coisas dos americanos.

Ele não pareceu apreciar.

Faithwell, Ohio
Quinto dia do sexto mês de 1850

Queridos pai e mãe,

A viagem de Bridport a Faithwell foi bem longa. O melhor de chegar não foi dormir numa cama onde poderia ficar na noite seguinte também, mas encontrar vossa carta à minha espera. Adam Cox me disse que chegou há duas semanas. Como pode, se a carta fez o mesmo caminho que eu? Chorei ao ver tua letra, mãe. Mesmo tendo sido escrita apenas uma semana depois que saí, gostei de tudo o que li, pois me deu a impressão de que ainda estava em casa, participando de todos os fatos cotidianos da comunidade. Precisei olhar a data da carta para lembrar que tuas palavras e as coisas que contas aconteceram há dois meses. Tamanha demora complica muito.

Lamento informar que Matthew Cox faleceu: a doença levou-o há quatro semanas. Isso significa que a casa em Faithwell onde me encontro está muito diferente do que foi previsto. Em vez de dois casais e eu, somos apenas três pessoas, pouco ligadas entre si. É esquisito, embora ainda seja cedo para conclusões e espero que deixe de me sentir como visita. Adam e Abigail, a viúva de Matthew, foram simpáticos. A morte de Grace foi muito chocante para ele; naturalmente, ele esperava se casar e dar uma nova vida para a esposa em Ohio. Minha vinda também foi uma surpresa, pois a carta dizendo que eu acompanharia Grace a América nunca chegou.

Penso sempre em como Grace lidaria com tudo, como enfrentaria as situações com seu riso e bom humor. Tento ser como ela, mas é difícil.

A casa de Adam em Faithwell (talvez eu devesse dizer a casa de Abigail, pois ela era a proprietária com Matthew) é bem diferente do que eu estou acostumada. Parece que o ar mudou, não é o mesmo que eu respirava na Inglaterra, como se fosse feito de outra substância. Uma casa pode dar essa impressão? A casa é nova, construída há uns três anos, de tábuas de pinho áspero, com cheiro de resina. A madeira me lembra uma casa de bonecas, não tem a solidez da pedra que fazia a nossa casa na East Street dar a sensação de segurança. A casa range constantemente, com a madeira reagindo ao vento e à umidade do ar, é muito úmido aqui e dizem que piora no verão. É espaçosa, apesar do meu quarto, pois uma coisa que a América tem de sobra é espaço onde construir. Tem dois andares e todos nela sabem quando alguém passa de um para o outro, já que as tábuas rangem muito. O térreo tem uma sala, uma cozinha e um lugar que os americanos chamam de quarto de doente, que fica perto da cozinha. Lá fica quem adoece para ser cuidado. Tenho a impressão que os americanos têm febre com frequência, de modo que precisam de um cômodo específico para isso — o que é problemático, dado o que testemunhei com Grace.

O andar de cima tem três quartos: o maior, era o que Abigail dividia com o marido; o médio era o que Adam esperava compartilhar com Grace; o pequeno, que seria do bebê, se tivessem tido. Por enquanto, me puseram nesse quarto, o arranjo parece temporário, mas não sei o que pode ser permanente aqui. Tem espaço para pouca coisa além da cama, mas não me queixo, pois quando fecho a porta, é meu. A mobília é adequada, como em todas as outras casas americanas onde fiquei, ela também tem uma sensação de algo temporário, como se os moradores esperassem ter tempo de construir algo mais permanente. Sempre sento nas cadeiras com cuidado, com medo de quebrarem. As pernas das mesas têm sempre farpas porque não foram lixadas e acabadas apropriadamente. Costumam ser de freixo ou de bordo, o que me faz sentir falta dos nossos móveis de carvalho, construídos para durarem para sempre.

A cozinha não é muito diferente da de East Street: tem um fogão, um forno, uma mesa comprida com cadeiras, um armário para a louça e panelas, um quarto de comida (que eles aqui chamam de despensa) para guardar mantimentos. Mas o ambiente é bem diferente da cozinha de East Street. Em parte, por que Abigail não é tão organizada quanto tu és, mãe. Não parece ter "um lugar para cada coisa e cada coisa no seu lugar" como me ensinaste. Ela guarda as *coisas de qualquer jeito, sem secar; larga a vassoura no meio do caminho do cesto de lixo, em vez de encostada no canto; não limpa os restos de comida, o que atrai ratos; deixa os pratos de qualquer jeito no armário, em vez de empilhados. E o fogão e o forno usam lenha e não carvão, por isso a cozinha tem cheiro de fumaça de madeira e não o cheiro natural de carvão queimado. Não precisamos tirar a cinza do carvão, mas a cinza da lenha pode ser bem complicada, principalmente por Abigail ser desleixada.*

Pena que ela e eu tenhamos começado mal. Logo que cheguei, a primeira refeição que ela serviu foi uma torta de carne: a carne estava rija e a massa, dura. Claro que não comentei nada e comi como pude, mas Abigail ficou sem graça, mais ainda quando me deu leite talhado na manhã seguinte. Espero poder ajudá-la com o tempo, convencendo-a gentilmente com o passar do tempo.

Andei um pouco pela cidade, embora "cidade" seja uma palavra pretensiosa para uma série de construções numa rua cheia de sulcos das carroças e coches. Bridport deve ser cem vezes maior. Há um armazém geral (que chamaríamos de loja de velas), um ferreiro, uma Casa de Culto e dez casas, além de fazendas nas proximidades. A comunidade tem cerca de quinze famílias, a maioria delas vinda da Carolina do Norte para se afastar da escravidão que mancha aquela sociedade. Ainda não fui ao Culto, mas as pessoas que conheci são simpáticas, apesar de imersas nas próprias preocupações, como tantos americanos que conheci. Não praticam a arte da conversa como os ingleses, mas são sinceros a ponto de serem grosseiros. Talvez eu mude de opinião depois de conhecer melhor a comunidade.

Atrás da casa, a estrada entra na floresta, exceto quando as fazendas mantiveram as árvores à distância. Antes de vir para a América, eu não imaginava como era difícil construir uma fazenda no meio da floresta. Há tocos de árvores por todo canto. A Inglaterra é muito organizada, dá a impressão que o Senhor fez um lugar para as árvores, outro para os campos e que eles sempre estiveram lá, não precisaram ser criados. Da janela do meu quartinho, olho para a floresta e parece que as árvores estão se aproximando

*pouco a pouco da cidade e que os machados não conseguirão contê-
-las para sempre. Vocês sabem que sempre gostei das árvores, mas
aqui elas são tão abundantes que parecem ameaçadoras, em vez de
acolhedoras.*

*O armazém geral não costuma ter as coisas necessárias para os
afazeres de todos os dias. Para conseguir o que não tem, é preciso
ir a Oberlin, que fica a cinco quilômetros. É um lugar bem maior,
com dois mil habitantes, além de uma escola com muitos alunos.
A loja de Adam é lá e ele vai quase todos os dias, apesar disso,
ainda não conheci o lugar. Um dia, se Faithwell crescer, ele gostaria
de trazer a loja e vender principalmente para os Amigos, mas isso
pode demorar. Ele disse que posso ajudar na loja, quando eles esti-
verem muito ocupados. Vou gostar de ser útil.*

*O dia a dia aqui parece mais precário do que na nossa terra
natal. O produto que não tinha em Bridport, certamente tinha em
Dorchester e Weymouth. Nas cidades americanas onde estive a
caminho daqui, e principalmente em Faithwell, tenho a impressão
de que precisamos ser autossuficientes e não podemos confiar nos
outros, pois eles nem sempre estão disponíveis. A maioria dos habitantes aqui cultiva seus legumes, como nós fazíamos, mas ninguém
vende verduras, pois usam-nas para alimentar os coelhos, como
Abigail faz — cada um por si. Muitos têm uma vaca; Abigail e
Adam não têm, mas criam galinhas e compramos leite e queijo
numa das fazendas próximas.*

*Fiz apenas um rápido retrato de Faithwell. Ainda não tenho um
lugar aqui, mas com ajuda do Senhor e o apoio dos Amigos, espero
encontrar um. Por favor, fiquem certos de que cheguei bem e estou bem-
-cuidada. Tenho uma cama, comida e pessoas gentis ao redor. O Senhor
continua comigo. Sou grata por isso e não tenho do que reclamar.
Mesmo assim, penso muito em vocês. Ainda está quente para usar a
colcha assinada, mas coloquei-a na beira da cama e, no começo e no
final de cada dia, toco as assinaturas de todos os que me são caros.*

*A filha que os ama,
Honor Bright*

Aplicação

Ela não podia ficar. Honor percebeu isso meia hora depois de chegar à casa de Adam e Abigail, em Faithwell. Não por causa da bagunça na cozinha, onde os pratos do almoço ainda estavam empilhados na pia; ou da lama dos sapatos que não foi tirada do corredor; ou do jantar intragável, ou do fogão que não dispersava direito a fumaça. Nem por causa dos dejetos de rato que ela viu na despensa, nem das teias de aranha pelos cantos, nem do quartinho que Adam mostrou para ela e onde cabia só uma cama, tendo sua arca de ficar no corredor. Ela não teria ido embora por nenhuma dessas razões.

Não podia ficar por que Abigail realmente não a queria ali. Abigail era uma mulher alta, de testa larga e olhos penetrantes e escuros, ombros largos e calcanhares e pulsos largos. Quando foi apresentada a Honor, Abigail deu um abraço sem qualquer calor. Após a refeição intragável que serviu, ela desfiou uma lista de desculpas ao mostrar a casa para Honor.

— Cuidado para não tropeçares no tapete, ele precisa ser fixado no chão, não é, Adam? Esta lamparina não costuma fazer fumaça, mas fiquei tão agitada ao saber que chegavas de repente, que não tive tempo de arrumar direito. — Eu teria varrido, mas sabendo que tu e tua arca iam trazer poeira, esperei para não ter de varrer duas vezes.

Abigail fazia os defeitos da casa parecerem responsabilidade de todo mundo, menos dela. Honor começou a se sentir culpada por estar lá.

Quando criança, Honor aprendeu que todos têm um toque de Luz e, embora a intensidade possa variar de uma pessoa para outra, todas deviam tentar viver de acordo com ela. Honor desconfiava que Abigail tinha pouca Luz e não estava vivendo de acordo com isso. Claro que até pouco tempo atrás ela era casada, depois perdeu o marido e, portanto, podia ser perdoada por não ser lá muito amigável. Mas Honor achava que aquela antipatia fazia parte dela.

Adam Cox não tentou defender Honor ou fazê-la se sentir bem-vinda, mergulhando mais ainda em si mesmo, sóbrio e calado. Devia estar chocado com a morte do irmão e da noiva, Honor suspeitava. Apesar de ter cortejado Grace quase que somente por cartas, ele deveria aguardar com ansiedade a chegada de uma esposa bonita e alegre. E agora estava enfiado numa casa com uma cunhada calada e outra difícil de lidar.

Ele só se animou quando, após o jantar, foram sentar-se na varanda da frente e Abigail levantou a questão sobre a vinda de Honor a Ohio.

— Adam me falou na família de Grace — disse ela, balançando vigorosamente na cadeira, as mãos soltas no ar, pois estava muito escuro para costurar. — Ele me disse que tu ias casar. Por que estás aqui, então?

Adam aguardou, como se estivesse esperando Abigail tocar naquele assunto delicado.

— Pois é, Honor, o que houve com Samuel? Pensei que tu e ele tinham um compromisso.

Honor estremeceu, apesar de saber que aquela pergunta teria de ser respondida. Tentou usar o mínimo de palavras.

— Ele conheceu outra pessoa.

Adam franziu o cenho:

— Quem?

— Uma... Uma mulher de Exeter.

— Sou de lá e conheço quase todos os Amigos lá. Quem é ela?

Honor engoliu em seco para diminuir o aperto na garganta.

— Ela não faz parte dos Amigos.

— Como, ele se casou fora da fé? — perguntou Abigail, quase gritando.

— Sim.

— Suponho que o Culto de Bridport tenha o renegado? — perguntou Adam.

— Sim, ele foi morar em Exeter e entrou para a Igreja Anglicana.

Essa era a parte mais difícil: Honor quase conseguia aceitar que Samuel não gostasse mais dela, mas largar a religião que era o esteio da vida dela foi um golpe que considerava irrecuperável. Aquilo, além do constrangimento dos pais de Samuel sempre que ela os encontrava e a pena que todos mostravam, fizeram-na aceitar a ideia de emigrar.

Ao pensar nisso, notou que estava apertando as mãos no colo. Respirou fundo e tentou relaxar, mas os nós dos dedos ainda estavam brancos por ela ter sido forçada a pensar em Samuel.

Abigail balançou a cabeça.

— Isso é horrível.

Ela parecia quase satisfeita, mas franziu o cenho, talvez lembrando que por todos esses motivos eles acabaram ficando com aquela hóspede inesperada. Algo em seu olhar duro e cruel fez Honor se sentir responsável e achar, de novo, que era a culpada.

O dia estava quente, mas à noite no quartinho ela se encolheu dentro da colcha assinada, buscando consolo.

Mais tarde, Honor admitiu para si mesma que não conseguiu esconder o desapontamento com seu novo lar e Abigail pode ter se ofendido. A desorganização, uma fronteira natural da casa se estendeu para Faithwell. Quando Adam levou-a de Wellington, ela pensou que as casas esparsas fossem prenúncio de uma cidade próxima. Na manhã seguinte, quando ela e Abigail saíram para dar uma volta, viu que não era assim. Embora estivesse chovendo e a rua na frente da casa tivesse virado lama, Abigail insistiu em sair. Era como se ela tivesse medo de ficar sozinha com Honor, pois Adam tinha ido cedo para a loja em Oberlin. Quando Honor sugeriu que esperassem a chuva parar, Abigail franziu o cenho enquanto prendia a touca na cabeça.

— Ouvi dizer que chove muito na Inglaterra — ela reagiu, amarrando a fita abaixo do queixo. — Devias estar acostumada. Você não vai usar aquela touca cinza e amarela, vai? É muito elegante para Faithwell.

Honor já tinha resolvido guardar a touca presenteada por Belle e ficou pensando se haveria algum lugar onde pudesse usá-la. E concluiu que Grace conseguiria usar ali.

Ela seguiu Abigail pelo caminho de tábuas colocadas com essa finalidade, embora estivessem cobertas de lama. Passaram por algumas casas parecidas com a de Adam e Abigail, mas a rua estava vazia. No armazém, só estava o dono. Ele a cumprimentou gentilmente, com a feição sincera e honesta familiar aos Amigos de sua terra natal. A loja era simples, vendia apenas farinha, cana de açúcar, milho e mingaus. Havia também algumas prateleiras fora de ordem repletas de coisas como velas e cadarços de botas, uma caixa de papel de carta, um pano de limpeza, uma vassoura — como se um vendedor tivesse chegado e convencido o dono da loja a ter um produto de cada, caso alguém quisesse comprar algum dia.

Honor forçou um sorriso no rosto, olhando em volta, tentando disfarçar o que pensava: que os balcões e as prateleiras mostravam as limitações de sua nova vida. Um balde de metal, um pacote de agulhas, uma garrafa de vinagre: esses poucos itens, tristes nas prateleiras, eram tudo para Faithwell. Não havia outros lugares para ir, lojas com doces tentadores ou lindos tecidos, nenhuma esquina para virar e descobrir mais uma série de lojas numa rua cheia de lama, nenhum piso pintado de azul claro. Adam não mentiu nas cartas que mandou para Grace, mas fez a cidade parecer bem melhor do que era. "É pequena, mas está crescendo", escreveu. "Tenho certeza de que vai progredir." Talvez Honor devesse ter dado mais atenção para o uso dos verbos no futuro.

Quando voltaram para casa, ela tentou ajudar Abigail: lavou a louça, esfregou as panelas, sacudiu os tapetes ovais espalhados pela casa, trouxe lenha para o fogão, tirou a cinza do fogão e jogou na privada — "quartinho", é assim que eles chamam essa parte da casa, ela corrigiu a si mesma. Perguntou como Abigail costumava realizar cada tarefa para não ofendê-la mudando a maneira de fazer, dando a entender que a dona da casa estava errada. Abigail era o tipo de mulher que achava essas coisas.

Ao varrer a cozinha e a copa, Honor cometeu o maior erro:

— Tens um gato? — perguntou, ao ver os dejetos de rato entre as varridas, achando que aquela gentil sugestão poderia resolver o problema dos ratos.

Abigail deixou cair a faca com a qual estava descascando batatas.

— Não! Tenho alergia, espirro — respondeu, sumindo na copa e voltando com um vidro de pó vermelho, que abriu e começou a soprar nos cantos, com movimentos erráticos acompanhados de suspiros. Honor tentou não ficar olhando, mas a curiosidade foi maior e pegou o vidro.

— O que é isso?

— Pimenta vermelha. Acaba com os animais daninhos. Não usam na Inglaterra?

— Não, tínhamos um gato.

Honor não disse que sua gata, uma malhada que se chamava Lizzy, era boa caçadora de ratos. Costumava sentar-se ao lado e ronronar enquanto ela costurava. Lembrar-se da velha gata fez as lágrimas surgirem; voltou às varridas para que Abigail não notasse.

À tarde, quando Adam voltou para casa, Honor ouviu Abigail falando baixo com ele na varanda. Não tentou escutar, mas pelo tom, sabia o que era: não poderia ficar. Mas para onde iria?

Na tarde seguinte, quando Abigail concluiu que as duas tinham trabalhado muito, ela sentou-se na cadeira de balanço na varanda da frente, com a colcha que estava fazendo e uma tigela de cerejas colhidas na árvore atrás da casa. Honor tinha colhido antes que os corvos comessem todas. Pegou sua cesta de costura e foi acompanhar Abigail. Não trabalhava na colcha desde que estava no *Adventurer*, a viagem depois disso tinha sido muito agitada e o tempo que tinha para costura na casa de Belle foi gasto com as toucas.

Honor tinha atirado no mar todos os losangos que a mãe havia cortado para ela, mas restavam alguns pedaços de pano trazidos de casa, algumas formas que já havia separado, e o tecido em volta dos moldes, pronto para ser costurado. A maioria das mulheres que fazia colchas sempre tinha um trabalho parado, à espera da hora de serem retomados. Honor olhou as rosas e estrelas que já estavam prontos, pensando no que fazer com eles. As formas e cores (rosas marrons e verdes, feitos com pedaços dos vestidos velhos de Grace e dela mesma; o começo de uma Estrela de Belém em vários tons de amarelo) fizeram-na lembrar de Dorset e pareciam estranhos sob o forte sol americano. Ela achava que não podia fazer nada com eles que fosse melhorar a vida em Ohio. Mas não estava disposta a pegar papel e caneta e criar um desenho novo, era cedo demais e isso requeria cabeça fresca e inspiração.

Honor deu uma olhada na colcha que Abigail fazia. Se estivesse com a mãe, ou com Grace, ou com sua amiga Biddy, poderia oferecer ajuda se não tivesse o que fazer. Mas não ousou perguntar, já que Abigail poderia entender errado. Além disso, Honor não conseguia se imaginar fazendo aquele estilo de colcha: flores vermelhas e folhas verdes aplicadas saindo de uma urna vermelha, sobre fundo branco. Honor sempre preferiu costurar retalhos a fazer aplicação, achava que os retalhos sobre quadrados de tecido eram enganadores, comparado ao trabalho bem mais difícil de juntar centenas de estampas, combinar as cores de forma a dar uma gradação e unidade e formar um desenho bonito. Embora algumas artesãs não conseguissem a geometria rígida e a exatidão que o trabalho exigia, Honor o considerava um desafio agradável. Desde que chegou à América, tinha visto as colchas aplicadas (geralmente, em vermelho e branco, às vezes com verde também) em toda parte, nas hospedarias e pousadas, dependuradas em varais e na grade de varandas, para arejar. Eram vistosas, alegres, simples. Alguns desenhos eram muito bem feitos, mostravam plumas, vinhas ou uvas que às vezes eram forrados para destacar mais. Mas não gostava do resultado.

O estilo em blocos de outras colchas americanas era um pouco mais interessante. Consistia de uma dúzia ou mais de quadrados e triângulos formando estampas com nomes como pata de urso, puxão de macaco, gansos voadores ou espanta-mosca. Exigiam mais perícia do que as colchas com apliques, mesmo assim eram simples demais para Honor. Ela preferia seus moldes.

Mas ela precisava fazer alguma coisa: juntar mais formas para usar mais tarde, quando estivesse com a cabeça descansada e mais tempo livre. Honor começou colocando linhas nas agulhas. Colocou em cinco, enfiou-as na almofada de agulhas e sentiu o olhar de Abigail.

— O que fazes? Por que tantas agulhas? — ela quis saber.

— Para ficarem prontas e eu não ter de parar a cada vez que a linha acabar — respondeu Honor. Belle Mills não tinha achado estranho, mas ela era costureira.

— Isso que é eficiência — disse Abigail de um jeito que dava a entender que eficiência era algo supérfluo.

Honor prendeu dois losangos verde e marrom já presos aos moldes e começou a pespontar com linha branca, sua cor preferida, qualquer que fosse a cor do tecido. Parou no final para colocar outro losango, passar a linha por baixo do pano e costurar dos dois lados.

Abigail estava olhando outra vez.

— Como consegues costurar tão rápido?

— Uso pouca linha. — Honor tinha notado que Abigail colocava a linha tão comprida quanto o braço dela.

Abigail pegou uma das rosas que já estavam prontas.

— Olha esses pontos — disse, mostrando os fios. — São tão iguais. Não vejo costura tão bem feita desde menina, na Pensilvânia. Uma de nossas vizinhas tinha mãos caprichosas assim. Abigail apertou as pétalas, que fizeram um barulho de papel, e perguntou:

— Você colocou papel por baixo?

— Não usas moldes de papel para fazer as colchas de retalhos?

— Não.

— Na Inglaterra, nós costuramos o pano em moldes de papel para ficarem perfeitos, senão eles não se encaixam quando costurados. Vês como é? — Honor entregou para Abigail alguns losangos de papel.

— Mas depois a colcha vai ficar estalando!

— Não, pois depois que costuramos tudo, nós tiramos os moldes. Honor adorava tirar os moldes de uma colcha acabada, que o papel fez o desenho firme, tornando-se macia e confortável.

Abigail estava olhando os moldes de papel e lendo neles:

— "Dez quilos de farinha de trigo. Coalho para bolo. Eu não queria... longe de Dorch ... volto logo ..."

Honor gelou. Eram só trechos de frases, mas Abigail sabia que a letra era de Samuel num bilhete, avisando que ia visitar parentes em Exeter e voltaria na semana seguinte. Na época, o bilhete não pareceu importante, tanto que Honor usou o papel para fazer moldes. Mas agora tudo tinha outro sentido, pois foi em Exeter que Samuel conheceu a mulher com quem se casou.

Honor segurou a caixa de costura para Abigail guardar os moldes. Mas, Abigail continuou a ler as palavras do bilhete, enquanto Honor aguardava. Finalmente, devolveu os moldes.

— Prefiro os apliques — disse ela, alisando o quadrado vermelho, verde e branco. — Dá um aconchego gostoso e bonito.

Honor reparou que a costura estava ondulada e os pontos não tinham o mesmo tamanho. Não era de se estranhar, pois, para dar pontos iguais, a própria costureira tinha de ficar ereta. Abigail ficava tão debruçada sobre o trabalho que os dedos e a linha eram uma confusão. E dava alguns pontos e parava para olhar a rua e as casas perto do armazém, ou para tomar um copo de água. Honor sabia como eram essas pessoas agitadas, que existiam mesmo entre os quakers, pois ensinou costura para muitas moças em Bridport. Ela creditava sua costura caprichada aos longos períodos de silêncio nos Cultos, que tornaram seus pensamentos mais altos e as mãos firmes, o que se refletia na costura. Mas o silêncio não parecia ter o mesmo efeito em todo mundo.

Honor não tentou ensinar Abigail a segurar direito na agulha, nem a sentar-se ereta e usar um dedal para não espetar os dedos e manchar de sangue o tecido branco, nem mostrar como dar um arremate duplo em vez de dar nó na linha. Bastava conseguir sentar com ela e trabalhar lado a lado num ritmo que Honor conhecia da vida toda.

— Espera as outras moças verem tua costura. Vão pedir para fazeres uma colcha para elas na próxima reunião — disse Abigail.

Aos poucos, Honor foi conhecendo os outros habitantes. Quando ficavam sentadas na varanda da frente, as pessoas que passavam pela rua entravam para se apresentarem. Abigail levou-a a fazenda que ficava a oeste da cidade, onde vendiam leite e queijo, e ela conheceu os fazendeiros e outros clientes. No Quinto Dia, choveu tanto que Abigail disse que não iria ao Culto. Por isso, só no Culto do Primeiro Dia foi que Honor conheceu toda a comunidade.

A Casa de Culto de Faithwell consistia em uma sala quadrada e iluminada, com paredes caiadas e janelas por toda parte. Era mais ou menos do mesmo tamanho da Casa de Bridport, mas com a metade dos fieis, por isso Honor não tinha a impressão de aperto que tinha em sua cidade. Os bancos nos quatro pontos ficavam de frente para o centro da sala, sendo um deles reservado para os mais velhos, de quem a comunidade esperava orientação. No centro havia um fogão apagado, com a chaminé subindo em zigue-zague até um buraco no teto.

Honor estava ansiosa pelo Culto, pois não comparecia a um desde que esteve na Filadélfia e sentia falta da sensação de paz que costumava ter. Em geral, a plateia dos Cultos costumava demorar um pouco para se acalmar e ficar em silêncio, como um lugar onde a poeira levantasse e precisasse baixar. As pessoas se mexiam em seus lugares até achar uma posição confortável, arrastavam os pés no chão e tossiam, aquela agitação refletia o que se passava na cabeça delas, ainda ativas com as preocupações do dia. Mas, uma por uma, elas deixavam de lado os problemas com trabalho, colheita, comida e se concentravam na Luz Interior que era a manifestação de Deus nelas. O Culto começava em silêncio, que ia se alterando até um momento em que o próprio ar parecia se adensar. Não havia qualquer sinal exterior, mas dava para perceber que o Culto começava a se concentrar em algo muito mais forte e profundo. Era então que Honor mergulhava em si mesma. E quando chegava ao lugar que procurava, podia ficar por muito tempo e ver que os Amigos em volta também estavam lá.

De vez em quando, os Amigos desejavam falar e dar testemunhos, como se Deus os usasse como veículo de comunicação. Eles falavam ponderadamente, às vezes citando trechos da Bíblia. Todos podiam falar quando quisessem, mas os mais velhos eram mais assíduos. Honor ficou calada, pois não conseguiria traduzir em palavras o que sentia no Culto. Tentar poderia atrapalhar.

Mas, embora o Culto em Faithwell fosse parecido com os da Inglaterra, Honor descobriu ao sentar-se, parada e em silêncio, que não conseguia esvaziar a mente. O lugar era outro, a luz, o ar, os cheiros, e os muitos rostos; tudo era novo. Havia também os grilos, gafanhotos e o inseto que Abigail chamava de esperança e que fazia mais barulho do que todos que Honor tinha visto na Inglaterra. O canto, o zunido e o gemido formavam uma muralha sonora impossível de ignorar.

Tudo isso tirava a atenção. Mas Honor já havia estado em Cultos em Exeter, Dorchester e Bristol onde também não se sentiu à vontade, mas conseguiu sentir o mesmo silêncio que em Bridport. Em Faithwell, no entanto, ela estava consciente de estar em um lugar que ela esperava ter como seu e por isso não conseguia relaxar e libertar a mente. Mesmo com o silêncio aumentando, Honor não conseguiu participar daquele encontro comunitário e acompanhar os outros. Ficou lembrando-se dos últimos e terríveis dias da vida de Grace; e de Abigail, ao lado dela no Culto, e Adam, sentado em frente, no banco dos homens, e no clima tenso em casa, e nos olhares que os dois trocavam e que ela procurava ignorar; lembrando-se do negro escondido na pilha de lenha de Belle; na pele cheia de icterícia de Belle e nos incríveis chapéus que fazia; em Donovan, mexendo na arca e observando-a com um brilho no olhar. Poucos dias depois que ela foi para Faithwell, Donovan esteve lá, montado em seu cavalo baio, quando ela e Abigail estavam dependurando roupas no varal, diminuiu o galope e tirou o chapéu. Abigail ficou apavorada.

Honor não era agitada como Abigail, que cruzava e descruzava as pernas, assoava o nariz, enxugava o suor na nuca. Honor sempre ficou estática no Culto — aliás, conseguia ficar sentada duas horas sem mudar de posição. Mas dava para perceber quando alguém não participava do silêncio, mesmo estando parado. Talvez Abigail estivesse atrapalhando a concentração de Honor, que fechou os olhos e tentou de novo. Como não adiantou, ela procurou com os olhos um rosto que lhe fosse inspirador. Todo Culto tinha um rosto assim: alguém (geralmente, mulher) de expressão tão atenta e acolhedora que exercia uma silenciosa liderança, mesmo num grupo que agia por consenso. Olhar aqueles rostos assim era quase doloroso, pois parecia uma violação da comunhão que tinham com Deus. Ao mesmo tempo, eram um bom lembrete do acesso livre que um Amigo deveria ter no Culto.

Em Faithwell, Honor encontrou esse rosto no banco dos mais velhos, que ficava perpendicular ao dela. Era o rosto de uma mulher de cabelos brancos presos sob a touca e olhos brilhantes focados num ponto distante fora da sala; provavelmente um ponto dentro da própria mente. As sobrancelhas arqueadas davam a ela uma expressão receptiva e surpresa e a linha natural da boca formava um meio sorriso acentuado pelas maçãs redondas.

Honor ficou olhando para ela e obrigou-se a olhar para baixo para não ficar encarando. Embora muito atraente, o rosto não chegava a ser amistoso. Era de alguém que era mais admirada e respeitada do que amada. Mas ela não conseguiu fazer com que Honor se concentrasse como gostaria.

Finalmente, um homem se levantou para citar a Bíblia. Pelo menos, forneceu algo em que Honor pudesse pensar, mesmo que não conseguisse entrar em comunhão com Deus.

Após o Culto, ela foi apresentada a várias pessoas, mas era difícil guardar uma longa lista de sobrenomes sem nada de marcante: Carpenter, Wilson, Perkins, Taylor, Mason. Poucos se destacavam: Goodbody, Greengrass, Haymaker — o último, ela sabia, pertencia aos fazendeiros de quem compraram leite. Judith Haymaker era a mulher de rosto atraente, sentada no banco dos mais velhos. Como o Culto tinha terminado, Judith tinha uma expressão menos intensa, mas as sobrancelhas permaneciam arqueadas sobre os olhos claros que Honor não conseguiu encarar mais do que dois segundos. Ela estava com a filha Dorcas que tinha mais ou menos a idade de Honor e sorria obediente quando era apresentada, mas parecia indiferente à potencial nova amiga. Realmente, a comunidade de Faithwell era bastante educada, porém as pessoas não quiseram saber nada a respeito de Honor. Não que ela quisesse falar, não queria repetir a história da morte de Grace, mas os novos vizinhos pareciam interessados só em seus próprios assuntos.

Judith Haymaker acenou com a cabeça para um jovem no meio de outros.

— Este é meu filho Jack.

Como se ouvisse o próprio nome ao longe, ele virou-se e seu olhar encontrou o de Honor como o de nenhum outro homem havia feito. Seus cabelos castanhos revoltos tinham mechas louras como o trigo e a boca meio sorridente era igual à da mãe, porém mais calorosa.

Ah, pensou ela, e olhou pra longe, encontrando os olhos azuis-claros de Dorcas Haymaker. Dorcas não tinha o sorriso eterno do resto da família, mas tinha um nariz marcante que parecia uma cenoura e uma testa que fez Honor lembrar-se de Abigail. Olhou para baixo. Será que todas as mulheres americanas eram tão difíceis de conversar?

Não. Ela fez uma pequena prece de agradecimento pela existência de Belle Mills.

Faithwell, Ohio
Décimo quarto dia do sexto mês de 1850

Querida Biddy,

Escrevo da varanda da frente da casa de Adam e Abigail, em Faithwell. Uma das vantagens das casas americanas é que costumam ter varandas para sentar-se, sentir a brisa leve e, ao mesmo tempo, proteger-se do sol. Aqui é mais quente que Dorset e já me avisaram que piora no próximo mês. Não é só o calor que irrita, mas a umidade onipresente que dá a impressão de que estamos dentro de uma nuvem de vapor. Meu vestido está grudento, meu cabelo enrolado e, às vezes, mal consigo respirar. Num calor desses, é difícil ter forças para trabalhar. Se ao menos estivesses ao meu lado para conversar, rir e costurar, a estranheza desse lugar seria mais suportável, como seria também se Grace estivesse aqui. Se ela não tivesse falecido, teria transformado nossas vidas na aventura que prometia o navio que nos trouxe para a América. Sem ela, tudo parece uma provação a que fui imposta. Gostaria de dizer-te que estou me adaptando bem à nova vida em Ohio. Sei que é isso que esperas de mim — eu também espero. Mas confesso Biddy, se não fosse a difícil viagem até Bridport, eu compraria imediatamente uma passagem para o leste, numa diligência de Cleveland. Pouca coisa me prende aqui.

Não quero parecer ingrata. Adam Cox me recebeu bem, embora não comentasse como eu ia me adaptar na casa sem Grace, que era o motivo inicial da minha presença aqui. Talvez ele não saiba o que pensar. Acho que Abigail vai pensar por ele.

Procuro ser simpática. Abigail também me recebeu bem, só que do jeito dela. Quando cheguei, ela me abraçou como as mulheres americanas costumam fazer; tive de ficar parada e não recuar. Depois, chorou e disse que estava muito triste por Grace e que esperava que fôssemos como duas irmãs. Desde então, porém, ela não foi muito fraternal. Às vezes, pego-a me olhando de um jeito pouco amistoso, embora tente disfarçar perguntando como me sinto, oferecendo chá, ou tossindo alto por nada. Por trás de tudo o que ela diz e faz está o chicote de ferro de um espírito inflexível. Quaisquer que fossem os seus planos para a chegada de Grace, tiveram de ser alterados. Abigail não é do tipo que gosta de mudanças de planos.

Claro que não é fácil ter, de repente, uma estranha morando na sua casa, sobretudo numa casa bagunçada como a dela. Não parece haver organização no trabalho doméstico; não entendi, por exemplo, qual é o dia de lavar roupas, ou qual o dia de fazer bolo. O mais impressionante é que a cozinha não é o centro agradável da casa. Quando eu ajudava mamãe na cozinha da East Street, havia uma feliz ideia de clareza, de luz, calor e dedicação. Eu não sofria nessa cozinha, mesmo quando havia motivos para isso. Já a cozinha de Abigail é escura, bagunçada e dá uma sensação de transitoriedade. É difícil se sentir instalado num lugar tão desregrado. Eu gostaria de esfregar todos os cantos dessa casa, arejar, arrumar um lugar para cada coisa, dar um jeito. Tentei, com todo o tato, colocar as coisas em ordem sem ofender Abigail, mas não tive muito sucesso. Ela não comentou nada quando limpei, varri e arrumei a louça no armário, mas na manhã seguinte encontrei as tigelas e pratos empilhados de qualquer jeito. Ela trabalha fazendo tanto barulho que fico cansada só de ouvir.

Talvez entendas como é Abigail se eu disser que ela costura de modo a esconder seus pontos malfeitos entre os blocos. Acho que tu e eu não fazemos isso desde que éramos pequenas!

Estou sendo cruel, pois ela também tem motivos para ficar triste. Perdeu o marido após longa batalha contra uma doença devastadora, estavam casados há três anos, mas não tinham filhos. Isso deve ser triste, mas, claro, não comentamos nada.

Talvez seja só a minha presença. Desde que saí de casa, não tenho pouso certo e, antes disso, a mudança de sentimentos de Samuel abalou minha vida. Por isso, vejo as coisas por esse prisma. Nós formamos um trio estranho, Abigail, Adam e eu, pois tudo o que nos mantém juntos são os laços indiretos da obrigação. Isso é que dá a sensação de transitoriedade: minha situação precária.

Após viver vinte anos na segurança da família, é estranho e apavorante estar tão à deriva.

E Faithwell em si é um lugar pequeno e árido. Sei que Adam não teve intenção de mentir quando descreveu o lugar nas cartas, mas exagerou ao dizer que era uma "cidade". Eles se gabam que essa parte de Ohio está muito mais limpa e habitada há mais de dez anos, mas para mim parece uma fronteira, com poucas casas espalhadas pelo ermo. Tu ficarias impressionada de ver o que eles chamam de "armazém": uma loja com quase todas as prateleiras vazias e pouco o que ver, num lugar onde um coche jamais conseguiria chegar. Até eles atolam na lama e o caminho é tão esburacado que é mais seguro ir a pé.

Pelo menos, a Casa de Culto é agradável e os Amigos são gentis. Não sei por que, mas não consegui me concentrar no Culto ainda, o que é um grande desapontamento, já que costumo encontrar muita paz no silêncio coletivo e hoje seria bom para mim esperar na expectativa com Amigos. Sei que preciso ter paciência e encontrarei o caminho outra vez.

Ainda não conheci as outras famílias, nem vi quem poderia ser minha amiga. As mulheres em geral são diretas na conversa, na maneira de vestir e até no jeito de andar, com passos pesados e sem graça. Tu ririas. Pelo menos deves estar contente que não há quem possa tomar o seu lugar de amiga querida.

Tenho de parar as críticas ao meu novo país. Despeço-me com algo para achares graça: em Ohio, eles chamam as colchas de "confortos"!

Tua amiga fiel,
Honor Bright

Dentes-de-leão

Num Sexto Dia, duas semanas após Honor chegar, Adam Cox pediu que ela o ajudasse na loja em Oberlin. Abigail costumava ir quando necessário, mas não estava se sentindo bem. Os Sextos Dias eram movimentados e as lojas de Oberlin ficavam abertas até tarde para atender os fazendeiros que vinham do campo. Honor ficou encantada com a ideia de ir para uma cidade maior, estava achando o isolamento de Faithwell muito penoso. Gostou também de ficar um pouco longe de Abigail, que estava cada vez mais hostil.

Adam costumava ir à loja a cavalo ou, se estivesse com tempo de sobra, a pé. Mas, como ia com Honor, alugou uma charrete com capota. Ao passarem pelo armazém, viram Judith Haymaker carregando um saco de farinha de trigo. Honor esperava que Judith não tivesse um olhar tão afiado para notar a touca cinza e amarela que estava usando. Não tinha usado o presente de Belle Mills desde que chegou a Faithwell, mas achou que a touca seria adequada para trabalhar na loja por ser mais elegante que a boina de todos os dias, sem parecer exagerada. Claro que a roupa não tinha importância, desde que fosse limpa e discreta; não devia se preocupar com isso. Mas Honor se preocupava com aquele detalhe em amarelo-claro, que não deixava o rosto dela ficar cinzento como a touca; assim como se preocupava com o acabamento em tecido branco no pescoço de seus vestidos. Tais detalhes deixavam-na mais segura e autêntica, mas desconfiava que Judith não aprovaria. O próprio Adam surpreendeu-se quando Honor apareceu com a touca, mas não disse nada.

Ele cumprimentou Judith Haymaker com um aceno de cabeça, a vizinha retribuiu e ficou parada para vê-los passarem.

A leste de Faithwell as florestas ficavam mais densas e Honor engoliu em seco várias vezes para conter o pânico que aumentava. Ficou pensando se algum dia se acostumaria com as monótonas florestas de Ohio. Sentia falta do mar — não de viajar nele, mas da praia, com sua definida faixa de areia, seu horizonte aberto e promissor. Depois que entraram na estrada ao norte de Oberlin, ela pôde relaxar um pouco, pois a paisagem era mais aberta, com fazendas e milharais diminuindo a sensação opressora da floresta. A estrada estava ensolarada, dando destaque às flores silvestres; as chicórias azuis, as flores brancas das cenouras selvagens, as margaridas amarelas. A estrada tinha também mais movimento: charretes com capota, carroções e homens a cavalo iam na mesma direção que Adam e Honor, ou na direção contrária, rumo a Wellington.

— Por que todas as estradas são norte-sul, leste-oeste? — perguntou Honor.

Ela estava intrigada com essa simetria desde que foi de coche de Hudson e Wellington com Thomas. Na Inglaterra as estradas seguiam o desenho da paisagem, que não tinha direções rígidas como uma régua.

Adam riu.

— Por que podem ser assim. Esta parte de Ohio é bem plana, então as estradas não precisam dar voltas. Exceto num desvio do rio Black, a alguns quilômetros ao sul daqui, essa estrada segue em linha reta de Oberlin a Wellington por quase cinco quilômetros. As cidades ficam mais ou menos à mesma distância, uns oito quilômetros umas das outras, como se formassem uma rede.

— Com exceção de Faithwell.

— É, nós ficamos à parte — concordou Adam.

— Por que cidades tão iguais?

— Talvez os administradores do território quisessem ordenar uma terra sobre a qual não tinham nenhum controle. — Adam fez uma pausa e acrescentou:

— Bem diferente de Dorset.

Desde que Honor foi morar com Adam, essa foi a primeira vez que o viu comparar Ohio com a terra natal deles.

* * *

Antes de estacionar a charrete na frente da loja, Adam deu uma volta por Oberlin com Honor. Era uma cidade bonita, mais rica do que Faithwell e com o dobro do tamanho de Wellington. As construções pareciam mais sólidas e duradouras, algumas até eram de tijolos. No Centro, quatro ruas formavam uma praça no meio, depois que os moradores derrubaram todas as árvores. Metade do entorno da praça era ocupada por prédios escolares, o restante era um parque com mudas de carvalhos e elmos plantados em diagonal. Honor gostou de ver árvores conhecidas e bem arrumadas, tão diferente das densas e indecifráveis florestas ao redor de Faithwell.

Duas das ruas que formavam a praça também tinham escolas. Honor ficou na charrete observando os jovens estudantes indo de um lado a outro, ocupados e apressados. Alguns eram mulheres e alguns eram negros.

— São todos estudantes?

Adam concordou com a cabeça.

— Oberlin foi fundada com princípios de igualdade parecidos aos da Sociedade Religiosa dos Amigos. Começou como uma comunidade religiosa, com regras rígidas de comportamento. A cidade não tem lojas de bebidas nem de tabaco.

— Portanto, ninguém cospe no chão.

— Isso, ninguém. — Adam riu. — Incrível, não? Engraçado, a gente se acostuma com as coisas: hoje, quando vou a Cleveland, não reparo mais nas cusparadas.

A maioria das lojas de Oberlin ficava na Main Street e Honor se espantou com a variedade delas, comparada a Faithwell. Havia várias mercearias, dois açougues, um sapateiro, um barbeiro, um dentista, uma chapelaria, duas livrarias e até um daguerreotipista. As ruas eram melhores que as de Faithwell, mais largas e menos sulcadas de rodas, embora também ficassem enlameadas quando chovia. As lojas tinham tábuas na frente para os pedestres pisarem.

A Cox Tecidos e Aviamentos, na Main Street, era simples, comparada com o armazém que os irmãos de Adam tinham em Bridport, onde havia prateleiras do chão ao teto com rolos de tecidos e uma escada que deslizava num trilho para o vendedor alcançar os rolos que ficavam no alto. A loja tinha mais espaço, mas menos produtos, os tecidos ficavam em mesas no centro. Quando o irmão de Adam adoeceu, ainda não tinha conseguido transformar o lugar num bom negócio, mas Adam estava melhorando tudo desde então. Matthew e Adam decerto abriram a loja lá devido aos rígidos princípios dos habitantes da cidade, mas esses mesmos princípios eram a causa da pouca prosperidade. Os colonos de Oberlin não tinham muitas restrições a alimentação e conduta, mas não podiam usar roupas de tecidos caros. A população da cidade se misturou aos novos moradores, de princípios menos rígidos, mas ainda eram poucos os compradores dos macios veludos mais caros e dos cetins brilhosos que a família Cox vendia para os não quakers de Bridport. Na verdade, Honor podia usar quase todos os tecidos que Adam vendia. A loja tinha muitos algodões com estampa vichy e chita, que os americanos chamavam de calicó, além de algumas sedas ou fustão para cortinas. Os mais brilhosos estavam nas pilhas de retalhos que Adam guardava para as mulheres fazerem colchas. Não havia restrições para o que uma mulher comum ou uma quaker podia usar nesses trabalhos, mas os vistosos vermelhos e verdes das colchas de Ohio jamais seriam vistos em suas roupas.

Adam ficou uma hora ao lado de Honor na loja para mostrar como medir os tecidos no metro marcado na beira do balcão; como dar um "tique" com a tesoura e depois rasgar seguindo o fio do tecido; como embrulhar o corte em papel pardo e amarrar com barbante. Ela já havia comprado tecido vezes o bastante para ser familiar ao processo, que era igual em Oberlin e Bridport. Pelo menos algumas coisas eram iguais nos dois países. Depois que Adam viu que Honor havia aprendido, deixou-a com as freguesas enquanto cuidava do caixa e fiscalizava o menino contratado para amolar as tesouras e agulhas das clientes. Esperava que esse novo serviço melhorasse o movimento na loja.

Honor gostou de ter contato com novas pessoas. Ela sabia como era morar numa comunidade de Amigos e, após algumas semanas convivendo com as mesmas pessoas todos os dias, começou a achar repetitivo e ansiava por variar. Em sua terra natal, tinha se acostumado com a mistura de quakers e não quakers, e com as chegadas e partidas dos navios; havia sempre algo diferente pra ver, com rostos desconhecidos para ponderar. Na loja de Adam, ela prestava atenção nas roupas das freguesas e ouvia as conversas sobre a política, o tempo, as colheitas, ou as bobagens que os estudantes da cidade tinham aprontado. Ela via os meninos passarem correndo, rodando arcos na calçada e achou graça de uma menina que puxava um barbante com um cachorrinho de madeira na ponta. Honor segurou um bebê enquanto a mãe dele abria um tecido no balcão e ajudou uma idosa a ir até a charrete coberta que a aguardava na College Street. Essas interações fizeram com que se sentisse necessária e não a hóspede indesejada de Abigail.

Entre os fregueses habituais, havia diversas negras que vinham comprar tecidos, agulhas e alfinetes ou afiar tesouras. Honor procurava não encará-las, mas era difícil, pois pareciam pássaros exóticos que se extraviaram do bando e foram parar no meio dos pardais. Para ela, as negras eram todas iguais, com a pele escura como mogno lustrado, maçãs do rosto altas, narizes largos e olhos negros e sérios. E se comportavam de maneira parecida: olhavam para Honor, iam procurar Adam e aguardavam se ele estivesse atendendo outra pessoa. Então, pediam o tecido, ou entregavam tesouras e agulhas para serem amoladas. Era como se confiassem em Adam e não precisassem de Honor. Objetivas sobre o que queriam, elas escolhiam rápido, pagavam e saíam da loja, falando pouco com Adam e nada com Honor. Certamente não pediriam para Honor segurar os bebês delas.

Quando o movimento diminuiu um pouco, Honor caminhou um pouco para fugir do calor da loja. Descobriu, então, logo depois da loja Cox, uma confeitaria com um grupo de negras à porta, conversando e rindo. O homem que atendia no balcão, vendendo balas de hortelã e raspadinha, também era negro e mostrava claramente ser o dono do estabelecimento. Honor não imaginou que os negros pudessem ser donos de lojas. Donovan tinha razão: Oberlin era radical.

Como quaker, Honor estava acostumada a ser discriminada, e era uma forasteira em quase todos os lugares na América. Sabia que mulheres se sentem mais confortáveis entre si, assim como ela se sentia entre quakers. Por mais abertas que as pessoas sejam, preferem se relacionar com seus iguais. E os negros tinham motivos para evitar os brancos, pois uma família podia ter duas pessoas tão diferentes quanto os irmãos Donovan e Belle Mills. Mas, ao ver as negras tão à vontade como não estavam na Cox Tecidos e Aviamentos, sentiu uma pontada: *sou excluída até entre os excluídos*, pensou.

Mais tarde, enquanto dobrava um corte de tecido, Honor ouviu alguém pigarrear por perto.

— Com licença, senhorita, quanto custa o metro?

Era uma negra que parou ao lado dela e queria saber o preço do tecido que Honor segurava: algodão creme estampado de pequenos losangos cor de ferrugem. A mulher era pequena como Honor, mais velha, com o rosto suave e brilhante, enrugado como a palma das mãos. Usava óculos e um chapéu de palha enfeitado com dentes-de-leão meio murchas por causa do calor.

Honor buscou Adam com os olhos, mas ele tinha sumido no interior da loja.

— Vou ver para ti — disse, satisfeita por ser necessária. Os tecidos ficavam enrolados em talas de madeira e Adam marcava o preço num dos lados. Honor procurou o preço levantando as camadas de tecido.

— Sessenta centavos o metro — informou.

A mulher sorriu e disse:

— Posso pagar. Um momento...

Sacou uma gola de renda amarela antiga, mas muito bem-feita e colocou-a sobre o tecido, alisando-a com dedos longos com unhas ovais e claras.

— Combina? — perguntou mais como confirmação do que como dúvida, e Honor ficou indecisa se deveria responder. Combinava, mas seria melhor se o tecido fosse mais fino, como uma seda. Honor preferiu não sugerir, pois a seda era muito mais cara.

— É para ti? — perguntou.

A mulher negou com a cabeça:

— É para o vestido de noiva da minha filha. Precisa de algo que ela possa usar depois em qualquer dia, ou para ir à igreja.

Honor pensou: ela é como todas as mulheres, quer uma roupa em que a filha fique linda e, ao mesmo tempo, seja prática.

— Então, essa é uma boa escolha. Quantos metros queres? — perguntou Honor.

— Seis, não, cinco, por favor. Ela é bem pequena.

Com mãos trêmulas, Honor mediu o tecido e cortou com mais cuidado do que com as outras freguesas nesse dia. Enquanto embrulhava o pano e amarrava o pacote com barbante pensava: *essa foi a primeira vez que ajudei uma pessoa negra.*

Sentiu que estava sendo observada e olhou. A mulher estava examinando o debrum amarelo da touca de Honor.

— Onde conseguiu essa touca? Não é de Oberlin, é?

— Não, é da Chapelaria Belle Mills, em Wellington.

Outras freguesas tinham perguntado a mesma coisa e ficaram desapontadas por terem de ir até Wellington para comprar.

Os olhos da mulher brilharam agradecidos, tão firmes que nem as lentes dos óculos conseguiram ofuscar. Ia dizer alguma coisa, quando Adam veio do fundo da loja.

— Olá, sra. Reed. Honor conseguiu ajudá-la com o que querias?

Os olhos da sra. Reed sumiram num reflexo nas lentes, quando ela virou-se para Adam.

— Sim, ela ajudou. Onde está Abigail?

— Não se sentiu bem hoje de manhã.

— Ora. — A sra. Reed apertou os lábios e entregou a Adam o dinheiro da compra. Deu a impressão de que tinha mais o que dizer, mas calou-se, deixando o que pensava sair pelos olhos. Pegou o embrulho no balcão.

— Obrigada. Bom dia.

Virou-se e foi embora sem olhar para trás.

Honor dobrou o restante do tecido na tala, mais vazia, e colocou-a no lugar. Era evidente que aquele encontro tinha significado muito mais para a sra. Reed do que para ela.

Faithwell, Ohio
Quinto dia do sétimo mês de 1850

Queridos pais,

Fiquei muito feliz de receber a carta de vocês hoje de manhã, a primeira desde aquela que me aguardava quando cheguei a Faithwell. Ao lê-la, foi como se ouvisse a voz de vocês e visse mamãe escrevendo sentada na mesa no canto, olhando pela janela de vez em quando, pensando no que contar.

Minha alegria se igualou à tristeza quando vi que a carta também era dirigida a Grace. Nesse momento, vocês, na verdade, a comunidade inteira, ainda não sabem da morte dela e é estranho uma notícia tão grave demorar quase dois meses para chegar. Quando receberem esta carta, outras coisas podem ter acontecido que vocês ainda não terão conhecimento. Da mesma maneira, as notícias que vocês me mandam agora podem estar ultrapassadas e só espero e rezo para que nossas vidas não sejam tão cheias de dramas de modo que as cartas fiquem datadas antes de chegarem.

Depois da última carta, fui conhecendo ao poucos os outros moradores da cidade e passei a ajudar mais Abigail nas tarefas domésticas. Não estou mais tentando reorganizar a casa, pois sempre que sugiro algo ela considera como uma crítica pessoal. Claro que não tenho essa intenção, apenas procuro colaborar para que a casa dela funcione bem. Mas ela é muito sensível e se mantém na defensiva. Adam não quer se envolver, apenas pediu que eu respeitasse o direito de Abigail de, como dona da casa, arrumar as coisas do jeito que quiser. Assim, tive de recuar.

Mas há uma área em que consegui grandes melhorias. Abigail não gosta de cuidar da horta, faz um calor insuportável, o sol é mais forte que na Inglaterra e o ar, denso e parado. Era de se supor que, como ela conhece o verão americano desde que nasceu, estivesse mais acostumada com o calor do que eu. Mas ela fica com o rosto muito corado e reclama tanto que sinto pena dela. Além disso, está sempre lutando contra os bichos e insetos, que detesta.

Ofereci-me para cuidar da horta e, pela primeira vez desde que cheguei, ela pareceu grata. Só isso já compensa o calor.

Temos plantado muitos legumes que poderiam estar no teu jardim, mamãe: batatas, ervilhas, cenouras, couves, tomates. Mas são diferentes daqueles que eu conhecia, mesmo quando da mesma espécie: as batatas, por exemplo, são maiores, com mais brotos (ou "olhos", como se diz aqui). As cenouras são mais finas e cônicas do que as nossas, embora tão saborosas quanto. As ervilhas têm casca mais fina e as alfaces crescem mais rápido. As abóboras são amarelas!

Os pés de milho ocupam quase a horta inteira. Aí em casa, ele só é plantado para alimentar os animais domésticos, mas aqui é considerado comida de primeira qualidade, mais até que o trigo ou a aveia. Cresce em toda parte e, embora ainda esteja muito novo para comer, as pessoas garantem que é macio e doce. Por isso, já comi muita coisa preparada com fubá de milho, acho até que coisas demais. Abigail insiste em se encarregar das refeições, embora deixe que eu limpe, corte e lave para ela. Tudo parece ser à base de milho: do mingau servido no café da manhã, ao pão que acompanha o jantar, à massa onde se passa o peixe antes de fritar e aos bolos que acompanham o café. Claro que não reclamo, sou grata por qualquer comida que sirvam. É que o toque adocicado dele acaba deixando tudo com o mesmo sabor.

Tenho muito que fazer na horta. Abigail e Adam plantaram direito, mas no calor do verão é preciso regar sempre. A ervas daninhas parecem crescer mais rápido e em maior quantidade do que os legumes e verduras. E há também os cervos e coelhos, os pássaros, as larvas, caracóis e gafanhotos e outros insetos que não conheço. Os coelhos são particularmente espertos e fazem buracos para passar por baixo das cercas (tenho certeza que os coelhos americanos são mais inteligentes que os ingleses), a ponto de eu ter vontade de dormir no canteiro dos legumes para afugentá-los. Agora que Abigail me confiou a horta, passou a criticar a minha maneira de fazer as coisas, sem sugerir nada de útil. É difícil. Ainda bem que o milho não exige grandes cuidados, pois sempre que percorro as fileiras do milharal, assusto-me com cobras. Nunca vi tantas, tive *de conter os gritos. A maior parte delas é inofensiva, mas muitas são venenosas, o que já é o suficiente para me preocupar.*

Aqui, eles dizem que, no Dia da Independência (quarto dia do mês de julho), "o milho tem que estar na altura dos joelhos". Os nossos estão bem acima do meu joelho e achei que estavam fantásticos até me explicarem que era da altura do joelho de uma pessoa a cavalo. Há tantas palavras e expressões que não entendo, às vezes acho que o inglês americano é uma língua tão estrangeira quanto o francês.

Ontem foi o Quatro de Julho. E a independência da Inglaterra é um assunto que os americanos levam a sério. Eles têm muito orgulho de não serem mais uma colônia. Eu tinha ouvido falar que haveria festas em muitos lugares, mas não sabia como seriam. Porém, os moradores de Faithwell e Oberlin não comemoram nada, acham que seria o mesmo que concordar com a Declaração de Independência, que considera os negros cidadãos diferentes, segundo me disseram. Em vez de festejar, alguns Amigos de Faithwell foram para o parque da escola em Oberlin ouvir discursos antiescravatura e fizemos um piquenique, que foi mais como uma necessidade do que uma confraternização. Em geral, os moradores do norte de Ohio são contra a escravidão e Oberlin tem fama de ser a cidade mais antiescravatura da região.

Dessa vez, o dia não estava tão quente, e tivemos uma brisa para nos refrescar. Havia uma enorme quantidade de comida, que as pessoas colocaram sobre mesas de armar. Os americanos também levam muito a sério os piqueniques. Aí na Inglaterra levávamos pouca comida, mas aqui é importante exibir-se e comer o máximo possível. Não pensei que os Amigos de Faithwell fossem se exibir também pois, em matéria de roupa e conduta, são tão discretos quando os de Bridport. Mas puseram mais comida nas mesas do que conseguiríamos comer. Parece que os de Oberlin fizeram o mesmo, como reparei quando Abigail e eu andamos pela praça. Nunca vi tanta torta junta.

Foi interessante observar que um grupo de negros também fazia piquenique. Na minha viagem pela América a caminho de

Ohio, passei apenas por estados onde a escravidão é proibida, assim encontrei alguns negros, em geral trabalhando no cais, em diligências, ou nas cozinhas e estrebarias das pousadas. Não tinha os visto se divertindo. Então, olhei para eles, de canto de olho, pois não queria encará-los, e descobri que os negros não são tão diferentes das outras pessoas. O piquenique deles era com certeza tão farto quanto os dos outros, mas com outros pratos, pois muitos aqui vieram do Sul do país, onde me disseram que a cozinha é mais forte. As mulheres negras usavam vestidos com mais babados que uma quaker, embora de tecidos mais rústicos. Os homens estavam de terno escuro e chapéu de palha. As crianças eram agitadas, jogavam bola, brincavam com cata-ventos e empinavam pipas como as crianças brancas na praça, apesar de não brincarem juntas.

Os discursos foram longos e confesso que não entendi muito do que disseram. Não só por causa do sotaque americano, que varia muito e às vezes fica incompreensível. Dava a impressão que, mesmo os que são contra a escravidão discordam da maneira como essa deveria ser abolida; uns pedem a abolição imediata, outros argumentam que um ato tão drástico prejudicaria a economia e que os negros deveriam ser libertados aos poucos. Falaram também que o Congresso (que corresponde ao nosso Parlamento, acho) discute uma lei para escravos fugitivos e os discursos ficaram bem acalorados, os homens às vezes faziam acusações pessoais a políticos que não conheço. Os discursos me fizeram pensar em muita coisa.

A seguir, um poema declamado com voz profunda e simples pelo ferreiro de Faithwell, aprovado por todos. Depois, perguntei quem era o autor e disseram que era o poeta Whittier e se intitulava Estrofes para os tempos. Anotei alguns versos para lembrar:

> ... seguindo as leis de nosso país,
> Pela verdade, o direito e o homem que sofre,
> Venha lutar conosco pela Liberdade,
> Como devem fazer os cristãos,
> Como devem fazer os homens livres!

Ao anoitecer, os alunos da faculdade penduraram lanternas de papel nas árvores e violinistas tocaram músicas que eu não conhecia. Foi muito bonito e fiquei à vontade, talvez pela primeira vez, desde que saí da Inglaterra.

Só um detalhe estragou o dia. Eu estava procurando na mesa do piquenique uma comida sem milho, quando ouvi a voz de Judith Haymaker, de quem compramos leite e queijo e que é uma das Idosas do Culto em Faithwell. Ela estava dizendo a Adam que "não é possível um homem continuar morando com duas jovens que não são nem irmãs, nem esposa, nem filhas dele." Não ouvi a resposta de Adam, mas ele estava bem sério.

Gostaria de dizer que me surpreendi com as palavras dela, mas não. Ela estava expressando algo que me incomoda desde que cheguei; Adam e Abigail não comentaram, mas às vezes as pessoas ficam tensas devido à situação incomum na nossa casa. De qualquer maneira, por favor, não se preocupem comigo. Fiquem tranquilos sabendo que, quando lerem esta carta, já teremos encontrado uma solução conveniente e do agrado de todos.

Sua amada filha,
Honor Bright

Madeiras

No dia seguinte ao Quatro de Julho, Honor recebeu uma visita. Estava sentada na varanda com Abigail e Adam, sonolenta e meio empanturrada do almoço dominical que terminara há pouco e cujo prato principal foi um presunto bem salgado e gorduroso. Honor nunca havia comido tanta carne de porco. Sentia falta de carneiro e peixe, sabores delicados servidos de maneira simples.

— Quero ter uma conversa com você, Honor Bright!

Honor levou um susto, abriu os olhos. Uma charrete tinha estacionado na frente da casa, com Belle Mills no comando das rédeas. Jogou as rédeas em cima da cerca de estacas brancas na frente da casa e saltou.

— Você tem me mandado muitas freguesas pedindo "aquela touca cinza e amarela da moça quaker". Como posso atender tantas encomendas sem a sua ajuda?

Belle acenou com a cabeça para Adam e Abigail.

— Você deve ser a Abigail. Adam eu já conheço. Sou Belle Mills, a chapeleira de Wellington. Não sei o que Honor disse a meu respeito, provavelmente, não disse nada. Ela fala pouco, não é? Bom, vão me convidar para sair do sol? Está bem quente!

Honor levantou-se e esperou Abigail convidar Belle para entrar, deixando a tarefa por conta dela, como dona da casa. Mas Abigail olhava para o chapéu de palha de Belle, que tinha aba larga arrematada com uma tira de renda branca sobre fita vermelha e um maço de cerejas feitas de seda na lateral.

Honor desistiu de Abigail e cumprimentou Belle:

— Que bom ver-te. Por favor, entre.

Belle entrou na varanda e sentou-se na cadeira de balanço que Adam ofereceu.

— Sim, que bom chegar, basta de sacolejar nessa estrada esburacada — disse, tirando as luvas de renda. Honor não a viu usar luvas em Wellington nem quando saíram para caminhar. As delicadas luvas ficaram esquisitas nela, sobretudo quando foram tiradas e mostraram as mãos grandes e os dedos quadrados. As luvas e o chapéu não combinavam com o corpo franzino e os ombros largos, que não seguiam o novo estilo de corpo feminino, de curvas redondas e ombros roliços. Nessa época, as mulheres deveriam parecer pombinhas, mas Belle parecia um gavião.

— Abigail, será que nossa visita não quer beber alguma coisa? — sugeriu Adam.

— Ah, sim! — exclamou Abigail e correu para dentro, constrangida por precisar ser lembrada.

— Ora, pois é, nunca estive por esses lados — disse Belle, olhando ao redor. — Faithwell vai até lá? — perguntou, fazendo sinal com a cabeça na direção da loja.

— Tem mais algumas fazendas ao longo, mas sim, vai — respondeu Adam. — A cidade está crescendo, novas famílias não param de chegar.

— Certamente. Todos quakers, não? Imagino que só eles queiram enfrentar essa estrada. Como fica quando chove? A lama já é terrível na estrada de Wellington a Oberlin.

Abigail voltou com quatro taças, uma garrafa com um líquido escuro e um jarro de água. Belle aprovou:

— Licor de amora preta, não? Incrível você ter conseguido guardar do verão passado. Geralmente bebo tudo antes do outono chegar.

Abigail parou de servir o licor, como se não conseguisse servir e pensar ao mesmo tempo.

— Não se preocupe, querida, foi um elogio — acrescentou Belle. — Só uma boa dona de casa consegue guardar o melhor para oferecer às visitas.

Belle virou-se para Honor e disse:

— Pensei que você fosse aparecer em Wellington nas comemorações do Quatro de Julho, mas fica muito longe, não é?

— Nós não comemoramos a data — retrucou Adam.

— É mesmo? Por quê? Os quakers não gostam de se divertir?

— Não queremos comemorar um documento que não considera iguais todos os habitantes da América.

— Fomos a Oberlin ouvir discursos antiescravidão — acrescentou Honor.

— Claro, eu deveria imaginar que os quakers preferem ouvir abolicionistas em vez de ficar dando tiros para o alto. Já eu gosto dos tiros. Como está o comércio em Oberlin?

— Vai bem, mas eu gostaria que estivesse mais movimentado — respondeu Adam.

— Aposto que você não vende muito cetim ou veludo, não?

— É, não muito.

Belle riu.

— As moradoras não gostam de coisas elegantes? Eu não poderia ser chapeleira aqui, a touca de Honor seria a coisa mais fina que eu faria.

Belle passou os olhos pelas roupas simples de Abigail e Honor, pela camisa sem colarinho nem suspensórios de Adam.

— Qual é o seu fornecedor de tecidos em Cleveland?

Enquanto Abigail terminava de servir o licor e Honor passava a bandeja com as taças, Belle conversava de negócios com Adam com uma facilidade que Honor invejou. O trabalho dela dependia muito de ter assunto com as pessoas. E Belle, mais do que ninguém, conseguia unir interesse sincero com humor leve e certa falta de cerimônia.

— Adam, seu sotaque é parecido com o de Honor — observou. — Vocês são do mesmo lugar na Inglaterra?

Adam concordou e Belle ficou fazendo perguntas para ele e Honor sobre Bridport. Enquanto falavam na cidade natal, Abigail balançava a cadeira cada vez mais rápido até que, de repente, parou e disse:

— Aceitam mais licor? — e levantou-se.

— Aceito, obrigada. — Belle estendeu a taça e piscou para Honor enquanto Abigail servia o licor.

— Onde você nasceu, Abigail?

— Na Pensilvânia.

— Veja só. Somos todos de outro lugar. Ohio é assim.

— Vens de onde? — perguntou Adam.

— Do Kentucky, o sotaque não mostra? Vim porque meu marido foi a Cleveland saber sobre os barcos a vapor que percorriam o lago Erie. Achei que Cleveland seria mais interessante que um fim de mundo no Kentucky. E era mesmo, de certa maneira.

— Foste casada? — perguntou Honor, surpresa.

— Ainda sou. O canalha fugiu, por causa do meu irmão, infelizmente. Os dois não se suportavam. Não faço ideia de onde meu marido está hoje. Ah, ele não prestava e eu era uma boba, mas preferia que fosse eu a tê-lo colocado para fora do que deixar Donovan fazer isso. Desgraçado.

Belle fez uma pausa.

— Desculpem por xingar. Ainda bem que ele foi embora, o transporte por ferrovias logo vai substituir os barcos a vapor. Em Cleveland, aprendi a fazer chapéus, uma das poucas atividades que uma mulher pode administrar sozinha. Depois, fui para Wellington abrir uma loja. Pensei em Oberlin, mas eles aqui não gostam de penas e cores, eu gosto.

Virou-se para Honor e, após beber o resto do licor, perguntou:

— Então, vai me mostrar o resto de Faithwell? Quero esticar as pernas. E ponha a touca cinza, quero vê-la em uso.

Ainda surpresa com o fato de Belle Mills ser casada, Honor correu para colocar a touca. Não era o que usaria para uma caminhada em Faithwell, mas não podia recusar o pedido da criadora da touca.

Belle deu o braço para Honor conforme as duas seguiam rumo oeste no caminho sulcado de rodas e cumprimentavam com a cabeça as famílias nas varandas das casas vizinhas. Todas olharam bem para Belle e seu chapéu e Honor e sua touca. Belle não parecia notar.

— Donovan veio lhe azucrinar aqui? — perguntou ela.

— Ele passou a cavalo algumas vezes, mas não parou. — Honor não comentou do sorriso e do aceno que incomodaram Abigail e Adam.

— Bom. Mas isso não vai durar. Gosta de dar atenção a quem não quer.

Passaram pela oficina do ferreiro, depois pela loja. Belle deu uma olhada nas vitrines, embora a loja estivesse fechada.

— Há pouco o que comprar, não? Quantas famílias moram aqui? — ela perguntou.

— Quinze, contando com as das fazendas próximas.

— Nossa, é do tamanho do buraco onde eu vivia no Kentucky. Sei como é. Como faremos para tirar você dessa casa?

— O que queres dizer?

Belle parou e sacudiu Honor pelo cotovelo.

— Ah, espera aí, você não vai ficar lá com aqueles dois, vai? Com Abigail olhando para você daquele jeito. Viu como ela ficou irritada quando você e Adam falaram na Inglaterra? Pensei que ela fosse arrancar as pernas da cadeira de balanço. Toda vez que ela ficava fora da conversa, tinha de interromper.

— Mas... — Honor não terminou a frase.

Os olhos castanhos de Belle estavam sorrindo.

— Não nota que ela tem inveja de você? Vai ver que você é muito boazinha para perceber. Ela quer ficar com Adam, e não quer outra mulher por perto que seja mais simpática, mais bonita, certamente melhor costureira e provavelmente melhor dona de casa do que ela. Céus, acho que, antes de eu dizer que sou casada, ela estava com ciúme até de mim.

Andaram de novo e Honor contou o que Judith Haymaker tinha dito a Adam sobre o incomum arranjo doméstico deles.

— Não acho estranho, em Wellington eles também comentariam de um homem morar com duas mulheres. E as pessoas lá são menos rígidas que os quakers. — Belle riu.

— Esta é a fazenda de Judith Haymaker, onde compramos leite. Olha ela lá — disse Honor, baixo.

Judith estava com os dois filhos na varanda do casarão branco de janelas verdes. A casa ficava longe da estrada, assim Honor e Belle puderam apenas acenar, sem terem de ir até lá cumprimentá-los. Jack Haymaker acenou com a cabeça, Dorcas ficou olhando, Judith movimentou a cadeira de balanço. Honor sentiu três pares de olhos fixos em sua touca quando continuaram andando, tendo o pomar da família à direita. As cerejas estavam maduras, as peras e os pêssegos ainda não.

"É a segunda vez que Judith Haymaker vê esta touca", pensou Honor; e ainda teriam de passar por lá na volta.

— A fazenda parece bem-cuidada. E tem gado de qualidade — observou Belle, indicando as vacas marrons no pasto atrás do curral. Honor nem tinha notado.

Chegaram ao final do pomar, onde a floresta começava de novo e a estrada se transformava em nada além de uma trilha cheia de raízes de árvores, serpenteando por uma mata fechada onde Honor não tinha coragem de entrar. Para ela, aquele era o oeste selvagem, desconhecido e hostil. Até Belle, que parecia não ter medo de nada, ficou parada, sem sugerir que fossem adiante. As árvores eram principalmente boldos e faias, além de alguns freixos, olmos e carvalhos de folhas macias e longas e não com bordas curvas como Honor estava acostumada. Até uma árvore sólida e firme como o carvalho tinha se transformado em algo estranho na América. Olhou a floresta sombria e nesse instante um guaxinim passou rápido, balançando as costas curvas. Só quando subiu no alto de um bordo sentiu-se seguro para olhar as duas mulheres, com a cara que parecia uma máscara. "Grace teria adorado ver um", pensou Honor.

— Belle, estou em dúvida — disse ela.

Belle estava ajeitando as cerejas de seda no chapéu.

— Dúvida a respeito de quê?

— De morar aqui, naquela casa.

— Certo. Vou perguntar uma coisa: quer se casar com Adam Cox?

— Não!

— Então precisa olhar em volta. Aqui em Faithwell tem algum homem que lhe interesse?

O olhar forte de Jack Haymaker passou pela cabeça de Honor como um relâmpago, depois ela se lembrou de Donovan sorrindo, com a chave pendurada na fita encardida de suor.

— É simples, Honor Bright, basta escolher: ou volta para a Inglaterra, ou fica aqui. Se ficar, precisa achar um marido. O que prefere?

Honor estremeceu, o que fez Belle rir.

— É difícil achar um homem que se possa aguentar. Vamos, querida.

Belle segurou no braço de Honor.

— Vamos passar de novo pela casa dos Haymaker e mostrar nossos chapéus. Se ficar nervosa, olhe para os cravos no jardim. Plantados *em fileiras*!

Faithwell, Ohio
Décimo primeiro dia do sétimo mês de 1850

Querida Biddy,

Fiquei muito feliz ao receber tua carta ontem com todas as notícias de casa, mesmo que tenham acontecido há um mês e meio. Ao ler, tive a impressão de estar aí contigo, andando pelas ruas tão conhecidas e parando para falar com nossos inúmeros amigos. Gostei principalmente de saber que estiveste em Sherborne e das pessoas que conheceste lá. Gostaria de ter ido junto.

Estou sentada na varanda numa tarde fria. É o meu lugar preferido para costurar e escrever. Adam e Abigail ficaram lá dentro, disseram que os mosquitos logo aparecerão por causa do tempo úmido. Não me importo com as picadas, desde que eu possa ter alguns momentos sozinha. Mais cedo, houve uma tempestade; no verão, elas caem quase todas as tardes. São bem mais violentas e assustadoras que as poucas que vimos em Bridport, que só tinham um ou dois raios e costumavam ficar sobre o mar e não nos ameaçar. Elas aqui surgem de repente, e em poucos minutos o céu passa de azul a negro. A chuva cai torrencialmente, às vezes com granizo que, quando é muito, destrói as plantações. Num instante, a estrada vira lama. Na semana passada, o céu vespertino ficou verde e Abigail disse que significava que um tornado estava a caminho. Tivemos de nos esconder embaixo da mesa, mas acho que, se um tornado viesse mesmo, não estaríamos muito protegidas. Ouvi dizer que eles conseguem levantar uma casa do chão e destruí-la completamente.

Após a tempestade, o ar fica limpo e deliciosamente fresco. Eu tinha ouvido falar no calor que faz em Ohio, mas nunca pensei que fosse tanto. Às vezes, mal consigo me mexer, tão forte e inclemente ele é, mesmo à noite. Por isso, gostei do temporal de hoje.

Tenho novidades: os proclamas de Adam e Abigail foram lidos hoje no Culto do Quinto Dia. Vão se casar daqui a dez dias. Pensei que a leitura fosse feita três semanas antes do casamento para a comunidade ter tempo de avaliar o casal, mas, pelo jeito, as coisas aqui são mais rápidas.

Eu só soube do casamento de Adam e Abigail durante o Culto, por isso tive a mesma surpresa que a comunidade com o anúncio feito pelos dois. Depois, eles foram cumprimentados por todos, embora eu tenha achado as palavras meio superficiais. Não havia aquela alegria no ar de quando um casamento é anunciado. Adam e Abigail estavam contidos e até um pouco constrangidos. Espero que tenham chegado à conclusão de que essa é a solução para acabar com o problema na nossa casa.

Grace faleceu há apenas seis semanas. Gostaria de ter lembrado isso a Adam, que passou o dia todo sem me olhar nos olhos. Na verdade, os dois me evitam e eu faço o mesmo, para ser sincera. O dia foi muito quente e abafado; mesmo assim, depois do Culto passei quase a tarde inteira no jardim, arrancando ervas daninhas. Só entrei em casa por causa da ameaça de furacão.

Algumas mulheres organizaram o que chamam de "festa da colcha" para ajudar Abigail no enxoval. Aí na Inglaterra, Grace, mamãe e eu levávamos vários dias para fazer uma colcha de retalhos, mas aqui as mulheres fazem até num dia, com a participação de muitas. Eu queria ir, mas preferia que a festa não tivesse ligação com esse casamento, pois lembrar de Grace acaba me tirando um pouco a alegria.

Sei que gostarias de saber como foi a festa, por isso deixo a carta esperando para eu escrever depois.

Dias depois

A festa da colcha foi na fazenda dos Haymaker, aquela onde compramos o nosso leite. Gosto da família, embora a mãe seja muito ríspida e a filha tenha um humor parecido com o de Abigail. Levamos um presunto e uma torta de cereja e, ao chegar lá, descobrimos que já havia quatro tortas de cereja e dois presuntos. O "conforto" que íamos fazer tinha sido esticado numa moldura quadrada. Pensei que seria uma colcha de casamento, de pespontos formando desenhos, mas era com apliques de vasos de flores e tigelas de frutas nas cores vermelha e verde sobre fundo branco — modelo comum em toda a Ohio. Nas últimas semanas, Abigail trabalhou bastante na parte de cima da colcha; como ela raramente costura, eu devia ter desconfiado da pressa. As colchas com apliques são muito usadas aqui; acho-as fáceis, não precisa pensar muito, só cortar o aplique no desenho que quiser e costurar no tecido. Juntar retalhos numa colcha exige mais cuidado e precisão, por isso eu gosto, embora algumas pessoas achem que é um trabalho frio e geométrico.

Judith Haymaker tinha riscado linhas paralelas com giz e esticado um barbante para nós fazermos um desenho de losangos, costurando as flores e folhas conforme os moldes. Abigail usou como fundo o costumeiro tecido azul que tu conheces das colchas que os Amigos fazem na Inglaterra, o que mostra que alguns costumes atravessaram o oceano e pegaram. Mas o forro era de algodão e não de lã, como tu e eu usaríamos. Nesse ponto, houve uma discussão sobre a origem daquele algodão e se tinha sido plantado e colhido por escravos. Judith Haymaker nos garantiu que Adam Cox tinha comprado para ela num comerciante de Cleveland com plantações no Sul que não tinham trabalho escravo. Ouvi falar numa loja em Cincinnati, de propriedade de um Amigo, que garante que todos os produtos são feitos por escravos libertos. Eu não conhecia essa loja em Cleveland, mas gostei de saber que os Amigos de Faithwell se preocupam com essas coisas.

Oito de nós costuramos durante horas e, como acontecia também na Inglaterra, grande parte do trabalho foi feito com meus pontos rápidos e iguais, usando duas agulhas ao mesmo tempo. As outras mulheres usavam uma agulha e se surpreenderam ao ver como eu costurava depressa e com as duas mãos. Eu era tão mais rápida que tive de trocar de lugar com as costureiras mais lentas. Algumas até se abaixaram sob a moldura da colcha para ver os meus pontos pelo avesso. Sabes que sempre costurei bem dos dois lados, frente e verso. Não digo para me gabar, mas para mostrar como me sinto deslocada aqui, mesmo fazendo algo que conheço *tão bem. Em vez de elogiar o meu trabalho, as mulheres ficaram me olhando como se eu fosse uma espécie de fruta exótica à venda no mercado. Na América, elogiar alguém é quase agressivo; quem elogia precisa justificar sua incapacidade em vez de apenas reconhecer o talento do outro. Judith Haymaker pediu para eu fazer os apliques de frutas e flores, que teriam mais destaque na colcha. Considerei isso uma espécie de elogio.*

Enquanto trabalhávamos, havia muito conversa, embora eu só falasse quando me perguntavam alguma coisa, o que foi raro. As mulheres eram simpáticas, mas confesso que achei a conversa enfadonha, a não ser quando discutiram a origem do algodão. Não penses que virei crítica. Talvez, se uma delas estivesse conosco em Bridport, também achasse a nossa conversa entediante quando falássemos em pessoas e lugares que elas desconhecem. Com o tempo, espero conhecer essas pessoas e lugares e as conversas ficarão mais interessantes. Mas, em geral, tenho a impressão de que as americanas se interessam acima de tudo por elas mesmas. Talvez seja porque os desafios da vida aqui são tão grandes que elas preferem pensar só no momento presente.

Ninguém comentou do casamento de Abigail, mas há certo alívio pelo fato da nossa casa ficar mais parecida com as outras. Ninguém me perguntou o que vou fazer da vida agora. Eu mesma me pergunto; não quero continuar morando com eles, mas, numa comunidade tão pequena, há poucas opções.

No final do dia, a colcha estava pronta, os homens chegaram do trabalho e jantamos juntos. Além de presunto, tinha rosbife, purê de batatas, batata-doce assada (que tem cor de laranja e um sabor mais de abóbora do que de batata), ervilhas (que eles chamam de vagens), milho cozido e pão de milho, muitas compotas e tortas, principalmente de cereja, já que a temporada terminou há pouco. Gostei muito da groselha ao natural, não sabia que plantavam essa fruta na América. O sabor simples e perfumado me lembrou da nossa horta em casa, ao sol do verão.

Gostei de ir à festa, pois fazer colchas é sempre um prazer para mim. Gosto até do trabalho repetitivo que é, pois me acalma.

Gostaria só que tivesse alguém em volta da colcha que pudesse ficar minha amiga. Havia duas moças quase da minha idade: Dorcas Haymaker, filha da dona da casa, e uma moça chamada Caroline, porém eram mais desconfiadas do que simpáticas e acho que as duas se sentiram ameaçadas com a minha costura. Isso me fez sentir ainda mais a tua falta.

Perdão, Biddy. Parece que em cada carta preciso me desculpar pelas críticas e reclamações. Eu mesma me surpreendo de como foi difícil me adaptar a essa nova vida. Pensei que seria fácil. Mas nunca estive longe de casa antes e, portanto, não tinha noção do que me esperava, nem do desafio que seria. E, claro, achava que Grace estaria ao meu lado para me incentivar e apoiar.

Prometo que na próxima carta não vou reclamar e sim mostrar-te que consigo me integrar perfeitamente na vida americana.

Tua amiga fiel,
Honor Bright

Milho

Para Honor, Jack Haymaker era como um músculo estirado que ela sentia a cada movimento. Notou que procurava vê-lo quando ia comprar leite na fazenda dos Haymaker. Ele não costumava estar à vista, o que era uma decepção e, ao mesmo tempo, gerava uma expectativa de que aparecesse. Às vezes, ela o via saindo da estrebaria, ou andando no meio das vacas no curral, ou atrelando os cavalos na carroça cheia de galões de leite. Quando finalmente o via, era como olhar para o sol — não conseguia encará-lo, olhava de relance e disfarçava. E quando olhava, Jack já estava sorrindo, mesmo que não fosse para ela. Jack parecia saber que chamava a atenção dela.

No Culto, ele ficava no setor reservado aos homens, do lado oposto de onde ela estava, e sua presença era tão perturbadora que Honor passou a achar que jamais conseguiria se concentrar com ele lá. Depois, quando a reunião terminava e todos ficavam conversando do lado de fora, ela desejava que Jack não se aproximasse dela, de Abigail e Adam. Numa comunidade tão pequena, cada gesto era notado. Ele devia saber disso, pois ficava conversando com os outros jovens, rindo e batendo os pés na rua empoeirada, acabava sujando a camisa branca. Mas, apesar de não olhar diretamente para ela, Honor sentia aquela presença e se perguntava se alguém mais percebia a ligação.

Ele não era um homem especialmente bonito: suas feições eram sem graça, de olhos pequenos e muito próximos. Mas, ao contrário dos outros quakers, tinha o rosto bem escanhoado, o que Honor preferia. O que tornava Jack mais interessante era o fato de ter atração por ela. Despertar o interesse de alguém pode ser bem estimulante. Ela sentia os olhos dele examinando-a quase como se fosse algo palpável.

Na festa da colcha dos Haymaker, Honor ficou contente por ter a costura para se ocupar, já que era algo que conhecia. Mas, mesmo enquanto trabalhava, sabia que Jack ia aparecer no final do dia para todos jantarem. A tensão crescente pela iminente presença dele não alterava seus pontos sempre iguais, ela costurava muito bem, mas, após algumas horas, estava com os pulsos e as costas doloridos e os ombros duros. Somado ao calor forte ao qual ainda não tinha se acostumado, sentiu uma dor de cabeça aumentando progressivamente. Quando Jack chegou com os outros homens, ela mal conseguiu vê-lo, tal era a dor nas têmporas e a visão turva, com flashes de luz.

A varanda e a sala de visitas começaram a encher de gente e Honor entrou de mansinho na cozinha, saiu pela porta dos fundos e parou num poço no quintal. Puxou o balde para cima, debruçou-se no muro de pedra e bebeu no caneco de metal que estava ali para isso. Respirou fundo e olhou o céu escurecendo, pontilhado por algumas estrelas. Estava tudo calmo e quente e os vaga-lumes piscavam no quintal. Honor olhou-os e ficou encantada com o fato de aqueles insetos terem luz interna.

— Estás bem, Honor?

Claro que ele a seguiu, embora ela não tivesse tido essa intenção.

— Tive um pouco de calor.

— A noite está quente, mesmo aqui fora. Imagino com as pessoas todas enfurnadas lá na sala.

Jack Haymaker falava levemente arrastado.

Um vaga-lume pousou na manga do vestido de Honor e foi subindo no ombro dela, ainda aceso. Ela esticou o pescoço para olhá-lo e Jack riu.

— Não se assuste, é só um inseto luminoso — disse Jack, e pôs o dedo na frente dele. Honor tentou não pensar no toque dele. O vaga-lume subiu no dedo de Jack, que jogou-o no ar e o inseto seguiu sua rota de fuga iluminada por faíscas de luz.

— Não temos vaga-lumes na Inglaterra — ela disse.

— É mesmo? Por quê?

— Muita coisa é diferente lá.

— O que, por exemplo?

Honor olhou em volta.

— Os campos são mais... Organizados. São separados por cercas vivas e têm um verde mais intenso. Também não faz tanto calor, nem tem tantas árvores.

Jack cruzou os braços.

— Parece que preferes a Inglaterra.

— Eu... — Foi traída pelas palavras. Era melhor não ter dito nada. — Não foi isso que eu quis dizer.

— O que quiseste dizer?

Honor pensou e concluiu que foi um erro mostrar a Inglaterra como melhor que a América. Tinha de dar um jeito de elogiar Ohio, os americanos gostavam de elogios.

— Gosto dos vaga... dos insetos luminosos. São simpáticos e acolhedores — disse ela.

— Mais que as pessoas?

Honor suspirou. Mais uma vez, ele estava distorcendo o pouco que ela dizia. Era cansativo. Por isso preferia ficar calada.

— Não deve ser fácil morar com Abigail e Adam — prosseguiu ele.

Honor franziu o cenho. Empatia era bem-vinda, mas não conhecia Jack direito para aceitar quando vinha dele. Da mesma maneira que se sentia atraída, queria afastar-se do que ele dizia.

— Melhor eu entrar — disse ela.

— Vou contigo.

Entraram na cozinha e foram para a sala de visitas lotada; lá, os rostos de Dorcas Haymaker e sua amiga Caroline viraram para eles como se fossem duas reluzentes salvas de prata. Caroline estava corada, Honor achou que ela decerto tinha esfregado o rosto com verbasco, um truque que Grace usava para avivar as bochechas quando estava muito pálida. As pessoas chamavam esse artifício de "rouge dos quakers".

Jack não reparou na amiga da irmã.

— Vais comer alguma coisa? Passar a tarde toda costurando deve abrir o apetite — disse ele.

Honor não sabia se ele estava brincando. Era difícil entender os americanos, que riam de coisas que ela não achava graça e ficavam sérios quando ela tinha vontade de rir. Honor não comentou, mas se aproximou das mesas cheias de comida, desejando que ele não viesse atrás e que o zumbido na cabeça dela diminuísse. Não sabia por que ele causava aquele efeito físico. O jeito tranquilo dele a irritava, assim como a própria América. Estava acostumada a uma vida organizada e produtiva, mas não teve nada disso desde que saiu de Dorset. Jack Haymaker fazia parte do caos americano que a pressionava, dando vontade de recuar.

Deu uma olhada nos pratos sobre a mesa. Já sabia o que teria ali: o presunto, o rosbife, montes de purê de batatas, as vagens, os pães de milho, os quilos de tortas. Engoliu em seco, em náusea. Queria mesmo era um bolinho amanteigado, um patê de cavalinha defumada, uma costeleta de carneiro, morangos com creme — , comida simples, de fácil digestão, e não servida aos montes. Deu uma olhada numa tigela de groselhas no fundo da mesa e esticou a mão para pegá-la.

Nesse instante, houve um alvoroço em volta da mesa de comida, dividido para abrir espaço para Judith Haymaker com uma grande travessa de fumegantes espigas de milho descascadas e sem os cabelos.

— O milho chegou! — anunciou ela, com o rosto quente de calor e animação. Dessa vez, estava muito sorridente. Houve confusão quando as mulheres afastaram alguns pratos para ela colocar a tigela no meio da mesa.

— Primeira colheita da safra — anunciou Jack, quando as pessoas se adiantaram para pegar as espigas. — São menores do que no próximo mês, porém mais macias. Onde está teu prato? Vai acabar rápido. Cuidado, está quente! — disse ele, segurando uma espiga entre o polegar e o indicador.

Honor foi obrigada a pegar um prato e Jack colocou duas espigas nele.

— Eu... — ela ia reclamar, mas Jack falou mais alto.

— Podes passar manteiga, se quiseres. Vês aquele prato com um pedaço de manteiga? É para passar no milho. Mas acho que o primeiro da safra é melhor comer puro. É tão doce que não precisa manteiga. Venha comigo.

Jack levou-a para um banco encostado na parede e esperou-a sentar-se para entregar o prato. Honor sentia mais olhos grudados neles, além dos de Dorcas e Caroline: Adam e Abigail, Judith Haymaker, o ferreiro Caleb Wilson. O olhar de Caroline era brilhante e sério.

Honor abaixou a cabeça e olhou bem para a espiga, cada grão parecia um dente transparente.

Jack já estava comendo, virando a espiga à medida que os dentes iam arrancando os grãos com o som ruminante de um cavalo ou cervo comendo capim. Honor não teve coragem de olhar para ele. Os irmãos dela, o ex-noivo Samuel e até Adam Cox jamais fariam tanto barulho comendo. Jack Haymaker comia com gosto, feito bicho.

Jack colocou o sabugo no prato e ia pegar outra espiga quando notou que ela ainda não tinha comido o dela.

— Não gostas de milho?

Honor ficou hesitante.

— Nunca comi direto da espiga.

— Ah, então conheces outro jeito. Preciso ver.

Para constrangimento dela, Jack continuou na frente dela, olhando com um largo sorriso, os cabelos desgrenhados e uma casca de milho grudada no queixo. Se todos os presentes já não estivessem olhando para os dois, agora estavam. Ela corou muito e viu que não tinha jeito: se demorasse, chamaria ainda mais a atenção. Pegou então a espiga e virou-a como se quisesse escolher o lado melhor de morder.

— Vamos, Honor — disse Jack. — Vá em frente.

Honor fechou os olhos e mordeu, cortando os grãos com os dentes. Abriu os olhos. Nunca tinha provado algo tão fresco e doce. Era o milho em sua melhor forma, um bocado de vida.

Virou a espiga e foi mordendo para sentir o sabor, tão diferente dos pratos à base de milho que tinha provado nas últimas semanas. Ela só conseguiu parar quando comeu tudo.

Jack achou graça.

— Muito bem. Seja bem-vinda a Ohio, Honor. Posso trazer-te mais um?

No dia seguinte à festa, no final da tarde, quando o movimento na Cox Tecidos e Aviamentos tinha acabado, Jack Haymaker apareceu. Honor arrumava os produtos enquanto Adam Cox anotava a receita do dia. Ela tentou disfarçar o susto que teve com a chegada de Jack e sentiu um aperto no peito. Cumprimentou-o e prestou atenção no tecido creme com losangos cor de ferrugem que estava enrolando na tala, o mesmo que a sra. Reed tinha comprado para a filha um mês antes. Honor tinha perguntado a Adam se podia cortar um pedacinho para juntar aos retalhos do vestido marrom de Grace e do amarelo de Belle.

Jack virou-se para Adam, que tinha interrompido suas anotações no livro contábil e estava com a pena de escrever no ar.

— Acabo de entregar um lote de queijo na escola e pensei em dar uma carona para Honor, caso você não precise mais dela hoje. Deve estar cansada, após um longo dia de trabalho.

Adam olhou de Jack para Honor e o alívio no rosto dele disse mais do que qualquer palavra: Jack estava fazendo a corte, com a bênção tácita de Adam. A vida dela, tão incerta nos últimos meses, agora tinha uma bússola prestes a indicar uma direção. Mas ela não se sentia segura, como quando desembarcou do *Adventurer* em Nova York e teve a impressão de que o chão ondulava sob seus pés.

— Claro, posso terminar isso sozinho — respondeu Adam e voltou a escrever.

Honor pegou o xale dependurado na parede atrás dele — o calor que estava fazendo não o exigia, mas as mulheres sempre usavam. Ao passar por Adam, viu o que ele escrevia. *11 agulhas apontadas a 1 centavo cada, 11 centavos; 5 tesouras afiadas a 5 centavos cada, 25 centavos; 3 metros de algodão rústico.* Do ângulo em que Honor estava, dava para ver a careca no alto da cabeça.

Naquela tarde, a chuva não tinha vindo amenizar o calor. Na carroça dos Haymaker, Honor e Jack rumaram ao sul pela Main Street e ouviram trovoadas ao longe, o céu estava escuro a oeste. Jack olhou-a de canto de olho.

— Não te preocupes, a chuva está longe. Deixo-te em casa antes que ela chegue.

— Não estou com medo — disse Honor, embora estivesse com um pouco.

As tempestades na América eram bem mais fortes do que as que ela tinha visto na Inglaterra. O ar se adensava durante o dia até ficar uma tensão quase insuportável, com trovões e raios distantes prometendo alívio. A chuva então despencava de nuvens escuras e grossas e o raio contido caía de repente, seguido do trovão arrasador. Era alto, forte, violento. Honor jamais foi pega fora de casa durante uma tempestade em Ohio e não queria ser agora. O coche que Adam tinha alugado para eles seria mais rápido que a carroça dos Haymaker; ela também podia ter esperado a tempestade cair na segurança da loja. Mas não ia pedir para Jack voltar.

Na Mill Street, Honor notou a sra. Reed na calçada. A negra viu os dois, cumprimentou-os, mas não sorriu. O chapéu de palha agora estava enfeitado com buquês de florezinhas brancas que Honor tinha visto à beira das estradas.

— Tu a conheces? — Jack pareceu não gostar.

— É freguesa da loja. Que flores são aquelas no chapéu dela?

— São da eupatória, uma planta medicinal usada contra a febre. Não tem na Inglaterra?

— Talvez, as flores aqui são diferentes até quando têm o mesmo nome.

Jack resmungou. Ao longe, um trovão ribombou de novo, só que mais alto.

Estar sentada ao lado de Jack na carroça não era igual a estar ao lado de Adam, ou do velho Thomas de Wellington. Também não era igual a voltar para casa a pé com Samuel. Não pelo fato de Jack ter cheiro de feno fresco, mesmo quando estava enlameado e suado após um dia de trabalho. O que Honor estranhava era a ligação simples e tácita, a eletricidade no ar e o espaço entre os dois. Sentia dolorosamente a presença dele. Ela registrava cada respiração, cada movimento que ele fazia com a cabeça, os ombros, ou os pulsos ao guiar os cavalos. Ficou olhando os braços, que saíam das mangas dobradas da camisa com todos os pelos louros virados na mesma direção, como um trigal ao vento.

Ela chegou à conclusão de que tudo aquilo era desejo e seu rosto ardeu de pudor. Não tinha sentido isso com Samuel, os dois se conheciam desde pequenos e ele parecia mais um irmão. Talvez tenha sido isso que Samuel sentiu pela mulher de Exeter, pensou, o mesmo que ela sentia agora por Jack. Pela primeira vez, pensou com clareza no que Samuel havia sentido e por que se afastou.

— O milho está crescendo — comentou Jack, quando passaram pelos milharais plantados na floresta entre Oberlin e Faithwell. Disse pouco mais no percurso de meia hora, a não ser para tranquilizar Honor sobre a tempestade ter se afastado. E cantarolou baixinho uma música que ela não conhecia.

Ao chegar à casa de Abigail, (que estava na varanda, bocejando) Honor agradeceu a carona. Ele deu a mão para ajudá-la a descer do coche, tocando em seu cotovelo, e acrescentou:

— Vencemos a tempestade, hein?

No final do dia na loja de Adam, Honor sentia fome e cansaço. Mas à noite, em casa, não comeu nada e dormiu pouco. A tempestade não veio e na manhã seguinte o ar continuava quente, parado e abafado.

— O milho já está quase na altura de ser colhido — comentou Jack no sábado seguinte, quando deu outra carona para ela. — Mas ainda não está maduro.

Na terceira vez em que saíram, chegaram num milharal e ele tirou a carroça da estrada. Ficaram olhando a plantação, que agora estava mais alta que um homem, as espigas gordas, com os cabelos compridos e sedosos, as folhas farfalhando ao vento.

— Honor, não achas que o milho está pronto?

Honor engoliu em seco. Será que era assim que se cortejava uma moça na América? Uma conversa numa festa, três viagens de carroça e um abraço no campo? A seguir, os proclamas seriam lidos e eles se casariam: em menos de dois meses, estariam na cama de casal. Na América, o tempo parecia elástico, esticava e encolhia, e tinha interrompido o ritmo a que ela estava acostumada. O tempo custava a passar (como a bordo do *Adventurer;* na espera por cartas da família; nas quentes noites na varanda com Abigail), ou se adiantava (como na morte de Grace; no casamento de Abigail e Adam; nas expectativas de Jack Haymaker). Tudo isso a deixava ansiosa e sem conseguir pensar.

— Honor?

Ela tinha escolha? Se dissesse não, Jack daria partida na carroça e os dois seguiriam para Faithwell, onde ele a deixaria, nunca mais daria carona e só sorriria amistosamente, como vizinho. Honor ficaria presa na casa de Adam e Abigail, que tinham se casado na semana anterior, mas ela continuava estranhando morar lá.

Honor sempre achou que teria uma grande intimidade e ligação com o futuro marido, que tinha o mesmo passado e morava na mesma comunidade que ela. Mas isso não era garantia de sucesso e o abandono de Samuel tinha sido tão repentino quanto a corte de Jack agora. E a grande intimidade familiar com Samuel acabou sendo inútil, pois não havia atração física. Pelo menos, desejo por Jack ela sentia. Já era alguma coisa.

— É verdade, o milho está pronto — respondeu ela, finalmente.

Jack saltou da carroça e estendeu a mão para ajudá-la a descer. Levou-a pelo milharal, que balançava e farfalhava acima deles, as compridas e fibrosas folhas prendendo nas mangas do vestido de Honor e roçando carinhosamente no rosto dela. Seguiram em linha reta, mas, mesmo assim, ela ficou desorientada, com o farfalhar do verde ao redor, o céu quente e escuro zunindo, andorinhas voando rápido acima deles, procurando abrigo para a noite.

Jack deitou-a no chão arenoso entre duas fileiras do milharal. Olhou-a um instante com um meio-sorriso como se buscasse a certeza no rosto dela antes de continuar. Não a beijou logo, tirou o xale branco que ela usava e passou os lábios pelos ombros dela, mordiscando gentilmente. Honor conteve um suspiro. Nunca tinha sido tocada por um homem naquele lugar — nem em qualquer outro, aliás. A contida corte de Samuel tinha consistido em mãos dadas e beijos rápidos; às vezes, ela encostava-se ao braço dele quando sentavam lado a lado. O toque dos lábios de Jack acordou algo que ela não sabia que estava à espera de ser despertado.

Em volta, os grilos davam seus intermináveis trilados. Honor respirou mais rápido quando Jack afastou o vestido dela dos ombros, de modo que o debrum branco ficasse amarrotado em volta da cintura dela. Ele foi descendo os lábios, Honor fechou os olhos e desfrutou da pressão dos lábios dele nos seios. Mas, quando ele tirou a saia dela e tocou nas pernas, ela percebeu que via os olhos castanhos de Donovan nos dela, as mãos bronzeadas sobre a pele alva. Ela abriu os olhos, mas era tarde para interromper o que tinham começado. Jack tocou-a no meio das pernas, abriu-as e penetrou-a. Chocante, doloroso, animalesco, mas ela reagiu quase inconscientemente ao ritmo dele, que ela de certa maneira reconheceu, embora nunca tivesse experimentado. Mais e mais rápido, uma investida após a outra, Honor não conseguia controlar o que sentia, a dor e a excitação misturadas até perder o controle de si naquele ritmo impetuoso. Jack então endureceu o corpo e deu um gemido. Caiu sobre ela e Honor abraçou-o, com o nariz enfiado no pescoço dele enquanto a respiração dos dois ia ficando mais lenta. Virando o rosto para respirar, ouviu de novo os grilos e sentiu a terra dura nas costas. Tinha uma pedra embaixo da cintura. Olhou sem enxergar direito as fileiras escuras do milharal e se perguntou se haveria cobras por ali, estava tudo imóvel, era só questão de tempo para uma cobra aparecer entre os pés de milho, com a pele dourada e marrom reluzindo.

No dia seguinte, foram lidos os proclamas do casamento. Antes de saírem para o Culto, Honor viu Abigail vomitando no quintal. Quando ela se endireitou, tinha o mesmo buço úmido e o olhar nauseado que Honor tinha visto em outras mulheres e entendeu na hora que Abigail estava grávida, ela que tinha acabado de se casar. Honor ficou quieta quando Abigail disse que ia se deitar de novo. "Está tudo acontecendo tão rápido", pensou. "Rápido até demais."

Adam e Honor foram a pé para o Culto e ela contou que decidiu casar-se com Jack Haymaker. Adam apenas concordou com a cabeça, sem cumprimentá-la nem demonstrar alegria.

Jack também teria de avisar a mãe antes do Culto pois, como Judith Haymaker integrava o conselho dos Idosos, precisava saber que os proclamas seriam lidos. Honor ficou aliviada de não estar com Jack e assim não ver a reação da sogra. Pelo que percebeu no breve contato que teve com ela na festa da colcha, no Culto e quando comprou leite e queijo na fazenda, ela era uma mulher séria e cheia de princípios. Judith teria uma noção do rumo que a vida do filho deveria tomar e era pouco provável que tal noção incluísse a filha de um vendedor de cordas que não entendia de fazenda-leiteira, era pequena e calada e sentia falta de casa.

Na sala do Culto, mãe e filha Haymaker já estavam em seus lugares: Dorcas, no setor reservado às mulheres; Judith, no dos Idosos. Quando Honor sentou-se, Judith estava olhando a parede branca à sua frente, a sobrancelha arqueada dando ao rosto sua habitual e firme sinceridade. Dorcas franzia o cenho. Pelo menos Jack sorria para ela, sentado no setor dos homens. Pela primeira vez, Honor sentiu falta de Abigail ao seu lado, teve a impressão de estar exposta à comunidade e gostaria de mais apoio do que Adam poderia dar de onde estava, no outro lado da sala.

Ela olhou para baixo e ficou totalmente parada, como se a imobilidade pudesse tirá-la dali. Mas não conseguiu se concentrar. Quando o Culto ficou mais profundo, Honor não foi capaz de acompanhar o silêncio e, ao mesmo tempo, acalmar seus pensamentos conturbados. Ao contrário, suas costas doíam, o nariz coçava, o calor fazia o suor escorrer entre os seios. Duas horas depois, quando o Culto terminou, ela estava mais agitada do que ao sentar-se.

A leitura dos proclamas foi recebida com murmúrios surpresos. Honor corou e estremeceu ao ouvir um soluço abafado de Caroline, a amiga de Dorcas que tinha olhado para ela na festa da colcha. Honor só sabia que a moça era filha de um fazendeiro. Num lugar pequeno como Faithwell, a comunidade e a família já deviam ter uma esposa em vista para um bom partido como Jack Haymaker. Caroline agora teria de arrumar logo outro marido (provavelmente, de uma comunidade quaker próxima, como Greenwich, a uns quarenta quilômetros), ou ir para o oeste com os primos, para Iowa, Wisconsin ou Missouri. Honor fechou os olhos, não conseguia encarar a moça derrotada. "Desculpe", pensou, esperando que a mensagem atravessasse a sala e chegasse em Caroline como um bálsamo. "Desculpe, mas o casamento é a única maneira de eu ter um espaço aqui. Senão, fico à deriva, sem saber como me situar."

No final do Culto, quando todos se levantaram, Caroline saiu rápido da sala. Dorcas foi atrás dela, mas parou quando a mãe segurou seu braço. Honor sentiu que todos olhavam para ela e para a futura sogra, que veio lhe dirigir a palavra, acompanhada da filha. Segurando as mãos para não ficar torcendo-as, Honor olhou de frente sua futura família como sabia que tinha de fazer, não podia viver para sempre com os olhos fixos no chão. Judith usava um vestido cinza escuro e uma touca branca bem amarrada com fita branca. Apesar do calor, não transpirava. Como Dorcas, ela não tinha ombreiras altas como era a moda das mulheres na época, eram quase tão retas quanto as de um homem, os braços eram musculosos devido à vida inteira ordenhando vacas. A boca estava no eterno meio-sorriso que Honor agora sabia que não demonstrava afeto.

— Tu e Adam precisam ir à nossa casa após o jantar. Temos muito que falar — disse ela.

Honor concordou com a cabeça e notou que o convite não era para jantar. Não tinha importância, pois ela achava que não conseguiria engolir nada na presença da velha.

Pelo jeito, Judith Haymaker queria mesmo era falar sobre colchas de retalhos.

Honor tinha ido várias vezes à fazenda Haymaker com Abigail para comprar leite e, duas semanas antes, para a festa da colcha. Mas não tinha visto nada com olhos de quem ia morar lá. Quando ela e Adam saíram a pé de Faithwell na direção oeste da fazenda, cada passo a afastava mais da aldeia civilizada e a aproximava mais da selva. Ao chegarem à casa, ela examinou tudo com outros olhos. Era bem diferente das fazendas de Dorset que, por serem mais antigas, tinham se integrado a tudo em volta, enquanto as fazendas de Ohio foram corajosamente erguidas a machadadas e se destacavam na paisagem. As casas foram cuidadosamente construídas, não de maneira confusa, feitas mais de madeira que pedra, os limites eram marcados com cercas de balaústres e não de pedras, e tudo era rodeado por uma floresta densa e não por verdes colinas, riachos e pequenos bosques. A casa de dois andares era afastada da estrada e o jardim tinha grama, o que não era comum por ali, já que era preciso arrancar todos os tocos de árvores, regar sempre e ter um cachorro para afastar coelhos e cervos. Eles tinham um esperto pastor inglês chamado Digger que, naquele instante, correu para encontrá-los, rosnando e latindo como jamais fez quando Honor ia comprar leite. Parecia perceber que aquela visita era diferente, tinha uma finalidade mais importante. Atrás da casa havia diversos anexos com um enorme celeiro bem maior que a casa e pintado de vermelho desbotado; seu teto era íngreme e uma trilha ia até a entrada. Os portões do celeiro estavam abertos e Honor viu os fardos de trigo empilhados quase até as vigas do teto.

Os Haymaker estavam à espera deles na varanda. Judith tinha uma Bíblia no colo, Dorcas remendava uma camisa e Jack estava sentado de olhos fechados — , mas, de repente, deu um pulo e chamou o cachorro. Dorcas entrou em casa, Judith convidou-os para sentar em cadeiras de costas retas e voltou à cadeira de balanço onde estava antes e que Honor suspeitou que fosse só dela. Essa era a primeira das muitas regras da família que ela teria de aprender. Digger deitou-se no chão ao lado de Judith, num lugar onde as pernas da cadeira não o atingiriam. Estava claro que o cachorro pertencia a ela; portanto, jamais iria correr para festejar Honor, nem ficar aos pés dela. Talvez ela tivesse mais sorte com o gato malhado que andava pelo gramado e sumia furtivo nos canteiros de flores que ladeavam a escada da varanda. Parecia bem mais selvagem que o gato que ela deixou na Inglaterra.

Adam e Jack conversaram um pouco sobre trigo, colheita, movimento na loja de Adam, a nova lei da escravidão que estava sendo discutida no Congresso e que o ferreiro Caleb Wilson tinha comentado no Culto. Honor queria ouvir, mas estava muito nervosa para prestar atenção. Tinha levado alguns retalhos para costurar e pegou os hexágonos marrons e verdes já feitos. Começou a puxar a linha para franzir o pano e esse gesto familiar a acalmou. Onde quer que estivesse, por mais estranhos e distantes que fossem os lugares e as pessoas, costurar, ao menos, dava uma sensação familiar.

Judith deu uma olhada no trabalho rápido e perfeito de Honor.

— Uma colcha de retalhos complicada assim demora — observou ela. — Tu não fazes apliques? É muito mais rápido. Mesmo os quadrados com motivos como espanta-mosca, gansos voadores ou estrela de Ohio são mais rápidos do que esse.

— Na Inglaterra sempre fizemos as colchas de retalhos assim.

— Não estás na Inglaterra.

Honor abaixou a cabeça.

Dorcas apareceu com uma jarra de água e copos; Judith parou de balançar a cadeira e os homens interromperam a conversa.

— Gostaria de saber qual é o dote de Honor — anunciou Judith, enquanto a filha servia água.

Houve silêncio, quebrado apenas quando Dorcas tilintou um copo no jarro.

— O dote é bem pequeno, Judith. Sabes da situação dela. Honor nunca teve a pretensão de parecer mais do que é — explicou Adam.

— Sei. Mas ela não tem nada? Colchas de retalho, por exemplo. Quantos confortos já fizestes? — perguntou Judith, virando-se para Honor.

— Um.

— Um só? — Judith ficou pasma. — Pensei que fosses uma grande artesã de colchas. Vi a costura que fizeste na festa da colcha. Olha como trabalhas rápido — ela se inclinou para frente e pegou os hexágonos de Honor. — És a melhor costureira de colchas de Faithwell. O que fazias na Inglaterra?

Por trás dessa pergunta, Honor ouviu outras que não foram feitas: como vivia a filha de um vendedor de cordas? Era preguiçosa? Como poderia ser útil para os Haymaker?

— Eu tinha mais colchas, porém dei-as de presente, já que seria muito complicado trazê-las na viagem. Grace e eu trouxemos só duas conosco e a colcha de casamento dela teve de ser queimada, pois temiam que estivesse contaminada com febre amarela.

Ela olhou para baixo, envergonhada por não ter colchas para levar quando se casasse. Casar não estava em seus planos, pelo menos a curto prazo, e ela não estava preparada. Devia se considerar sortuda por Jack aceitá-la mesmo assim.

— Tua irmã não trouxe mais colchas para o casamento com Adam?

— Ela não estava preocupada com isso, achava que podia fazer as colchas quando chegasse aqui.

Judith resmungou e devolveu o retalho.

— Deves pedir de volta as colchas na Inglaterra. Escreva e explique a situação, peça para mandarem os confortos. Levarão meses para chegar, mas pelo menos terás as colchas. Quantas podes conseguir?

Honor ficou indecisa, parecia indelicado pedir de volta as colchas que tinha dado de presente. Pensou nas pessoas que não se ofenderiam muito com o pedido.

— Três, talvez.

— Não conheço os costumes da Inglaterra — disse Judith. — Mas aqui, as jovens devem ter uma dúzia de colchas prontas e mais a de casamento sendo feita, branca, com desenhos pespontados. Talvez Abigail e Adam não tenham dito, já que fizeram um segundo casamento, em que o costume é outro. Se puderes conseguir o tecido branco — ela se dirigia a Adam — marcamos uma festa da colcha na próxima semana. Estamos ocupados com a colheita, mas arrumaremos tempo. Dar-te-emos três confortos que são de Dorcas e, juntando com as colchas enviadas da Inglaterra, serão oito.

Dorcas bateu a jarra na mesa, sufocando o choro e ficou com o rosto vermelho.

— Providenciarei o tecido, claro — concordou Adam. — E agradeço por aceitares Honor na família. Se o problema são as colchas, não é preciso apressar a data do casamento. Honor pode continuar morando conosco enquanto faz as colchas necessárias.

Adam não pareceu muito seguro do que disse.

— Para serem bem-feitas, ia demorar muito. Cinco boas colchas de retalhos... — observou Judith.

— Oito! Três no lugar das minhas — interrompeu Dorcas.

— Ela precisaria de dois anos para fazer oito colchas, mesmo com a nossa ajuda.

Adam levou um susto, claro que não sabia do trabalho que dava uma colcha de retalhos. Ele vendia os tecidos, mas não foi criado no meio de irmãs fazendo colchas.

— Se ela fizesse colchas com apliques em vez de retalhos, seria mais rápido — disse Judith, mostrando os hexágonos de Honor. — É hora de deixar isso de lado e adotar os modelos de Ohio.

Honor parou de costurar e pôs as mãos no colo. Podia deixar de lado os moldes e fazer colchas de apliques, se preciso. Mas sempre achou que, na ocasião de sua colcha de casamento, teria bastante tempo para criar o modelo e supervisionar o trabalho, já que como noiva não participaria da feitura. Escolheria uma ou duas mulheres para fazerem-na com capricho. Mas na festa da colcha que Judith ia organizar, haveria mulheres de capacidades diversas. Pelo menos, numa colcha de retalhos a costura mal feita não aparecia, mas numa colcha pespontada de tecido plano de cor única, os pontos eram o mais importante e a diversidade de mãos ia aparecer. Ela e Jack iam começar a vida conjugal sob uma colcha de qualidade duvidosa. Não era um começo auspicioso.

"Não devo chorar", pensou ela. "Não vou chorar". Para impedir que as lágrimas escorressem, ela se distraiu olhando para o jardim. Notou então um pequeno ser voando em volta das flores glória--da-manhã, que subiam pelas colunas da varanda. Honor piscou. Era um pássaro miúdo, quase uma abelha, mas com bico fino, batendo as asas tão rápido que mal dava para vê-las. Enquanto olhava, o pássaro enfiou o bico nas flores para tirar o néctar.

Jack acompanhou o olhar dela.

— É um beija-flor. Já havias visto um ou também não existem na Inglaterra, como os vaga-lumes? — ele perguntou.

Honor negou com a cabeça e esse movimento afastou o pássaro, que logo voltou.

— Eu nunca tinha visto.

— Fizemos duas colheitas de feno — continuou Judith, franzindo o cenho por causa da interrupção. — E vamos ter mais uma no verão. A aveia está no ponto, depois vem a safra do milho e temos toda a horta para cuidar. Não esperamos que Honor trabalhe no campo, mas pode cozinhar, cuidar da horta, ordenhar as vacas e vender queijo. Esta época do ano é sempre difícil, somos só nós três para trabalhar; se formos em quatro, facilita. Se Honor vai nos ajudar, é melhor que ela e Jack se casem o mais rápido possível. — Judith balançou a cabeça. — Mas nunca ouvi falar em levar oito colchas para o casamento.

Honor reparou que Jack não disse nada sobre as colchas, deixou a mãe negociar; vai ver que ele achava que já tinha feito a parte dele no milharal. Quando a mãe terminou de falar, ele levou Honor e Adam para uma volta pela fazenda, mostrar o que a família tinha construído. Honor viu então o quanto sua vida estava prestes a mudar. Na casa de Adam e Abigail, pelo menos havia outras casas à vista e a loja (por menos farta que fosse) era perto. Já a fazenda dos Haymaker ficava a pouca distância de Faithwell, mas a estrada era esburacada e parecia longe de tudo. O terreno tinha sido limpo para formar jardim e quintal, horta, pomar e curral; mesmo assim, dava a impressão de que a selva estava logo ali, cercando a fazenda por todos os lados, principalmente nas florestas a oeste, aonde ela e Belle tinham ido. Honor sempre achou que gostava de árvores, mas agora as faias nas quais os irmãos dela costumavam subir, as macieiras atrás da casa, os castanheiros de onde tiravam castanhas a cada outono — tudo isso parecia pouco comparado aos castanheiros, aos freixos negros, às faias e bordos das florestas em volta da fazenda.

— Esta é a floresta Wieland, o nome é por causa de Wie, meu pai — explicou Jack. Como Honor não entendeu, ele acrescentou:

— Ele morreu num incêndio na Carolina do Norte.

Ela não pediu detalhes, pois Jack ficou muito sério.

Quase tão preocupante quando a opressão das árvores, eram os bichos. Os Bright tinham oito galinhas para fornecer ovos; os outros alimentos eram comprados no açougue e na leiteria da cidade. Já os Haymaker tinham 80 galinhas: 20 poedeiras e 60 para abate. E mais dois cavalos, dois touros em sociedade com outra fazenda, oito vacas ("Compramos uma vaca por ano", Jack explicou com orgulho) e quatro porcos tão enormes quanto fedidos que fizeram o estômago dela embrulhar. De fato, a fazenda inteira fedia a animais e ela não conseguia imaginar o que seria conviver com esse cheiro. Mas Jack obrigou Honor e Adam a verem todos os animais: Adam foi educado, deu a impressão de estar realmente interessado, enquanto o temor de Honor só aumentava. Nunca conseguiria se orgulhar de uma vaca. Em Bridport, ela morava longe dos currais e perto das lojas que vendiam os mantimentos. Ali, ela estaria no meio da produção. Era uma vida bem diferente, com muitos cheiros, sons, texturas e espaços desconhecidos. Ver Jack em seu ambiente natural fez com que ele ficasse mais estranho, teria de se acostumar com isso também.

A única parte da fazenda onde ela se sentiu mais à vontade foi o celeiro. Tinha o cheiro seco e doce do feno misturado ao de urina e estrume e era silencioso, com os animais nas estrebarias e as pessoas trabalhando. Ela imaginou que ali poderia fugir do resto da fazenda por alguns minutos. Novos rolos de feno formavam uma pilha enorme. Só em um canto a palha era pouca.

— Quando colhermos a aveia iremos repor a palha — garantiu Jack para Honor e Adam.

Honor pegou uma palha, seca e dura comparada com o feno, a vida fora ceifada quando arrancaram suas sementes.

Honor achou o lugar um pouco mais acolhedor, agora que tinha visitado tantas casas americanas que só esperava encontrar cômodos quadrados com janelas largas, móveis simples de freixo, pinheiro e elmo e, no chão, tapetes ovais feitos de trapos. Judith mostrou cada cômodo, inclusive a despensa e a queijaria ao lado da cozinha. Honor se surpreendeu quando ela os levou ao andar de cima e mostrou os quartos arrumados com simplicidade, mas com colchas vermelhas, verdes e brancas nas camas. Não esperava ver os quartos, na Inglaterra eles não eram mostrados a estranhos, essa parte da casa era considerada íntima. Olhou para Adam, mas ele não estranhou. Honor também visitou os quartos de todas as casas onde se hospedou em Hudson e na Philadelphia, como se quisessem mostrar como moravam e o que possuíam. Na Inglaterra, isso seria considerado exibicionismo, mas ali eram coisas naturais e importantes. "Além do mais, os quartos não eram mais partes privadas a mim", pensou Honor, "pois agora faço parte da família." De algum jeito, teria de enxergar aquela casa como um lar.

Faithwell, Ohio
Quarto dia do oitavo mês de 1850

Minha querida família,

Escrevo para contar que vou me casar agora de manhã com Jack Haymaker. Vamos morar com a mãe e a irmã na fazenda leiteira deles, perto de Faithwell.

Sei que é uma notícia inesperada, mas espero que nos abençoem e pensem em nós com carinho.

Se puderes, mãe, peça a Biddy para devolver a colcha estrela de Belém e mande-a para mim, assim como as que dei para William e tia Rachel. Preciso delas. Desculpe, mas a família do meu marido exigiu que eu tivesse a quantidade de colchas necessária para me casar. Espero que todos compreendam.

Tua amada filha,
Honor Bright

Febre

Honor não passou a noite de núpcias na cama de Jack Haymaker, ou melhor, na cama do casal (ela precisava aprender a falar assim). Após a Reunião do casamento e uma festa para a comunidade oferecida pelos Haymaker, quando os últimos convidados saíram e o céu começou finalmente a escurecer, Jack carregou-a no colo pela escada e pelo corredor até o quarto deles.

— Aqui vai ser mais confortável que no milharal — disse, sorrindo, quando a colocou na cama. A cama estava coberta com a colcha branca pespontada feita na festa naquela semana (com pressa e sem muito capricho, por quem estivesse disponível).

Honor teve uma tontura e se segurou na cabeceira de ferro. Jack tirou os suspensórios e a camisa, só então notou que Honor estava imóvel.

— Não vais tirar a roupa? Venha cá, eu te ajudo.

Ele foi desabotoar o vestido de Honor nas costas e, ao tocar no pescoço dela, franziu o cenho.

— Estás com febre!

Jack virou-a de frente e segurou o rosto corado, fez com que ela se sentasse e pôs a mão na face e na testa dela.

— Desde quando estás assim? — perguntou ele.

— É... É que a noite está quente.

Estava mesmo — tão sufocante e parada que Honor achou que a testa quente era apenas por causa do clima. Jack chamou a mãe e a irmã; Honor, que tinha aguentado firme a tarde inteira, desabou sobre a cama.

Judith e Dorcas levaram-na para o andar de baixo e colocaram-na no quarto para enfermos que ficava ao lado da cozinha, um cômodo pequeno e quadrado, com uma cama de solteiro, uma cadeira e um pequeno armário com bacia e jarro de água em cima e um penico na parte de dentro. Na parede desse armário havia outro, menor, de medicamentos, cheio de faixas de linho e vidros de cânfora, mostarda e outros remédios que Honor não conhecia. Sobre a cama, velhos lençóis de linho e um cobertor de lã cinza que ela achou insuportavelmente áspero. Uma janela dava para o quintal. As duas mulheres abriram essa janela e a porta da cozinha para o ar circular, porém o quarto continuou muito abafado.

Nos primeiros dias de febre, Honor alternava entre frio e calor, delírio e lucidez, vontade de que os Haymaker a fizessem companhia e desejo de que a deixassem em paz. Às vezes, fingia estar dormindo quando Dorcas vinha ver como ela estava, ou quando Jack sentava ao lado da cama. Conversar (fosse falando ou ouvindo) era muito desgastante, sobretudo por que ela mal os conhecia. Ainda não tinha conversado muito a respeito do tempo, do gado, das tarefas domésticas, de como tinha passado a noite, da ida e vinda dos vizinhos, do leite coalhando no calor, das cartas de parentes e amigos. Quando Jack sentava próximo a ela, ou Judith lhe dava sopa na boca, ou Dorcas ficava na porta, também não sabiam o que dizer e acabavam falando entre si, ou lavando o penico quando não precisava, alisando os lençóis, abrindo ou fechando a janela, varrendo o chão que estava limpo.

Sozinha, Honor ficava deitada e acompanhava a mudança da luz nas paredes, sentindo-se fraca e confusa demais para sentar-se, ler ou costurar. Às vezes, o quarto ficava tão quente que sentia que ela e o ar tinham se tornado uma coisa só. Mesmo quando delirava sabia que isso era impossível e então recebia com agrado a invasão de um dos Haymaker ou, uma ou duas vezes, de Adam para lembrá-la de quem ela era e onde estava.

Fora o enjoo que teve a bordo do *Adventurer*, ela nunca havia ficado doente por tanto tempo. Levou uma semana para conseguir sentar-se e outra para sair da cama, embora por pouco tempo.

Os Haymaker cuidaram bem dela, mas não pareciam assustados com a gravidade ou a duração da doença.

— É febre — disse Judith quando Honor perguntou por que não melhorava. — A febre costuma demorar. Todo mundo tem isso, às vezes.

A doença coincidiu com a safra da aveia, mas como ela estava se sentindo bem, a família deixou-a em casa e foi para o campo, já que todos os braços eram necessários. Honor lamentou não participar, esperava com isso se integrar mais na comunidade. Comentou com Jack, quando ele veio vê-la rapidamente, após o primeiro dia da colheita.

— Teremos colheita em outros anos — disse ele, antes de adormecer sentado na cadeira.

A janela do quarto de doentes dava para o celeiro, a garagem da carroça e o galinheiro. Honor passava horas olhando; no começo, parecia tudo igual, mas depois ela percebeu pequenos movimentos: de borboletas amarelas e pretas voando; de uma brisa espalhando as folhas no chão; de sombras passando lentamente na terra seca.

Um dia, quando a família estava no campo, Honor deitou-se e viu um esquilo correr atrás de outro em volta do poço no quintal e a gata malhada ir atrás, com a barriga tão grande que quase tocava no chão. A gata foi menos rápida e os esquilos fugiram. Dias depois, a gata apareceu de novo no quintal, seguida de três gatinhos que paravam para brincar enquanto ela dava um olhar indiferente. O poço não fazia sombra agora, pois era meio-dia. Um caneco de alumínio estava sobre sua beirada curva. Honor piscou, depois achou que tinha dormido, pois o poço tinha uma sombra. Piscou de novo. O caneco tinha sumido.

Um frango conseguiu fugir do galinheiro e bicava o chão, à mercê das raposas, já que Digger também estava no campo. Honor ficou pensando o que poderia fazer, caso uma raposa atacasse as galinhas, embora fosse pouco provável de ocorrer de dia. Ela já conseguia andar pelo quarto, mas não sabia se conseguiria ir ao quintal e salvar as galinhas sem desmaiar.

Ao olhar bem a sombra junto ao poço, achou que estava delirando de novo, pois a forma escura não era do poço, parecia mais com um saco de batatas. Enquanto olhava, um braço saiu da forma escura e colocou o caneco de novo na beira do poço. Se não estivesse olhando, Honor não teria ouvido a batida metálica do caneco na pedra.

Ela se sentou com todo o cuidado para não fazer barulho. Só de pensar que estava sozinha naquela fazenda rodeada de florestas, com alguém agachado junto ao poço, seu estômago revirou de medo. Gostaria de fechar os olhos e, ao abri-los, o homem tivesse sumido. Respirando fundo, buscou firmeza dentro dela mesma. Lembrou que todas as pessoas têm um pouco do Senhor, até um homem que está escondido num quintal. Mas estava tremendo ao se levantar da cama para agachar-se junto à janela.

Honor esperava que a luz do sol ofuscasse a vista do homem e ele não a notasse, mas, ao olhar a forma escura, percebeu que também estava sendo observada. Ele ficou imóvel, tanto que o frango veio ciscar perto. Honor também não se mexeu. Por baixo da camisola, sentia o suor escorrendo nas costas. Enquanto olhava, a forma escura se levantou e virou uma jovem negra, descalça, de vestido amarelo. Em volta do cabelo, uma faixa de pano rasgada da barra do vestido. O frango fugiu, mas a jovem não tentou fazer o mesmo. Em vez disso, estendeu a mão na direção de Honor. Era um gesto pequeno e vago que, mesmo assim, conseguiu acalmar o estômago de Honor, pois dizia: "estou fugindo, me ajude." Ela e a jovem ficaram ligadas por aquele gesto. Honor tinha crescido sabendo que a escravidão era errada e devia ser combatida, mas eram só ideias e palavras. Naquele momento, ela precisava fazer alguma coisa, embora ainda não soubesse o quê.

A moça negra abaixou a mão e ficou ao lado do poço. O quintal todo parecia ter parado. O frango tinha sumido. Não havia brisa. Até os grilos e louva-deuses não estavam mais cricrilando e chilreando. Era um silêncio como Honor nunca imaginou que pudesse existir em Ohio.

Honor levantou-se devagar para não ficar tonta. Foi até a cozinha, apoiando-se nas portas e paredes; ao passar pelo armário, pegou um pedaço de pão. Chegou à varanda dos fundos e hesitou, depois entrou no quintal. Lá, foi obrigada a parar por causa do sol quente. Protegeu os olhos com a mão e apertou--os, mesmo assim ficou tão cega que piscou. Há mais de duas semanas não via o sol.

A jovem negra continuou junto ao poço, com a mão apoiada na borda. Parecia uma ovelha da qual era preciso se aproximar devagar para não ser atacado. Mesmo assim, era quase impossível chegar perto. Uma vez, quando Honor era mais jovem, conseguiu com muita paciência tocar o pescoço de uma ovelha: não fugiu, como esperado, parecendo render-se ao gesto. A jovem não parecia disposta a render-se, seu corpo estava preparado para correr.

Honor pensou em dizer algo, mas sabia que os gestos eram mais eficazes. Aproximou-se e estendeu o pão. A mulher pegou-o, agradeceu com um gesto de cabeça, mas, em vez de comer, enfiou o pão no bolso do vestido. Era alta, bem mais alta que Honor, com pernas longas e finas e braços grossos como tocos de cerca. O vestido era de alguém menor, só cobria as coxas; os pulsos ossudos saltavam das mangas do vestido, que estava sujo, amarrotado e rasgado como se fosse usado dia e noite há semanas. O rosto brilhava de suor e o nariz largo tinha espinhas. O branco dos olhos estava amarelado e os cantos tinham remela. Honor ficou pensando se a jovem gostaria de tomar um banho, mas achou que não. Ela precisava era de uma ajuda rápida e prática. Não de um banho.

Antes que Honor pudesse abrir a boca para falar, a jovem mexeu a cabeça como se um fio a conectasse a um som distante. Honor prestou atenção e ouviu o que não ouvia havia semanas: o tropel irregular de um cavalo de ferraduras grossas.

Os olhos da jovem brilharam e Honor viu neles o desespero de quem foi tão longe para ser capturada perto de onde pretendia chegar. Respirou fundo e tentou pensar, embora o sol a estivesse confundindo e estrelas flutuassem em seus olhos. Honor balançou de tontura e, quando seus joelhos fraquejaram, ela disse:

— Entre e fique no porão.

Quando Donovan entrou a cavalo no quintal, Honor estava caída no chão. Ele desmontou correndo, abaixou-se ao lado e pôs a cabeça dela no colo.

— Honor, o que houve? Será que alguém...

Donovan olhou o quintal vazio e o rosto contraído dela.

— Você está com febre de verão. Por que está aqui fora, boba?

O cheiro de suor dele era forte e embriagador. Honor não se esforçou para sair do colo dele, não queria ofendê-lo.

— Eu... As galinhas estão soltas, tenho de pegá-las.

Pelo menos, era verdade. Como se tivesse ouvido o que ela disse, uma galinha apareceu perto do celeiro, sacudindo a cabeça marrom e cacarejando, irritada com a presença de Donovan.

— Eu pego as galinhas. Mas, primeiro, levarei você para dentro de casa. Não me impeça.

Donovan pegou-a como se fosse um saco de farinha e levou-a para dentro.

— Onde estão todos? — perguntou, ao ver a cozinha vazia.

— Estão na colheita. Leva-me para lá, por favor — pediu Honor, indicando o quarto de doentes.

Ele deitou-a na cama com muito cuidado, considerando-se que era um homem tão rude.

— Honor Bright: o que, diabos está fazendo aqui? — ele perguntou, sentando-se na cadeira ao lado da cama. — Há semanas não a vejo, pensei que estivesse se escondendo de mim naquela outra casa de quakers e eis que está aqui!

Donovan parecia irritado, como se fosse uma indelicadeza Honor não dizer onde estava. Honor respirou fundo e respondeu:

— Por favor, chames o meu... Meu marido. Jack Haymaker. Ele está no campo ao sul, um pouco a oeste da estrada. Por favor.

Donovan ficou sério, depois disfarçou com um sorriso irônico.

— Marido, ah. Alguém chegou primeiro, não é?

Honor apenas olhou-o. Devia ter medo por estavam a sós, mas não teve. Devia desprezá-lo por ser caçador de escravos, mas não o fez. "Donovan tem um pouco de Luz, só preciso encontrá--la", pensou ela.

— Quer alguma coisa? — perguntou Donovan, olhando a jarra branca na mesa de cabeceira, com um pano rendado em cima para proteger das moscas.

— Quer água fresca? Posso pegar no poço, ou no porão, se aqui tiver um.

— Não — respondeu Honor, procurando não se precipitar.

— Não dará trabalho. — Dessa vez, Donovan estava sendo solícito quando ela preferia que não fosse.

— Queria pedir um favor — ela começou a dizer, para que ele não vasculhasse o porão e encontrasse a fugitiva no meio das prateleiras de queijos. — Tu se lembras da colcha com assinatura que estava na minha arca, quando nos encontramos pela primeira vez?

— Lembro.

— Podes pegar para mim? Está na mesma arca, no quarto de cima. Esse cobertor é muito áspero.

— Claro. — Donovan saiu, parecendo satisfeito por ter alguma coisa concreta para fazer. Ela ouviu os passos na escada e no andar de cima, afundando o piso do corredor e do quarto. Honor rezou para que a mulher ficasse quieta no porão e não entrasse em pânico.

Donovan voltou com a colcha nos braços. Esticou-a sobre Honor, parou, abaixou-se e alisou a colcha com cuidado, passando a mão devagar pelo contorno do corpo dela. Os olhos brilharam na pele bronzeada. Honor lembrou-se do milharal onde se deitou com Jack e pensou em Donovan. Corou. Achou que a febre estava a confundindo, embora soubesse que não.

Donovan reparou no rubor dela e corou também, até o pescoço.

— Que droga, Honor. Você não deu chance para ninguém, não é?

Honor engoliu em seco. Nunca pensou em conversar sobre isso com ele.

— Os Amigos se casam com Amigos. Senão, temos de sair da comunidade. Além disso, eu jamais me... Ligaria a um caçador de escravos.

— Mas agora está *ligada* a mim.

Ela estremeceu, olhou-o, indefesa, e pediu, baixo:

— Por favor, vá chamar Jack.

O nome do marido dela pareceu despertar Donovan.

— Vou é pegar as galinhas antes que as raposas peguem.

— Não se preocupe com as galinhas, Jack pega.

— Não, eu pego. Quero dar uma olhadinha em tudo, já que estou aqui. Foi por isso que vim, aliás,... Estava procurando uma pessoa, não sabia que ia encontrar você.

Donovan fez uma pausa e perguntou:

— Como você acha que essas galinhas saíram do galinheiro?

Honor negou com a cabeça. Donovan olhou para ela e disse:

— Certo, Honor Bright. A gente se vê.

Ele saiu da casa. Honor viu-o seguir pelo quintal e passar pelo poço, que ainda estava com o caneco reluzindo na borda como um farol. Depois que ele falou em água, ela ficou com muita sede. Fechou os olhos. Ouviu-o assoviar, depois abrir a porta do celeiro e parar o assovio. Voltou a assoviar dali a pouco, quando as galinhas cacarejaram enquanto ele as cercava.

Logo depois, ouviu o cavalo dele trotando na direção dos campos de aveia. Depois, ela decerto dormiu um instante e, súbito, despertou com a certeza de que havia alguém ali. O quarto estava vazio, mas com um caneco de água na mesa de cabeceira, água fresca, como se tivesse acabado de sair do poço. E com um sabor como ela nunca tinha sentido.

Honor não esperava que Donovan acompanhasse Jack de volta. Mas Jack decerto ficou tão preocupado que aceitou a carona do caçador de escravos. Ela ouviu o cavalo chegar e Jack entrar correndo no quarto, ajoelhar-se ao lado da cama e tomar a temperatura da testa dela. Donovan ficou à porta, de chapéu na mão. Percebeu imediatamente o caneco de água, a única coisa no quarto que tinha mudado naquela meia hora. Honor olhou-o assustada. Em vez de uma expressão irritada, ela viu um leve sorriso admirado, como se ela tivesse dado um golpe de mestre. Apontou o dedo para ela e depois disse:

— Haymaker, acho melhor falar com sua mulher sobre a Lei do Escravo Fugitivo. Ouvi dizer que vai ser aprovada pelo Presidente. Depois, não vou ser tão complacente com ela, nem com você. Talvez eu precise da sua ajuda para capturar um negro.

Jack olhou-o, surpreso. Honor não estava aguentando a tensão por estarem os dois no mesmo quarto.

— Por favor, vá embora, Donovan.

Donovan riu.

— Você arrumou uma mulherzinha briguenta, Haymaker. Fique de olho nela. Eu vou ficar. — Disse isso e piscou para Honor. Depois, pôs o chapéu e foi embora.

Honor fechou os olhos e rezou para que a jovem negra tivesse tido tempo de achar um lugar melhor para se esconder.

O trote do cavalo de Donovan ainda era ouvido e Jack já estava perguntando:

— Honor... Esse homem, Donovan, disse que te conhecia. Onde o conheceste?

Jack tentava parecer indiferente, o que só aumentou a desconfiança dele.

— Conheci-o em Wellington. — Honor pegou o caneco na mesa de cabeceira.

Jack olhou bem para ela.

— Ele trouxe água para ti?

Honor não respondeu para não mentir, assim Jack podia pensar o que quisesse. Bebeu a água e pôs o caneco na mesa.

— Mas como... Conheceste um homem desses? Caçador de escravos — continuou Jack.

Honor fechou os olhos para evitar os dele. "Não tenho nada a esconder", lembrou a si mesma.

— Ele é irmão da chapeleira de Wellington.

— O que veio fazer aqui? Visitar-te?

— Não.

— Ele te falou sobre um fugitivo? Ele... — Jack parou e franziu o cenho.

— Veio um negro aqui pedir-te ajuda? Deste?

— Não. Donovan foi o único homem que esteve aqui. Por que um fugitivo viria aqui? — Honor conseguiu perguntar.

— Há muitos fugitivos em Ohio e são ajudados por muita gente que mora perto das estradas. Os endereços mudam sempre para confundir os caçadores de escravos. Eles chamam essas estradas de Ferrovia Subterrânea.

Honor nunca tinha ouvido falar disso.

— A maioria dos fugitivos passa direto por Oberlin, mas, de vez em quando, um deles desvia por aqui. Deve ter sido por isso que Donovan veio. Se algum fugitivo vier para a fazenda, não deves escondê-lo, mas indicar o caminho para Oberlin.

— E se ele estiver com fome... Ou sede? — Honor não teve coragem de olhar para o caneco de água.

Jack deu de ombros.

— Claro, dê água, mas não se envolva. Pode criar problema para ti e para todos nós.

Depois disso, ela dormiu. No final da tarde, quando ele voltou do campo, sentou-se na beira da cama dela.

— Donovan pegou uma negra na floresta Wieland. Passou por aqui a cavalo com ela, tu devias estar dormindo.

Ele olhou atento, mas Honor também ficou atenta para não reagir.

— Fico satisfeito por ele conseguir — acrescentou Jack.

Honor empertigou-se.

— Por quê?

Jack mexeu-se na beira da cama.

— Melhor não ter gente como Donovan caçando negros no campo, atrapalhando pessoas honestas e assustando as mulheres.

— Achas que os escravos não devem fugir?

— Honor, tu sabes que nós, os Amigos, não apoiamos a escravidão. Vai contra a nossa crença de que todos são iguais aos olhos do Senhor. Mas... — Jack parou.

— Mas o quê?

Ele suspirou.

— É difícil explicar para alguém como tu, que vem de um país onde a escravidão não está entranhada. É fácil condenar a escravidão sem avaliar as consequências.

— Que consequências?

— Econômicas. Se a escravidão fosse abolida amanhã, a América quebraria.

— Como?

— O algodão é um dos principais produtos deste país, além dos tecidos feitos com ele. Os estados sulistas prosperaram usando a mão de obra escrava. E os estados do norte, onde não há escravidão, transformam o algodão em tecido. Assim, um depende do outro. Sem escravos para colherem o algodão a bom preço, as fábricas do norte fechariam.

Honor pensou no que o marido disse, desejando não estar com a cabeça tão confusa e fazer uma observação coerente.

Jack continuou:

— Sei que os Amigos ingleses têm princípios firmes contra a escravidão, Honor, como os americanos. Mas talvez nós sejamos um pouco mais práticos. Pregar o que pensamos é mais fácil do que colocar em prática. Grande parte do algodão que usas nas tuas colchas, mesmo aquele que compraste na Inglaterra, é fruto de trabalho escravo. Quando possível, procuramos comprar algodão sem ligação com a escravidão, mas é difícil, por que há pouco.

Jack apontou para um retângulo de chita verde que estava na colcha assinada de Honor e disse:

— Este pedaço de tecido certamente veio de Massachusetts, de uma plantação de algodão sulista. Vais jogar fora a colcha por causa disso?

Sem perceber, Honor apertava a beira da colcha com força, como se Jack fosse arrancá-la dela.

— Achas que não devemos ajudar os escravos fugitivos?

— Eles estão contra a lei, o que eu não perdoo. Não vou impedi-los de fugir, mas também não ajudo. Há multas, penas de prisão... E coisas piores.

Enquanto falava, o rosto de Jack endureceu. "Ele está escondendo alguma coisa de mim", pensou Honor. "Uma esposa não deve saber tudo sobre o marido?"

— Jack...

— Preciso ajudar na ordenha.

Jack saiu do quarto antes que Honor pudesse falar mais. Depois, sozinha no quarto de doente, ela chorou pela negra que tinha lhe trazido água e que agora estava nas mãos de Donovan.

Na tarde seguinte, acordou com Belle Mills sentada ao lado dela. Honor piscou para ter certeza de que não estava sonhando. Não: era impossível sonhar com a touca que Belle estava, com a maior aba oval que ela já tinha visto, cascatas de rendas caindo dos lados e presas com um laço de fita laranja forte. Isso acentuava a pele amarela de Belle e, embora a touca fosse bem feminina, fazia o rosto de queixo forte e olhos fixos ficarem mais masculino.

— Honor Bright, você se casou e nem me contou! Fui descobrir pelo meu irmão e detesto ficar sabendo das coisas por ele. Não fosse ele ter dito que você estava doente, eu não viria. Eu precisava verificar se a sua nova família está cuidando de você. Não parece. Nem estão em casa.

— Estão na colheita da aveia. Têm que terminar antes da tempestade que é esperada para amanhã — explicou Honor, murmurando.

Belle riu.

— Querida, olha você falando em colheita. Daqui a pouco vai me dizer quantas compotas de pêssegos fez — disse Belle, e colocou a mão fria na testa de Honor.

Honor pensou como a amiga conseguia ter a mão tão fria com o calor que estava fazendo. O gesto a fez lembrar-se da mãe, por isso fechou os olhos por um instante para desfrutar do carinho.

— Bem, você ainda está com febre, mas vai sobreviver. Olhe, fico satisfeita que tenha seguido o meu conselho e se casado. E, com uma fazenda assim, acho compreensível que tenha escolhido Jack Haymaker. Claro que você tem de aguentar a sogra. Lembro-me da cara séria que ela fez. Querida, o que é isso? Lá vem você outra vez.

Pois Honor estava chorando, as lágrimas rolavam em rios cálidos pelo rosto e empoçavam nas orelhas. Encontrar Belle Mills era como descobrir um pêssego doce numa tigela de frutas verdes.

— Passou, passou. — Belle abraçou Honor até ela parar de chorar. Não perguntou por que chorava.

— Adivinha o que já chegou em Wellington? — perguntou, quando Honor se acalmou. — O trem! A primeira viagem de Cleveland foi há duas semanas. A cidade inteira foi esperar na estação e claro que quase todas as senhoras tiveram de fazer chapéus novos. Eu disse a você que a ferrovia ia melhorar os negócios.

— Gostaria de ver.

— Parece o maior cavalo preto relinchador que você já viu. Sabia que ela faz 25 quilômetros por hora? Imagina! Chega de Cleveland em apenas duas horas e meia. Vou viajar logo, você devia vir comigo.

Honor sorriu.

— Ah, eu trouxe o seu presente de casamento. Não pensou que eu viria de mãos vazias, não é?

— Nós... Tu não precisavas... Agradeço-te... Jack e eu agradecemos.

Honor se corrigiu várias vezes até achar as palavras certas. Em geral, os quakers não davam presentes, pois não deviam valorizar bens materiais. Mas ela não queria criticar a generosidade de Belle. Por isso, aceitou o embrulho liso, amarrado com fita azul.

— Abra, vamos. Não precisa esperar o marido. Não vim de tão longe para não ver se gostou.

Honor desfez o laço e abriu o embrulho: eram duas fronhas de travesseiro de linho arrematadas com fina renda. Não devia se importar, mas adorou.

— Eu acho que tudo melhora se à noite você tiver uma boa fronha na cabeça. Não importa como tenha sido o seu dia. Honor Haymaker, você tendo onde descansar a cabeça, as coisas acabam melhorando.

Faithwell, Ohio
Vigésimo sétimo dia do oitavo mês de 1850

Querida Belle,

Escrevo para agradecer-te a visita quando estive doente. Já melhorei, embora ainda esteja fraca.

Agradeço também pelas lindas fronhas que nos deu. Jamais ganhei presente assim. Vou guardá-las com carinho, como guardo a tua amizade.

Tua amiga fiel,
Honor Haymaker

Amoras pretas

Alguns dias depois, quando estava com a cabeça mais desanuviada e com disposição para sair da cama, Honor encontrou um argumento para rebater a opinião de Jack a respeito de escravatura e algodão. A ideia era tão simples que ela queria passar adiante antes que perdesse o brilho. E assim, no jantar, para surpresa dos três Haymaker, pela primeira vez ela se manifestou sem que nada lhe fosse perguntado. Estava ansiosa por dizer o que achava e tão desacostumada de iniciar uma conversa, que não fez preâmbulos. Os Haymaker não falavam muito às refeições; por isso, em meio ao silêncio, ela declarou:

— Talvez devêssemos pagar mais aos plantadores de algodão para repassarem esse acréscimo para os escravos. Assim, eles deixam de ser escravos e se tornam trabalhadores.

Os Haymaker olharam para ela, impressionados.

— Eu daria mais um centavo por metro de tecido se soubesse que estava ajudando a acabar com a escravidão — acrescentou ela.

— Não sabia que tinhas centavos para dar — ironizou Dorcas.

Judith Haymaker passou o prato de presunto para o filho.

— Adam Cox teria de fechar a loja, se aumentasse o preço dos tecidos. Hoje, não há dinheiro para desperdiçar e os sulistas iam preferir paralisar as plantações a pagar salário aos escravos. Essa mudança não é o estilo deles.

— O forasteiro que mora convosco será para vós como um compatriota, e vós o amareis como a vós mesmos — disse Honor, que tinha ouvido essa frase muitas vezes, mas não a pronunciou com a força que gostaria.

Judith franziu o cenho.

— Não precisas citar o Levítico para mim, Honor. Conheço a Bíblia.

Honor baixou o olhar, constrangida por discutir aquele assunto.

— Viemos de um estado escravista — continuou Judith. — Viemos da Carolina do Norte para Ohio, há dez anos, como muitos Amigos na época, pois não conseguíamos mais viver em meio à escravidão. Por isso, entendemos os sulistas.

— Desculpe, eu não queria julgar.

— Alguns fazendeiros sulistas libertaram seus escravos, ou deixaram que comprassem a liberdade — informou Jack —, mas foram poucos. E os negros libertos têm dificuldade de sobreviver, muitos vêm do norte, deixaram a família lá e se instalaram em lugares como Oberlin, que é mais tolerante do que a maioria. Mesmo assim, são uma comunidade isolada em Oberlin e os que fugiram não estão completamente seguros. Por isso nós apoiamos a colonização. Parece uma solução melhor.

— O que é colonização?

— Os negros vieram da África e estariam mais felizes se voltassem para lá e ficassem num país novo, que fosse deles.

Honor calou-se, pensando nisso. Como Jack poderia saber o que faria os negros mais felizes? Será que perguntou a eles?

Na semana seguinte, ela mesma pôde perguntar. Jack foi de carroça a Oberlin para consertar um descascador de milho e Honor o acompanhou. Dez dias antes, ela não tinha forças para atravessar o quarto, muito menos para ir à cidade, mas, quando a febre acabou, ela se recuperou rápido, como as pessoas tinham dito. E estava ansiosa para voltar a Oberlin. Adam havia prometido que, quando terminasse a colheita, perguntaria a Jack se Honor podia ajudá-lo na loja, no Sexto Dia de cada mês. Honor achava que o marido provavelmente diria que ela precisava entender de vacas, não de tecidos. E Judith tinha avisado que ela teria de aprender logo a ordenhar, deixando Honor apavorada, pois as vacas pareciam seres enormes e estranhos. Devido à doença, ela ficou restrita à casa e ao jardim, sem chegar perto dos animais, que estavam sempre sujos e famintos. E não dava para se livrar do cheiro de estrume.

Cada vez que sua vida mudava, Honor sentia falta do que tinha antes: primeiro, de Bridport; depois, da chapelaria de Belle Mills e agora, da Cox Tecidos e Aviamentos. Mas não adiantava pensar no que sua vida poderia ter sido. Ela já havia percebido que os americanos não pensavam no passado ou em vidas alternativas. Estavam acostumados a mudar e se mudar, a maioria deles tinha vindo da Inglaterra, Irlanda e Alemanha. Os habitantes de Ohio vieram do sul, da Nova Inglaterra ou da Pensilvânia, e muitos ainda pretendiam ir mais longe, rumo ao oeste. Desde que ela havia chegado a Faithwell, há três meses, duas famílias tinham ido para o oeste após a colheita. Outras viriam do leste ou do sul tomar o lugar delas, as casas não ficavam vazias por muito tempo. Ohio era um estado inquieto, cheio de movimento vindo do norte e oeste; Faithwell e Oberlin também tinham essa inquietação. Honor não reparou quando chegou à cidade, mas estava tudo em movimento, o que pareceu incomodar somente a ela.

No centro da cidade, ela e Jack se separaram: ele foi ao ferreiro e ela à Cox Tecidos e Aviamentos falar com Adam e comprar pano para a outra colcha que estava fazendo para Dorcas. O menino ajudante estava sentado na frente da loja, afiando uma tesoura e mal olhou para ela. Na loja, Adam Cox atendia à única freguesa, a sra. Reed, que usava um chapéu enfeitado com margaridas amarelas. Honor cumprimentou os dois com a cabeça e, ao contrário do que costumava, foi a uma das mesas dobrar e guardar talas de tecido. Ao olhar para aquele mar de cores, lembrou-se da discussão no jantar, dias atrás. Ela sempre gostou de tecidos, admirava as tramas, estampas e texturas, imaginando o que poderia fazer com elas. Um corte de tecido novo trazia sempre possibilidades. Mas, naquele momento, ela percebeu que grande parte daquele material não era inocente e imaculado, mas sim oriundo de um mundo comprometido. Era difícil encontrar um tecido sem a mácula da escravidão, como Jack tinha dito.

Mas se não quisesse usar algodão teria que usar lã no forte calor de Ohio. Ou então, andar nua.

— Vou à loja ao lado pegar troco — disse Adam para a sra. Reed. Depois: — Honor, pode dar uma olhada na loja um instante?

— Claro.

Enquanto ele estava fora, Honor continuou a dobrar os tecidos e a sra. Reed andou pelas mesas, tocando na estranha tala de madeira e sentindo a textura do tecido.

— Posso fazer uma pergunta? — disse Honor, sem jeito.

A sra. Reed franziu o cenho.

— O que é... Senhora?

Honor não usava aliança, já que os Amigos não precisavam desse lembrete do compromisso assumido, mas a sra. Reed sabia que ela estava casada.

— Por favor, pode me chamar de Honor. Nós não usamos o tratamento de senhora ou senhorita.

— Certo, Honor. O que quer saber?

— O que tu achas da colonização?

A sra. Reed ficou boquiaberta, pasma.

— O que acho da colonização? — repetiu.

Honor não disse nada. Já tinha se arrependido de perguntar.

A sra. Reed zombou:

— Você é abolicionista? Muitos quakers são. — Olhou a loja vazia e pareceu tomar uma decisão. — Os abolicionistas têm um monte de teses, mas eu vivo na realidade. Por que vou querer ir para a África? Nasci na Virginia. Meus pais, meus avós e bisavós também. Sou americana. Não aceito que nos mandem para um lugar que a maioria nunca viu. Se os brancos querem apenas se livrar de nós, nos enfiando em navios para não terem de lidar conosco, pois bem, eu fico. Aqui é a minha terra e não vou a lugar algum.

De repente, Adam surgiu ao lado de Honor.

— Algum problema, sra. Reed?

— Não, senhor, nenhum. — A sra. Reed pegou o troco e cumprimentou-o com a cabeça. — Bom dia para o senhor. — E saiu sem olhar para Honor.

— Honor, tu não deves discutir política com os fregueses — disse Adam, baixo. — Eles sempre tocam no assunto, os americanos gostam, mas tu deves ficar neutra.

Honor concordou com a cabeça, contendo as lágrimas. Foi como se tivesse levado duas bofetadas.

Alguns dias depois, Honor e Dorcas foram colher as últimas amoras pretas da temporada, na entrada da floresta Wieland. Apesar de ainda estar quente quando o sol estava alto, o calor havia amenizado e as tardes ficaram mais frescas.

A cunhada de Honor era quase tão difícil de lidar quanto Abigail. Ela imitava o sotaque de Honor, se ofendia com oferecimentos de ajuda e excluía Honor das conversas. Honor tentava compreender. Devia ser difícil ter uma estrangeira em casa, que trouxe divisão e diferença, sobretudo porque Dorcas esperava que sua amiga ocupasse o posto de cunhada. Como Honor previra, Caroline tinha avisado há pouco tempo que ia se mudar para o oeste. E há uma semana Honor tinha passado do quarto de doentes para o quarto de casal, que ficava ao lado do de Dorcas. Ela devia perceber as coisas que se passavam lá. Embora o casal não fizesse barulho, Dorcas certamente notava os movimentos ritmados que balançavam a cama e a parede, e Jack de vez em quando gemia. Honor estava se habituando às enormes exigências feitas a seu corpo e começava a ter prazer no que os dois faziam.

Dorcas estava mais simpática à moda dela, já que não tinha outra pessoa com quem conversar ou a mãe para encenar. Enquanto as duas ficaram debruçadas sobre as amoreiras, Dorcas comentou que queria colher frutinhas o suficiente para fazer tortas na próxima festa da colcha. Seria a última antes do esforço da colheita do milho e do começo da produção da horta e do pomar. Dali a pouco, não teriam mais tempo de se dedicar a algo tão fútil como colher amoras pretas.

As amoras pretas de Ohio eram maiores e mais doces do que as inglesas que Honor conhecia, embora menos saborosas, pois a doçura mascarava o gosto frutado. Honor esperava fazer uma surpresa para os Haymaker com um manjar de amoras, peneirando as frutinhas e formando uma pasta grossa, de sabor concentrado. Mas desconfiava que elas fossem melhores como geleia ou licor.

Enquanto colhia, Honor não prestava muita atenção no que Dorcas falava, mas, quando a outra se calou, ela olhou. A cunhada estava imóvel, com os braços duros e esticados, as mãos abertas. Um enxame de vespas amarelas estava em volta dela. Honor ficou olhando, apavorada: as vespas então pareceram tomar uma decisão coletiva e atacaram.

— Ai! — gritou Dorcas, e começou a berrar, com o rosto inchando. — Tira isso de mim, socorro, Honor! — pediu, batendo na saia.

Em Dorset, cidade regida por séculos de colonização, o pior que tinha acontecido a Honor foi arranhar-se numa urtiga. O meio ambiente americano não só era mais selvagem como mais perigoso e sujeito a mudanças súbitas. As pessoas reagiam a isso com calma, construindo celeiros subterrâneos para escapar dos tornados, matando os ursos, acendendo fogueiras para afastar as lagartas. Belle tinha matado uma cobra no quintal como se fosse um ato cotidiano, parecido com espantar uma mosca ou os coelhos da horta. Honor sabia que ela também tinha de ser assim. Foi picada uma ou duas vezes na infância, mas nunca tinha visto tantas vespas e não sabia como agir. Quando as vespas amarelas interromperam o ataque, ela teve a presença de espírito de pegar Dorcas pelo braço e afastá-la da colmeia onde tinha pisado. Algumas vespas foram atrás delas e uma ferroou o braço de Honor.

Honor não sabia o que fazer, quando ouviu alguém dizer, baixo, por trás dela:

— Leva ela no riacho, tira a roupa dela e rola ela na água. Depois, põe lama nas picadas.

Honor virou-se. Um jovem negro estava agachado junto às amoreiras, passando os olhos de Honor para Dorcas, cujo rosto estava tão inchado que ela não conseguia enxergar. O rapaz suava de nervoso e de calor, parecia pronto para correr.

— Riacho? — perguntou Honor, também baixo.

— O riacho, lá — O rapaz apontou a floresta Wieland. — Água fria e lama amenizam as picadas. — Ele olhou para Honor um instante, ao mesmo tempo perspicaz, sério e com medo, e perguntou: — Pode me dizer qual é o caminho? De dia me perco, sem a estrela do Norte para me guiar.

Honor ficou indecisa, ao lembrar o que Jack tinha dito. Depois, indicou:

— Oberlin fica para lá, a uns cinco quilômetros. Pergunte a qualquer negro pela sra. Reed. Ela vai lhe ajudar. — Honor inventou, mas achava que a sra. Reed não ia dar as costas para o jovem.

Ele concordou com a cabeça. Depois, sorriu e aquele reluzir de dentes poderia mostrar onde estavam se fosse um jogo de esconde-esconde na floresta. Honor ficou tão surpresa que retribuiu o sorriso. Olhou o jovem correr entre as árvores rumo ao norte e à liberdade, lastimando não ter dado alguma comida para a viagem.

Respirou fundo e entrou na floresta empurrando Dorcas na direção que o jovem tinha dito. Não entrava numa floresta desde a viagem de Hudson a Wellington com Thomas. Percorreu a passos largos as plantas rasteiras, o chão úmido e macio, arranhando-se em plantas e galhos cheios de espinhos. A floresta não era tão assustadora (nem tão densa), quando se entrava nela com uma direção.

Passaram por muitas faias, com seus troncos lisos e o espaço claro entre elas, e chegaram num riacho.

— Tens que tirar a roupa. Espera, eu te ajudo.

Honor começou a desabotoar o vestido de Dorcas e tirou a anágua; as vespas amarelas caíram das pilhas de roupas, algumas foram esmagadas e outras voltaram a atacar quando Honor tentou afastá-las. Nua, Dorcas parecia magra e vulnerável; o osso do quadril saliente, os ombros que pareciam asas de frango, a cabeça desproporcionalmente grande. Honor lembrou-se de uma vaca no pasto, perdida da boiada e magra, depois de passar o inverno num estábulo sem grama fresca. Os braços, pernas e peito de Dorcas tinham marcas vermelhas das picadas.

— Vem, tens que entrar na água — disse Honor.

— Está fria! — Dorcas gritou ao entrar na água rasa. Honor se ajoelhou, pegou lama com as mãos e passou nas costas e nos braços de Dorcas, que chorou de novo, agora mais de vergonha do que de dor.

— Quero ir para casa — resmungou.

— Já vai. Fica quieta.

Honor passou lama no rosto de Dorcas e teve de conter o riso. O rosto, todo enlameado, parecia com uma gravura que tinha visto de aborígenes australianos.

A água e a lama ajudaram a diminuir o inchaço, como o jovem negro havia dito. Dali a pouco, Dorcas saiu da água e Honor ajudou-a a vestir-se, as duas sem saber se punham as roupas por cima da lama. Mas não havia outro jeito, Dorcas não podia voltar para casa nua.

Na floresta, elas foram andando em silêncio. Honor pegou os baldes de amoras pretas deixados sob as árvores ainda cercadas de vespas amarelas. O jovem negro tinha sumido. Dorcas não comentou isso; Honor esperava que ela estivesse muito agitada para notar a presença dele.

Ao chegarem à fazenda, Dorcas chorou de novo quando a mãe correu ao encontro delas. Judith fez a filha tomar um banho frio e passou pasta de bicarbonato de sódio nas picadas — que eram dezenove, contou Dorcas para o irmão quando ele voltou do campo à tarde e para todos que vieram comprar leite nos dias seguintes, sem mencionar o choro, a dor e o constrangimento. Esqueceu-se de citar Honor e parecia ter se afastado da cunhada. Honor não se importava, desde que Dorcas não comentasse do jovem negro.

Na vez seguinte que Honor encontrou a sra. Reed, a velha parecia estar esperando por ela. Honor tinha ido ao Centro com os

Haymaker comprar mais vidros para estocar os últimos legumes da horta. Honor foi primeiro à Cox Tecidos e Aviamentos, depois atravessou a praça da escola e foi encontrar os parentes. À sombra dos elmos da praça, cujas folhas agora estavam amareladas, ouviu alguém falar baixo para ela:

— Foi uma insensatez, mandá-lo me procurar. E dando o meu nome! Você é uma menina boba. Vejo que meu esforço foi inútil.

Honor virou-se. A primeira coisa que viu foram botões amarelos e plantas parecidas com samambaias na aba de um chapéu de palha. Reconheceu as flores, eram atanásias, que a mãe costumava colher para fazer chá quando um dos filhos estava com a garganta inflamada. Ficou envolvida pelo cheiro forte e diferente; a sra. Reed devia ter acabado de colhê-las. Estava bem séria e disse firme:

— Continue andando, não quero que alguém se pergunte por que você está parada como uma mula teimosa. Vamos.

A sra. Reed andava rápido pelo caminho de tábuas, cumprimentando com a cabeça os negros que passavam e aquela estranha mulher branca. Honor fez o mesmo, segurando a saia para não prender nos pregos das tábuas. Esperava que os Haymaker continuassem entretidos na compra dos vidros, pois não sabia o que iam pensar ao vê-la com a sra. Reed.

— O jovem negro podia perguntar a meu respeito para a pessoa errada e imagina o problema que me daria — continuou a sra. Reed. — Claro que aqui quase todo mundo é simpatizante da causa, mas não são tantos quanto você pensa e nem sempre se consegue distinguir um do outro. É preciso cuidado. Da próxima vez, diga para eles procurarem uma vela acesa na janela da casa vermelha, na Mill Street. Assim, ficam sabendo que podem entrar sem perigo. Se esse sinal mudar, eu aviso.

A sra. Reed apressou o passo e Honor se esforçou para acompanhar.

— Costuma ter mais fugitivos na primavera, pois no inverno faz frio demais e no verão eles trabalham no campo, e os donos vão atrás deles. Mas deve aparecer mais nesse outono, quando a Lei do Escravo Fugitivo deve ser aprovada. Quem achava que aqui estava seguro, mudou de ideia e foi para o Canadá. Até os negros de Oberlin estão desconfiados. Mas eu não. Estou bem. Não fujo mais.

Donovan tinha comentado com Jack a Lei do Escravo Fugitivo, mas na hora Honor estava com muita febre para perguntar que lei era essa. Agora ia perguntar isso a sra. Reed e por que os fugitivos iam aumentar e quem mais estava ajudando. Mas a sra. Reed não era de ouvir muitas perguntas.

— O que mais posso fazer? — perguntou Honor.

A sra. Reed olhou Honor de lado e passou a língua nos dentes da frente, como quem está tramando algo.

— Arrume um caixote e vire-o de cabeça para baixo no seu galinheiro. Ponha uma pedra em cima para os animais não entrarem. Ponha embaixo do caixote algumas coisas de comer, o que você tiver em casa. O melhor é pão e frutas secas. Maçãs, quando chegar a época. Vai fazer barras de pêssego?

Honor concordou com a cabeça, lembrando-se da massa quente de pêssego que queimou os braços dela quando a esticava. Depois, secou-o em tiras duras que desmanchavam na boca, bem doces.

— Ponha embaixo do caixote comida que possa ser carregada, até milho seco é melhor do que nada. Vou dizer para as pessoas mandarem fugitivos para você ajudar. Mas jamais diga o meu nome.

As pessoas na rua estavam olhando de modo estranho para as duas — não eram olhares agressivos, mas que reconheciam a rari-dade de uma branca e uma negra conversarem em público. Elas já tinham chegado à igreja, uma grande construção de tijolos na esquina norte da praça. A sra. Reed balançou a cabeça como para dizer "já disse o que tinha a dizer" e apertou o passo. Honor ficou para trás, pois os quakers não entravam nas chamadas "casas de teto inclinado". A sra. Reed provavelmente sabia disso.

— Tua filha gostou do vestido de casamento? — perguntou Honor, alto, quando a negra estava quase entrando na igreja.

O rosto sério da sra. Reed deu lugar a um largo sorriso.

— Ah, sim ela ficou muito bonita. Foi um sucesso.

* * *

Quando mais um fugitivo chegou à fazenda, Honor estava mais bem preparada. Certa noite, quando ela e os Haymaker acompanhavam o pôr do sol na varanda, Donovan passou a cavalo. Jack abaixou o jornal que lia, Dorcas interrompeu o remendo que fazia numa saia e Honor ficou com a agulha meio enfiada no aplique vermelho da nova colcha. Só Judith continuou a balançar a cadeira para frente e para trás como se nada houvesse. Donovan tirou o chapéu e sorriu para Honor, mas não parou o cavalo, desaparecendo na trilha da floresta Wieland.

— Deve haver um fugitivo em algum lugar. Só isso justifica ele aparecer aqui — disse Jack, olhando de relance para Honor, como que para confirmar.

— Ouvi dizer na loja que uma família de Greenwich parou de ajudar os fugitivos por causa da Lei do Escravo Fugitivo — contou Dorcas. — Agora que parte da estrada de ferro está interrompida, alguns vêm para cá, em vez de irem por Norwalk.

— Essa família teve bom senso, mas claro que outra vai ficar no lugar dela — disse Judith.

— O que... O que diz a Lei? — perguntou Honor.

— Diz que, se um homem como esse — Judith indicou com a cabeça o lugar onde Donovan passou — pedir ajudar para capturar um fugitivo e não for atendido, a pessoa paga multa de mil dólares e é presa. Nós perderíamos a fazenda.

— O Congresso está prestes a aprovar a lei — acrescentou Jack. — Quando você estava doente, Honor, Caleb Wilson discutiu a lei no Culto, por isso tu não sabes. Ficou decidido que cada um deve obedecer à própria consciência quando se trata de ajudar fugitivos ou obedecer à lei.

Honor passou a agulha para o outro lado da colcha, puxou bem a linha e cortou.

Na manhã seguinte, quando foi colher ovos, havia menos dois ovos que o habitual e as galinhas, que costumavam ter a pontualidade de relógios, pareciam agitadas. Honor depois disse a Judith que pisou nos ovos sem querer, embora detestasse mentir e achasse que a sogra não tinha acreditado.

Mais tarde, ela pegou uma sobra do pão de milho, passou manteiga, amarrou num lenço e escondeu embaixo do caixote que tinha tirado do galpão onde Jack guardava as ferramentas. Pôs uma pedra em cima para mostrar que tinha algo ali. Era um risco, um dos Haymaker podia encontrar, ou Donovan, se viesse bisbilhotar. Na manhã seguinte, quando Honor foi colher os ovos, o pão tinha sumido e o lenço estava bem dobrado no lugar. À tarde, deixou alguns pedaços de toucinho, que de manhã continuavam lá, cheios de formigas. Os fugitivos não podiam ficar muito tempo no mesmo lugar, concluiu ela, pois seriam notados.

Passou a prestar atenção em sinais de que havia fugitivos nas proximidades: barulhos na floresta; latidos de Digger à noite; as vacas agitadas no curral. Mais que isso, entretanto, Honor passou a perceber quando havia alguém nos arredores da fazenda. Era como se tivesse um barômetro interno que media as mudanças do ar antes da tempestade. Isso era tão claro que ela se impressionava que ninguém mais percebesse. Achava que todas as pessoas emitiam uma espécie de calor frio. Talvez fosse isso que os Amigos queriam dizer com Luz Interior.

Em geral, Honor não via os fugitivos e só tinha certeza de que estiveram lá quando a comida que ela escondeu sumia. Era constante o medo de que um Haymaker descobrisse o caixote e a acusasse. Mas ninguém ia à parte de trás do galinheiro, a menos que uma galinha fugisse ou que Jack precisasse pegar a enxada para procurar cobras. Ele costumava avisar antes, e Honor então escondia o caixote até que ele terminasse. Ela ficava surpresa e, às vezes, constrangida, por ter se acostumado a roubar e mentir. Ela não era assim, esse comportamento ia contra os princípios quakers de honestidade e sinceridade. Mas, desde que veio para a América, Honor viu que era cada vez mais difícil não mentir e disfarçar. Sua vida tinha sido simples e honesta na casa dos pais, e até a tristeza de perder Samuel foi enfrentada às vistas da família e da comunidade. Com os Haymaker, ela evitava dizer o que achava e mantinha uma expressão neutra para que sua opinião e seu comportamento não a colocassem em conflito com sua nova família.

Ao mesmo tempo em que não se manifestava e achava que competia a ela se adaptar aos Haymaker, não conseguia concordar com eles sobre escravidão e escravos fugitivos. Assim, ficava alerta, sabia quando havia alguém por perto e procurava ajudar sem chamar a atenção. Não parecia desobedecer à família do marido, mas, na verdade, era isso o que estava fazendo.

Não era simples esconder aquilo o que fazia. Uma fazenda é administrada coletivamente, todos participam e trabalham juntos. Por isso, Honor quase nunca estava só. Se trabalhava na horta (como costumava, pois era um lugar onde ficava mais à vontade do que no resto da fazenda), Judith ou Dorcas estavam na janela da cozinha, ou batendo os tapetes do lado de fora, ou fazendo manteiga na varanda dos fundos, ou dependurando roupas no quintal. Depois que as vacas eram ordenhadas, Jack levava-as para o pasto e ia consertar as cercas, cortar lenha, entregar queijo nas cidades vizinhas, limpar o chiqueiro, escovar os cavalos ou trabalhar no campo. Estava sempre ocupado com atividades variadas e era impossível saber o que faria a seguir.

Aos poucos, Honor descobriu pequenos espaços nos quais podia ficar sozinha. Como não sabia lidar direito com as vacas, aceitou cuidar do galinheiro, pois era difícil errar com as aves. Todas as manhãs ela dava milho e colhia os ovos; uma vez por semana, limpava o galinheiro. Jack e Dorcas ordenhavam enquanto Judith estava na cozinha preparando o café da manhã e Honor então podia olhar o caixote de comida. Se precisava usar o quartinho ou esvaziar os penicos, podia colocar água num caneco velho e deixar embaixo do caixote ou na entrada da floresta. Fazia tudo isso achando que acabaria sendo descoberta e, se isso ocorresse, ela não saberia como agir.

Quando o tempo estava ameno, os fugitivos ficavam na floresta Wieland e só saíam de lá para procurar comida embaixo do caixote. Honor nunca os via, nem ouvia, a menos que fossem capturados por Donovan ou outro caçador de escravos. Donovan gostava de se gabar de suas vitórias para ela, fazia questão de passar a cavalo pela fazenda dos Haymaker, mesmo que não fosse caminho. O escravo costumava vir montado atrás de Donovan, correndo o risco de cair por estar algemado e acorrentado.

Uma tarde, quando a família estava sentada na varanda, Donovan passou a cavalo, levantou o chapéu e indicou com a cabeça o negro que era puxado por seu cavalo. Honor se levantou, mas Jack segurou-a pelo braço.

— Não te envolvas nisso. É isso o que ele quer.

— Mas esse homem pode estar machucado.

O negro estava caído de cara no chão, batendo as pernas para tentar ser arrastado de lado.

— Se fores até lá, Donovan vai se sentir vitorioso.

Honor franziu o cenho.

— Faz o que teu marido manda e não me olhes assim — disse Judith Haymaker.

Honor piscou devido à rispidez da sogra e olhou para Jack, tentando amenizar a ordem dela, mas não adiantou. Jack mirava Donovan, que estava de braços cruzados no peito.

— Me ajude aqui, Haymaker. Peguei um negro tentando fugir — pediu Donovan.

Como Jack não se mexeu, Donovan zombou:

— Quer que eu cite a lei? Pois é um prazer: "Todos os cidadãos são obrigados a ajudar e colaborar para a rápida e eficiente execução desta lei sempre que assim lhes for pedido." Aprendi a ler só para poder decorar coisas assim. Você vai ser rápido e eficiente ou quer ser detido por desobedecer à lei? Ou talvez queira passar uns dias na cadeia, longe da sua linda esposa?

Jack endureceu a expressão. "Ele foi pego, assim como eu", pensou Honor. "O que é pior: não ter princípios ou ter princípios que não se consegue obedecer?"

Ela ficou na varanda e viu o marido ajudar Donovan a montar o negro outra vez. O homem estava com o rosto ralado, as roupas rasgadas, mas, quando Donovan ia saindo, os olhos do escravo encontraram os de Honor por um instante. Donovan não notou essa troca de olhares, mas Jack sim. Virou-se então para a esposa e ela abaixou os olhos. Até olhar estava ficando perigoso.

Faithwell, Ohio
Trigésimo dia do décimo mês de 1850

Querida Biddy,

Há semanas quero escrever-te, mas, cada vez que pego a caneta, adormeço em cima do papel. Temos trabalhado tanto na colheita que ao final do dia só consigo comer, tomar banho e me deitar. Levanto de madrugada para a ordenha, sim, eu agora sei tirar leite de vaca! Judith insistiu, e eu percebi que, se quero mesmo ser uma Haymaker, preciso participar.

Confesso que, no começo, eu morria de medo das vacas. São tão grandes, robustas e ossudas que mandavam em mim, ao invés de eu mandar nelas: saíam do lugar, me empurravam e batiam os cascos com força no chão. Eu tinha medo que quebrassem meu pé com um pisão e estava sempre saindo da frente delas. Judith me delegou as vacas mais calmas, mas, mesmo assim, foi difícil aprender a técnica. Minhas mãos são pequenas e não tenho força nos braços (os de Judith e de Dorcas são grossos como mourões de cerca!). Durante algum tempo, levei o dobro do tempo dos outros para ordenhar. Acho que os Haymaker perderam as esperanças, principalmente por eu desperdiçar muito leite. Culpa das vacas que chutavam o balde.

É estranho segurar nas tetas de uma vaca. No começo, eu achava que não tinha o direito de fazer isso e que elas não iam gostar. Mas Dorcas me ensinou a cuspir nas mãos para não arranhar as tetas e, depois disso, as vacas pareceram não se importar. Aos poucos, fui ganhando confiança e na semana passada elas não chutaram nem um balde. Talvez meus braços estejam mais fortes, pois agora consigo ordenhar em quinze minutos. Ainda sou mais lenta que os outros, que levam apenas dez. Mas estou insistindo. Comecei até a gostar, é relaxante chegar perto de uma vaca, encostar nela e tirar o leite, às vezes chego a ter aquele sentimento de imersão que temos no Culto.

Gosto de ajudar. Na verdade, preciso ajudar se quisermos que a fazenda cresça. A cada ano, os Haymaker procuram acrescentar mais uma vaca ao rebanho, se tiverem feno extra o suficiente para alimentá-la. Jack está muito satisfeito por termos três boas safras de feno neste verão, portanto poderemos ficar com o bezerro que nasceu no mês passado.

Imagino-te agora, rindo da minha conversa de vacas, feno e safra. Eu também nunca pensei que teria esta vida. Se pudesses ver a despensa aqui, ficarias impressionada com as prateleiras de conservas com tudo o que a horta produz: ervilhas, pepinos, tomates e abóboras. O celeiro está cheio de batatas, nabos e cenouras, beterrabas, maçãs e pêssegos. As ameixas e cerejas estão em xarope ou desidratadas. Agora estamos fazendo também molho de tomate, manteiga de maçã e rodelas de maçãs desidratadas.

Claro que aí em casa nós também tínhamos uma horta, mas não era tão grande quanto a daqui. Acho que colhemos cinco vezes o que mamãe tem. Deu muito trabalho e eu estou com cheiro de salmoura e vinagre, além de queimaduras nas mãos e nos braços por causa do melado quente e da cera que usamos para vedar os vidros de compota. Às vezes, lembro-me da facilidade que era ir às lojas em Bridport e simplesmente comprar o que precisávamos. Mas aqui não temos dinheiro e, mais que isso, os Haymaker (na verdade, todos os habitantes) têm orgulho de serem autossuficientes. É agradável olhar a despensa repleta. E ver que as pilhas de feno e milho seco estão quase no teto do celeiro. Os porcos estão engordando rápido e serão abatidos daqui a um ou dois meses, as galinhas serão colocadas em vidros (sim, é assim que eles conservam a carne das galinhas!) e Jack vai caçar cervos. Em resumo, a fazenda está preparada para enfrentar o inverno, que ele dizem ser longo e muito frio. Acho que não vou me importar, prefiro a neve ao calor sufocante. Na verdade, estou gostando do outono, que tem sido bem ameno, embora as noites sejam frias e tenha geado há duas semanas. As folhas das árvores têm cores lindas, bem mais vivas do que as da Inglaterra: bordos vermelhos e laranja intensos, bétulas douradas, carvalhos roxos. Vê-los alegra o meu coração.

Estou me dando um pouco melhor com Judith e Dorcas, depois que elas viram que posso ser útil. Aprendi a concordar com Judith e a deixar que ela diga o que devo fazer, pois, sempre que faço do meu jeito, acabo errando. Às vezes é cansativo, porém mais fácil do que ficar explicando o meu jeito. Assim, se obedeço fico mais livre, pois ela não fica me vigiando. Assim também diminui a tensão entre Jack e eu. Não é fácil entrar para outra família.

Desconfio que a minha comida não agrade. Eles não gostam dos pratos que preparo, dizem que são delicados demais. De fato, os ingredientes aqui não têm o efeito que eu gostaria. E quando tento preparar um posset, aquela bebida feita de leite coalhado com vinho ou cerveja, o leite queima e não coalha. A farinha é tão grossa que minhas massas se despedaçam. A carne é dura, não sei como deixá-la leve e saborosa como o cordeiro inglês. Aqui não há cordeiros, a carne de vaca é mais apreciada. O presunto e o toucinho são tão salgados que mal consigo comer. O caldeirão esquenta demais e queima qualquer prato. E tudo o que faço fica com gosto de milho, quer ele faça parte dos ingredientes ou não. Eu agora obedeço ao que Judith manda: corto, esfrego, varro.

As únicas coisas que faço e eles realmente gostam são a costura e as colchas de retalhos. Judith me entregou tudo o que havia para costurar, e eu aceitei, com prazer. Em todas as festas de colchas que houve, pediram para eu fazer o centro, que é a parte mais vista na cama.

Estou fazendo a primeira colcha de retalhos para Dorcas, compensando uma das três que ela deu para meu casamento. Está bem adiantada. Dorcas escolheu o aplique que chamam de Coroa do Presidente, com várias coroas de flores vermelhas e folhas verdes sobre tecido branco. A moldura da colcha é vermelho forte, contornada de folhinhas verdes e mais flores vermelhas. As cores complementares se destacam no fundo branco e são bem ousadas. Faz muito efeito, mas é menos delicada do que as colchas que nós conhecemos. Fiz o desenho para Dorcas e ela mudou de ideia várias vezes nos detalhes: folhas verdes ou vermelhas; coroas maiores ou menores; margaridas alternando com tulipas, ou não. Depois que cortei os apliques, ela mudou de ideia novamente! Pensei que ia ter de jogar fora quase todo o tecido e eles fossem me achar gastadeira,

184

mas, pela primeira vez, Judith veio me ajudar e disse para Dorcas me deixar escolher. Portanto, nessa área quem manda sou eu.

Consegui convencer Dorcas a usar tecido estampado em vez de liso, pois o vermelho tem pequenos pontos azuis; o verde, pequenos pontos amarelos. Assim o aplique vai ficar mais interessante. Foi uma pequena vitória e fiquei com mais vontade de fazer a colcha, além de o aplique ser bem mais rápido que os retalhos. Portanto, pelo menos não vou demorar muito nessa colcha. Pretendo convencer Dorcas a fazer a próxima colcha no estilo inglês, mesmo que leve mais tempo para ficar pronta.

Às vezes, me pergunto por que não faço colchas para mim e, quando terminar, devolvo as dela. Ainda não usamos as que ela me deu, Jack e eu nos cobrimos com a colcha assinada e com a colcha branca de desenhos pespontados que fizeram para nós uma semana antes do casamento. Não sugeri isso para Judith, acho que ela e Dorcas não gostariam da ideia. A minha colcha vai ficar mais bem-feita e Dorcas vai preferir, desde que tenha os motivos que ela queira. Estou ansiosa para escolher o retalho, já que ela tem menos ideias sobre essa parte e posso usar os motivos que escolher. Acho que vou fazer uma borda de penas, apesar de ser mais difícil que outras estampas. Assim, quando alguém vir as coroas e flores vermelhas e verdes, vai saber que essa parte foi feita por mim.

Imagino que, a essa altura, mamãe tenha pedido a colcha da estrela de Belém que te dei antes de sair da América. Fiquei sem graça de fazer isso, mas sei que minha melhor amiga vai compreender. Tive de me casar bem mais cedo do que esperava e não estava preparada em termos de colchas — e em outros termos também. Espero um dia fazer outra colcha e enviar-te numa longa viagem até chegar onde estás.

> *Tua amiga fiel,*
> *Honor Haymaker*

Estrela Polar

À medida que o tempo foi esfriando, Honor passou a se preocupar com os negros fugitivos, que dormiam ao relento. Os que tinha visto de passagem usavam pouca roupa e nada que fosse quente. A maioria passava pela fazenda à noite e apenas pegava a comida que ela deixava. Mas às vezes, um se perdia de dia e se escondia na floresta Wieland. Quando começaram as geadas e, logo depois, as tempestades de neve, ela procurou um lugar mais quente para escondê-los de dia, se precisassem. O celeiro de feno era o lugar mais óbvio, pois tinha palha onde se esticar e dormir. Exatamente por ser óbvio, era mais provável que os caçadores de escravos fossem revistar lá. Além disso, Judith e Dorcas ordenhavam as vacas na estrebaria duas vezes por dia e Jack entrava e saía de lá com frequência, substituindo a palha suja pela limpa e alimentando os animais com feno do celeiro. Era um lugar movimentado para esconder alguém. Mas ela não tinha outro melhor; as galinhas fariam muito barulho no galinheiro se um estranho entrasse lá; no curral e na estrebaria, as vacas, porcos e cavalos ficariam agitados. A garagem da carroça era pouco usada, porém muito à vista, além de ser fria e desconfortável. O abrigo de lenha ficava muito perto da casa. Além disso, Honor achava que o celeiro era o melhor lugar da fazenda, onde ela própria se sentia mais segura.

O primeiro fugitivo que ela escondeu lá foi um menino de uns doze anos. Honor encontrou-o agachado atrás do galinheiro, quando foi buscar os ovos na manhã de um Primeiro Dia. O menino estava com tanto frio que mal conseguia se mexer. Honor deu para ele um bolo de milho que escondeu no bolso do avental, e pensou rápido:

— Fica aí até eu e a família irmos para o Culto... A igreja — corrigiu-se, para ele entender. — Depois, se esconda na pilha de feno no fundo do celeiro. Se alguém aparecer, não se mexa. Mais tarde, eu te chamo.

Como era o Primeiro Dia, dia de descanso, ela sabia que Jack não trocaria a palha da estrebaria e do curral, só daria comida aos animais.

À tarde, choveu uma garoa fina e fria, misturada com neve. Honor pediu licença para ir ao quartinho, onde deixou a lanterna e foi correndo no escuro até o celeiro.

— Sou eu — avisou, baixinho. Ouviu o menino sair do meio da palha, mas não o viu, só sentiu o cheiro de suor e de medo, quando se aproximou.

— Tome — disse ela, segurando no escuro lascas de bife frio e batatas.

As mãos dele tocaram nas dela quando pegou a comida.

— 'Brigado.

— Tens de sair daqui à noite e ir para Oberlin, a uns cinco quilômetros ao norte. Contorne o celeiro e siga naquela direção. Quando chegar lá, vá à Mill Street e procure uma casa vermelha com uma vela acesa na janela dos fundos.

Ela foi embora antes que o menino pudesse dizer alguma coisa, com medo que sentissem falta dela na casa. Ao fechar a porta do celeiro, ouviu o menino comendo vorazmente.

No dia seguinte, Honor escapou para o celeiro enquanto Jack entregava queijo para os fregueses e as duas Haymaker cozinhavam maçãs. Levava um balde de cascas de maçãs para dar aos porcos e queria ver se o menino não tinha deixado rastros. Surpresa, viu que ele continuava lá, dormindo num monte de palha. Acordou-o e ele deu um salto, pronto para correr.

— Por que ainda estás aqui? É perigoso ficar — gritou ela.

O menino deu de ombros e estirou-se na palha.

— Lá fora está muito frio. Faz tempo que não fico num lugar tão quentinho. Alguém veio dar comida aos animais de manhã e fiquei bem quietinho, não me descobriu. Você tem comida?

Em vez de ralhar com ele, Honor deu um pouco das cascas de maçã e prometeu trazer alguma coisa mais tarde. Ao contrário de outros fugitivos, ele era falante e, enquanto comia, contou da viagem vindo da Virginia. Honor soube então que ele estava com um homem mais velho, mas se separaram a leste de Ohio, quando foram perseguidos na floresta densa. O menino não sabia que fim teve o homem.

— Eu queria ir para o norte, não só até a Pensilvânia ou Nova York — justificou, com a segurança de um menino de doze anos.

— A terra dos ianques ainda é perigosa. O Canadá é mais seguro. Tive ajuda durante quase todo o caminho, principalmente dos quakers. Você é quaker?

Honor concordou com a cabeça.

— Tu já estás quase no Canadá. Em poucos dias chegas ao lago e aí alguém lhe ajuda a achar um barco para lá — ela disse.

— É. — Mas o menino parecia desinteressado. Estava tão acostumado a viajar, pensou ela, que tinha esquecido o motivo da viagem.

Antes de sair do celeiro, ela cobriu o menino para que parecesse um monte de palha. Funcionaria desde que ele ficasse parado, sem se mexer. Mas ele não conseguia, a energia fazia-o sacudir pés e pernas e se ajeitar de novo, afundando mais na palha. Honor esperava que, se Donovan ou qualquer outro caçador de escravos aparecesse, o medo fizesse o menino sossegar.

Donovan não apareceu para procurar e o menino sumiu naquela noite. Ela rezou para que conseguisse chegar ao Canadá.

Semanas depois, ela escondeu outro fugitivo. Certa manhã, quando foi ao curral ordenhar, Honor teve a já conhecida impressão de que havia alguém na floresta Wieland, mas tomou cuidado para não olhar para lá. As poças de água e a lama estavam congeladas, devia ter sido difícil passar aquela noite ao relento. Quando foi recolher os ovos no galinheiro, continuou com a mesma sensação de presença; lastimou, mas não podia fazer nada.

Mais tarde, naquele dia, receberam um recado que uma mulher da comunidade dos Amigos estava em trabalho de parto e queria a ajuda de Judith. Dorcas foi junto e Honor ficou para fazer a ordenha da tarde com Jack. Quando a mãe saía, Jack ficava mais alegre e brincalhão. Os dois ordenharam a mesma vaca, um de cada lado, e ele espirrou leite com a teta da vaca até Honor rir e pedir que parasse.

Trabalharam em silêncio por alguns minutos, Honor encostou a cabeça no corpo da vaca e pensou no fugitivo na floresta.

— Uma criança vai nascer. Daqui a pouco também teremos uma — disse Jack. Apertou a mão dela por cima da teta úmida da vaca. — Podemos pensar nisso agora, a palha faz uma boa cama.

— Depois que terminarmos a ordenha — insistiu Honor, sorrindo pela lateral da vaca.

Antes disso, porém, chegou o pedido para Jack chamar um médico em Oberlin, pois a grávida teve hemorragia. Ele sugeriu deixar Honor na casa de Adam e Abigail para não ficar sozinha em casa, mas ela insistiu que não precisava.

— Digger me faz companhia e preciso terminar a ordenha, tenho muito que fazer — lembrou a ele. O cachorro ficava longe, mas a defenderia se preciso.

Depois que Jack saiu, ela trancou Digger dentro de casa e correu para a floresta com uma lamparina. Levantou a lamparina no alto e iluminou o escuro emaranhado de árvores.

— Pode sair! Eu escondo você! — berrou, com o coração aos pulos. A pressa fez com que sentisse menos medo da floresta; mesmo assim, não teve coragem de entrar lá.

Felizmente, não foi preciso, pois uma mulher surgiu no círculo de luz da lamparina, no meio de bordos. Estava vestindo touca e xale, mas tremia de frio. Honor a levou pelo pomar até o celeiro e ouviu os latidos furiosos de Digger dentro de casa. Acima deles, o estrondo surdo do cavalo de Donovan pela estrada de Faithwell.

Apagou a lamparina e correu, imaginando que a mulher viria atrás. Honor não foi na direção da pesada porta do celeiro que ela e Jack tinham fechado na noite anterior, mas de uma portinha lateral, de emergência, instalada para o caso de um incêndio impedir as outras saídas. Se elas usassem a porta principal, Donovan podia ouvir e certamente notaria que estava destrancada.

O interior do celeiro estava tão escuro que Honor não conseguia ver nem a própria mão na frente do rosto. Sem tempo para pensar, segurou o braço da mulher e empurrou-a para dentro, tropeçando em fardos de feno até chegar ao monte de palha no canto. As duas cavaram a palha, cobriram-se e aguardaram. Ouviram Donovan chegar ao quintal, saltar do cavalo e vir passando por tudo: as galinhas cacarejando, o ranger da porta da garagem da carroça; a batida na porta do quartinho. Por fim, silêncio. Elas então tiveram de ficar bem quietas.

Honor achou que, finalmente, tinha encontrado alguém capaz de ficar tão quieta quanto ela.

Sempre teve certo orgulho de ficar imóvel no Culto. Quando se sentava no banco, com os pés firmes no chão, as pernas unidas e as mãos no colo, podia ficar duas horas sem se mexer. Ao redor, homens e mulheres agitavam-se em seus lugares para diminuir a dor nas pernas e traseiros; mexiam os ombros; coçavam as cabeças, tossiam, abriam e fechavam as mãos. Jack era assim. Nas raras vezes em que ele se levantava para falar aos fiéis, Honor achava que não era por inspiração do Espírito Santo, mas por que precisava se esticar. Ser quaker não significava ser naturalmente estático.

Escondida na palha junto dela, a negra não devia ter os anos de experiência que Honor tinha de ficar parada. Mas estava: tanto, que Honor não conseguia ouvir uma única palha farfalhar. Só um ninho de ratos, correndo e guinchando, e o piscar úmido dos olhos da mulher, som que parecia enorme no silêncio. Passou a ser quase uma competição ver qual das duas era a mais quieta.

Ela então ouviu o estalar de um graveto, o ranger de botas de couro e ficou tensa. Donovan também tinha entrado no jogo do silêncio, embora com menos capacidade do que as mulheres. O único barulho que a escrava fazia era desgrudar a língua do céu da boca com um pequeno "toc".

Esse som parecia quase um sinal. Num doloroso raspar de metal contra metal, Donovan puxou a tranca do celeiro e abriu uma porta. Na escuridão total, a lamparina que ele carregava parecia luminosa como o sol. Ele entrou e a vontade de fugir foi quase incontrolável, mas Honor sabia que ela e a escrava não eram capazes de correr mais do que ele. Precisavam ficar onde estavam, não apenas caladas e imóveis, mas de alguma forma ausentes para que ele não sentisse a presença delas. O que era mais difícil do que ficar parada. Significava controlar e silenciar a Luz Interior.

Honor fechou os olhos, embora contra a vontade. Queria observar Donovan, cuja silhueta oscilava à luz da lamparina enquanto ele examinava os cantos do celeiro. Mas se ela "desligasse" a visão e se deixasse o celeiro em sua mente, conseguiria "ausentar-se". Tentou então se imaginar do outro lado do oceano, olhando a praia com a mãe e a irmã na colina Colmer, próxima de Bridport.

— Honor Bright — Donovan chamou como se tivesse certeza da presença dela e a voz trouxe-a de volta ao celeiro. Não abriu os olhos, mas sentiu o olhar dele, mesmo coberta de palha. Sua alma se voltava para ele, embora Donovan representasse tudo o que ela contestava.

No celeiro, o ar ficou pesado e tenso.

A fugitiva não fez nada, apenas piscou.

Os três permaneceram congelados por um longo tempo.

Por fim, Donovan pigarreou e disse:

— Não sei por que, mas desta vez vou deixar você ir embora, Honor. Não sei por quê. Só garanto que isso não se repetirá.

Honor esperou mais quinze minutos após ouvir o último tropel do cavalo dele e só então saiu da palha e flexionou suas pernas adormecidas.

— Muito bem, ele foi embora.

Mesmo assim, a negra continuou imóvel.

— Nunca vi alguém ficar tão quieto. Tu podias ser uma quaker — admitiu Honor.

Finalmente, ouviu o som de uma risada.

Quando saíram do celeiro, Honor perguntou num sussurro:

— Sabes para onde ir?

Ainda sem falar, a mulher apontou para uma estrela no norte do céu: a estrela polar. Uma vez, Samuel tinha explicado a Honor que tudo no céu noturno girava em torno daquela despretensiosa estrela que, por não sair do lugar, podia ser seguida. Honor sempre se admirou que, num céu cheio de movimento, pudesse existir um ponto fixo.

Faithwell, Ohio
Vigésimo dia do primeiro mês de 1851

Querida Biddy,

Hoje fiquei muito contente ao receber tua carta, mais a colcha da estrela de Belém, a de William e a da minha tia. Esse embrulho foi como um presente, junto com tua carta, de mamãe e de tia Rachel cheias de notícias e de carinho. Tudo isso quebrou a monotonia desses dias de inverno.

Desembrulhei as colchas, estendi-as na nossa cama e chorei por ver aquele desenho e aquela costura que conheço tão bem. Agradeço muito por devolveres a colcha com tanta generosidade e compreensão — principalmente porque tu mesma vais precisar de colchas, o que concluí com as frequentes menções a uma tal família Sherborne nas últimas cartas! Obrigada, Biddy. Minha sogra gostou que elas tenham chegado, mas ela e Dorcas nem tentaram disfarçar os olhares estranhos que lançaram às colchas. O estilo inglês de colchas de retalho não é do gosto delas.

Pensei que, com a chegada do inverno, eu tivesse mais tempo para escrever cartas. Mais tempo há, pois nada viceja nessa época do ano, a neve chega à altura das janelas e afora ordenhar, alimentar os animais e ir ao Culto, quase não saímos de casa. Mesmo assim, não tenho vontade de escrever, talvez por ter menos o que contar. Cada dia é exatamente igual ao anterior. Como as galinhas, ficamos "engaiolados" durante um mês e me sinto entediada e cansada. Não me lembro de ficar assim nos invernos de Dorset, que eram mais brandos, com menos neve e tu, Grace e eu estávamos sempre saindo e circulando na cidade, no meio de pessoas, coisas e ideias, além da brisa do mar a nos refrescar. Aqui, passo o dia inteiro na cozinha com Dorcas e Judith, por ser o lugar mais quente da casa, e o ambiente é tão sem graça quanto a conversa. Então, fico pensando no que te escrever e acabo deixando de lado. Desculpe. A chegada das cartas e das colchas deu um bom motivo para eu pegar a pena.

Agora, sorrio ao lembrar que disse na última carta que estava ansiosa pelo início do inverno. Pois sinto falta tanta do verão! O campo ficou semanas com uma grossa camada de gelo que aumentava a cada dia, sem descongelar. Jack fez trilhas na neve na direção do galinheiro, do poço, do quartinho e do celeiro. Fez também os cavalos abrirem um caminho para Faithwell para poder entregar o leite. Mesmo assim, é duro enfrentar a neve, e o frio nos obriga a ficar em casa. Quando saio de manhã para ordenhar, meus dedos estão tão duros que mal consigo segurar nas tetas, tenho de aquecê-los esfregando no corpo das vacas. Pelo menos, os animais são quentes e a respiração deles não deixa o celeiro congelar. As galinhas não saem do cercado e põem poucos ovos, de vez em quando uma morre de frio e temos de comê-la, o que me incomoda, pois elas não são para consumo.

Temos produzido menos agora. É estranho comer o que lutamos tanto para guardar no verão e outono, apesar de, claro, ter sido para isso que estocamos. A cada dia a despensa tem menos um ou dois vidros de comida. Matamos uma galinha por semana. Estamos comendo o presunto e o toucinho do porco que matamos no mês passado. Os caixotes de batatas e cenouras no celeiro estão diminuindo. No celeiro, o que eu achava ser uma montanha de feno, está virando um montinho. E o cesto de milho ainda está cheio, mas os cavalos estão acabando com ele e com a aveia. Quando vejo isso, mais a neve que nos prende aqui e o frio que não deixa nada crescer, me dá um pânico, como se a comida fosse acabar e passaremos fome. Claro que os Haymaker já enfrentaram muitos invernos assim e se sentem mais seguros. Estão acostumados a produzir tudo o que precisamos, em vez de comprar. Vejo Jack e Judith fazerem contas todos os dias, medirem e calcularem maneiras de fazer durar o que temos. Ontem, Judith fez algumas fatias de presunto para o jantar e separou uma sem cozinhar. Esse pequeno gesto me intrigou, embora tivéssemos o suficiente para comer. Tenho de confiar neles para enfrentarmos esse inverno e esperar que um dia eu seja tão despreocupada e tranquila quanto Dorcas, que continua com um apetite voraz.

Mas ela me contou que, quando vieram da Carolina do Norte, achou terrível o inverno em Ohio.

Sinto falta de comida fresca, pois todos os nossos legumes e frutas são em conserva ou desidratados, a não ser algumas maçãs, batatas e cenouras. Mas foi bom descobrir uma comida que eu não conhecia: Jack colocou uma pá cheia de milho seco no fogo e o milho estourou, formando flores brancas. "Pipoca" é a coisa mais deliciosa que se possa imaginar. Jack ficou tão contente por eu gostar que fez pipoca para mim três noites seguidas, até Judith se zangar com ele.

Como já disse, ajudo na ordenha de manhã e à tarde, e ficou bem mais fácil agora que as vacas me conhecem e vice-versa. Eu achava que elas eram todas iguais, bichos bobos que ficam pastando grama, mas hoje vejo que cada uma tem um temperamento, como as pessoas. Demoram algumas semanas para se acostumarem a novas mãos tocando nelas. Como os cavalos e os cachorros, elas percebem quando a pessoa está insegura e tiram proveito disso quando podem. Aprendi a ser firme e elas ficaram dóceis. Tu ririas dos meus braços, pois ganharam músculos que nunca tive. Meus antebraços são quase tão fortes quanto meus braços; meus ombros não são esbeltos como antes. Eu não devia me incomodar com isso, mas estranho meu corpo atual, embora Jack não se importe, está habituado com os braços que as moças das leiterias têm.

Após a ordenha, tomamos o café, depois vou limpar a casa enquanto Judith e Dorcas fazem queijo e manteiga com o leite da manhã. Quando termino a cozinha, descasco vinte quilos de espigas de milho seco para os cavalos. É o trabalho que menos gosto, pois a espiga seca machuca meus dedos, que engrossaram e estão cheios de marcas. Você vai acabar não me reconhecendo! Às vezes, parece tão bobo descascar milho para dar de comer e na manhã seguinte fazer isso outra vez e na outra. Os animais parecem máquinas, fechados no celeiro o inverno todo, sem fazer nada senão comer e sujar. Garanto que vou ficar tão contente quanto os cavalos e as vacas quando a primavera chegar e eles puderem finalmente ir para o pasto.

Depois que terminamos as obrigações matinais, Judith prepara o almoço e Dorcas e eu ficamos perto do fogão, costurando ou tricotando. Estou fazendo a segunda colcha de apliques vermelhos e brancos para ela. Não consegui convencê-la a fazer de retalhos, mas não ligo mais, estou gostando da alegria simples do desenho, sobretudo nesses meses cinzentos. Mas o trabalho é demorado, pois o frio, o ar abafado e a monotonia me deixam lenta e menos disposta. Cometo mais erros e tenho de desfazer tudo. No outono, quando estávamos muito ocupados, eu conseguia costurar mais do que agora. Também é difícil ficarmos confinados no mesmo lugar e às vezes quase enlouqueço de tanta insatisfação. Sinto-me presa, congelada numa casa e numa família à qual ainda não me sinto integrada.

Sinto falta dos campos de Dorset, que continuavam verdes o inverno todo. Só passei a admirá-los depois de enfrentar aqui meses de campos marrons, cinza e brancos. Agora acho que o belo espetáculo de folhas vermelhas, amarelas e laranja no outono era o derradeiro presente do Senhor antes desses descoloridos meses de inverno.

Quase não vemos ninguém, as pessoas se trancam em casa, à espera do inverno passar. É raro alguém enfrentar o frio e a neve para vir comprar leite ou queijo. E a chapeleira Belle Mill veio me visitar uma vez... de trenó puxado por cavalo! (É assim que eles chamam os tobogãs. Tive de aprender muitas palavras novas.) Lembra-se do papagaio que um marinheiro tinha em Bridport? A chegada de Belle em Faithwell foi como a do papagaio, ela estava cheia de penas coloridas no meio da neve. Judith e Dorcas não disseram nada. Fiquei tão contente de vê-la que chorei; Belle riu, pois choro toda vez que a encontro. Ela é a única pessoa aqui cuja amizade parece com a nossa. Embora ela seja tão diferente de ti quanto os tordos americanos são dos ingleses. Aqui eles são grandes e agitados, de peito colorido, e não os delicados pássaros que tu conheces.

Belle me trouxe uma linda seda marrom que pretendo usar numa colcha de retalhos quando terminar as de Dorcas. Então poderei fazer do jeito que quiser, na primavera, quando tudo renascer.

Tua amiga fiel,
Honor Haymaker

Xarope de bordo

O degelo foi como um punho se abrindo, com o mundo (e Honor dentro dele) se ampliando na palma aberta. Era impressionante como o frio perdia rápido os seus domínios. Um dia, Honor acordou e o ar estava diferente: ainda gelado, porém menos cortante e persistente.

Ela estava terminando a colcha para Dorcas; preferiu fazer sozinha e não numa festa da colcha, pois o estoque de mantimentos estava baixo e não era hora para uma celebração assim. Ela estava sentada ao lado do pequeno bastidor oval que esticava o tecido para facilitar o trabalho da agulha e percebeu que não se sentia tesa de frio. Dorcas então riu de algo que Judith disse (um som que Honor não ouviu durante todo o inverno) e Honor viu que os outros também estavam notando a mudança do clima.

Naquela noite, quando encostou-se às costas quentes de Jack, percebendo outra mudança que ocorria em seu corpo nas últimas semanas, Honor ouviu o som auspicioso de chuva lá fora. No dia seguinte, a trilha que levava a Faithwell tinha virado uma lama espessa e pegajosa, quase tão difícil de vencer quanto a neve. A caminho do Culto, Honor ficou com neve até os joelhos, foi preciso que Jack, Dorcas e Judith a puxassem para desatolar. Mesmo assim, um pé da bota ficou enterrado e Jack teve de retirá-lo com uma pá.

No outro dia, ele colocou torneiras em alguns bordos da floresta Wieland para recolher a seiva e fazer xarope. Além do milho fresco, o xarope de bordo era o acepipe preferido de Honor na América. Ela achava que não existia nada que fosse, ao mesmo tempo, tão doce, simples e resinoso. Era um sabor que ela não conseguia descrever direito nas cartas para a família; gostaria de enviar um pouco para eles.

Após a ordenha da manhã, Jack levou-a para colher seiva de bordo na floresta Wieland e participar, pela primeira vez, do preparo do xarope. Ferver a seiva levava um dia inteiro, por isso eles tinham de ir cedo, recolhendo os baldes onde havia pingado durante a noite. Honor gostava de ter um momento a sós com o marido, o que era muito raro, a não ser na cama. O inverno deixou os Haymaker numa tal agitação que às vezes ela ficava com vontade de gritar; agora, talvez, pudesse aproveitar a companhia dele sem a pressão de Judith e Dorcas. Pelo menos, Donovan não fez visitas inesperadas para aumentar ainda mais a tensão. Como tinha previsto a sra. Reed, no inverno havia poucos fugitivos o que, aliado à neve alta, ajudou a mantê-lo à distância.

Honor e Jack trabalharam juntos na floresta, indo de uma árvore a outra e passando a seiva dos baldes presos nas árvores para os baldes maiores. No inverno, com as árvores desfolhadas, a floresta densa perdeu um pouco da agressividade e Honor se sentiu mais à vontade e menos ameaçada. No silêncio agradável, resolveu contar ao marido algo que ele certamente ia gostar de ouvir. Tinha guardado segredo no inverno, mas o degelo mudou algo dentro dela também.

— Jack... — começou ela.

Nesse instante, um negro saiu de trás de um carvalho; Jack e Honor deram um pulo.

— Não quero assustar o senhor e a senhora. Ouvi dizer que os quakers daqui poderiam ajudar, se preciso — disse ele, tirando o chapéu e coçando a barba rala.

— Nós não somos...

— Estás perto de Oberlin — Honor interrompeu o que o marido ia dizer.

— Fica nessa direção, a uns cinco quilômetros. — Ela apontou para o norte. — Quando chegar lá, vá à Mill Street, segunda rua à direita da Main Street. Tem uma casa vermelha perto do riacho Plum. Procure uma vela acesa na janela dos fundos, lá vão te ajudar.

Jack olhou para ela, perplexo.

O homem concordou com a cabeça.

— 'Brigado. — Enfiou o chapéu até as orelhas, apertou o casaco sem botão no peito e correu na direção que ela havia indicado.

Jack olhou bem para Honor.

— Como tu sabes tudo isso?

Honor não podia encará-lo, então examinou no balde o fino líquido transparente do bordo. O líquido só ficaria escuro depois de horas fervendo.

— Sabíamos que estavas dando comida para eles, mas não que falavas e davas informações tão detalhadas... pelo jeito, tens contato com outros da Ferrovia Subterrânea.

Honor olhou.

— Tu sabias que eu estava escondendo comida?

— Claro. É difícil esconder qualquer coisa de um fazendeiro. Imagino que escondestes fugitivos também?

— Algumas vezes.

— Foi o que pensei.

Por um lado, era um alívio fazer as coisas abertamente.

— Por que não me disseste que sabias? — perguntou ela.

— Claro que a mãe queria que eu dissesse. Ficou irritada por desobedeceres e colocar-nos em risco de sermos multados. E estavas atraindo aquele caçador de escravos. — Jack pegou o balde maior e passou para a árvore seguinte. — Mas pedi para ela deixar que continuasses.

Honor foi atrás dele e perguntou:

— Por quê?

Jack tirou o balde menor da torneira e despejou a seiva no outro balde. Fez um olhar triste e sério e disse:

— Honor, eu queria te fazer feliz, pois não estavas. Achei que, deixando que seguisse os teus princípios, ficarias mais contente por ser minha esposa.

Honor olhou bem para ele. Não sabia que ele queria tanto agradá-la. Respirou fundo e estendeu a mão, mas ele já tinha ido para a árvore seguinte. Ela devia falar, dizer o que gostaria, mas as palavras ficaram presas na garganta. Depois que o instante passou, foi impossível tocar no assunto novamente, sobretudo por que Jack fez questão de virar de costas para ela.

Quando os dois terminaram de esvaziar os baldes das árvores, levaram a seiva para um barracão improvisado que Jack tinha construído na fazenda, pois ferver a seiva fazia tanta fumaça que era melhor que fosse feito fora de casa. Judith e Dorcas tinham feito um fogão e colocado um caldeirão de ferro em cima. Eles iam mexer o caldeirão por turnos durante todo o dia, até o líquido se transformar num melaço grosso e escuro.

Honor não sabia se Jack ia continuar calado, mas ele imediatamente avisou à mãe que tinham visto um negro na floresta Wieland e o que Honor disse a ele.

Judith Haymaker pegou um balde com o filho, olhou para ele e depois para Honor.

— Não vais começar com essa bobagem outra vez — avisou, derramando a seiva no caldeirão. — Já fiz o que Jack me pediu por bastante tempo. Tenho certeza que ele vai concordar que não deves colocar em risco esta fazenda como também deves pensar em ti e no filho de Jack. Não seria justo trazer esse filho ao mundo com a fazenda falida.

Honor corou.

— O quê? — perguntou Jack, incrédulo.

Judith abriu o meio-sorriso, embora isso não tornasse seu rosto mais agradável.

— Honor, achavas que podias esconder uma coisa dessas de mim? Está evidente na tua cara e no teu andar. Ah — virou-se para Jack e continuou: — Tu és homem, não reparas nas coisas. Esperei que Honor contasse e lastimo que tenha sido assim, mas precisas saber, ajudar tua esposa a ver o risco de insistir nessa bobagem.

Jack virou-se para ela e perguntou:

— É verdade? Vais ter um filho?

Honor concordou com a cabeça.

A raiva de Jack derreteu-se como neve ao sol. Abraçou-a:

— Estou feliz.

— Não te envolvas mais com fugitivos — continuou Judith. — É ilegal, é perigoso, e nós não vamos mais tolerar isso. Já sofremos bastante.

— O que... o que queres dizer?

Os Haymaker se entreolharam. Judith suspirou.

— Perdemos a nossa fazenda na Carolina do Norte por causa da multa que pagamos por esconder um fugitivo. Já havia multas antes dessa Lei do Escravo Fugitivo, essa é apenas mais incisiva e mais dura.

— Foi por isso que se mudaram para Ohio?

— Foi, não aguentamos morar lá depois do que aconteceu — respondeu Jack.

— Pensei... — disse Honor, e parou. Não era hora de lembrar que ele tinha dito que se mudaram devido aos princípios, como a maioria das famílias quaker fundadoras de Faithwell. Talvez os princípios não fossem um motivo tão forte quanto a realidade de perder dinheiro e terra.

Dorcas estava mexendo a seiva no caldeirão cada vez mais rápido, de testa franzida.

— Mamãe só não disse... — começou ela, mas um gesto de cabeça de Judith a fez parar. — Só eu tenho de mexer isso? Acho que, no estado em que se encontra, Honor não poderá.

— Bobagem, ela não é um jarro delicado — disse Judith. — Todos nós participamos. Portanto, Honor, tens que prometer não ajudar escravos, se eles pararem por aqui.

— Está bem — prometeu Honor, de coração partido.

— Certo. Agora você pode mexer o caldeirão. Dorcas, dê a colher para Honor.

Faithwell, Ohio
Vigésimo sétimo dia do segundo mês de 1851

Queridos mãe e pai,

Tenho uma notícia para os dois e para o resto da família: estou grávida. Suspeitava disso há algum tempo, mas aguardei ter certeza. Não sei quando o bebê chegará, acho que no nono ou décimo mês do ano. Os Haymaker ficaram contentes, claro, mas Judith achou que precisava enfatizar que não serei útil na colheita, quando minha barriga estará muito grande ou estarei amamentando.

O bebê me deixa um pouco cansada, mas, fora isso, estou bem, sem os outros males que as mulheres sofrem no começo da gravidez. Algumas, como Abigail, até por mais tempo. Ela ainda sofre, apesar do bebê ser para daqui a um mês (ela diz dois meses, mas sabemos que ele virá antes). Vi Abigail e Adam Cox pouco nesse inverno, o que é uma pena. Eu esperava trabalhar na loja dele de vez em quando, mas os Haymaker querem que eu fique na fazenda com eles. É bom ter alguém de casa tão perto, porém o casal e eu não ficamos tão amigos quanto eu esperava. Acho que vai demorar um pouco para diminuir o estranhamento entre nós.

Tenho o prazer de contar que a neve acabou, e é um alívio não se afundar nela. Os dias estão mais quentes, embora as noites continuem bem frias, e no campo floresceram galantos e até os primeiros narcisos. Os salgueiros estão brotando, trazendo à paisagem um verde bem-vindo ao cinza e ao marrom. Daqui a algumas semanas poderemos cavar o jardim.

Talvez seja bobagem minha esperar que um dia possam conhecer o neto. Isso depende do Senhor.

Tua amada filha,
Honor Haymaker

Leite

O fato de Honor decidir não mais ajudar fugitivos não impediu que eles continuassem aparecendo. À medida que o tempo melhorava, vários passaram vindos do sul. Também não era fácil simplesmente dar-lhes as costas, como esperavam que ela fizesse.

Na primeira vez, não foi tão difícil. Um homem surgiu de trás da casinha quando Honor estava saindo. Olhou-a ansioso, sem dizer nada. Ela olhou para a horta, onde Judith estava remexendo a terra para plantar. A sogra parou, apoiou-se no ancinho e olhou para eles, enquanto Honor repetiu a frase que tinha ensaiado para aquela situação:

— Desculpe, não posso ajudar-te. — E acrescentou baixo:

— Siga uns dez quilômetros ao norte até Oberlin e peça ajuda na casa vermelha na Mill Street. Que o Senhor te acompanhe.

Certamente, isso não podia ser considerado uma ajuda. Mas, mesmo enquanto falava, ela sabia que Judith seria contra.

O homem concordou com a cabeça, virou as costas e sumiu na floresta.

"Não foi tão ruim", pensou Honor, tendo apenas um pouco de medo. Esperava que Judith dissesse alguma coisa, mas apenas voltou a remexer a terra com o ancinho.

A seguir foi uma mulher mais velha, o que surpreendeu Honor, pois os escravos fugitivos costumavam ser os mais jovens e fortes, mais preparados para enfrentar as dificuldades da estrada. Descobriu a mulher quando Digger começou a latir e rosnar atrás do galinheiro: ela estava sentada no chão, abraçando as pernas, olhando o cachorro cada vez mais furioso. Tinha o rosto vincado de rugas, mas os olhos ainda eram claros, amarelados como os dos gatos.

— Senhora quaker, tem alguma coisa para comer? Tenho fome — disse ela, quando Honor chamou Digger.

— Desculpe, não posso... — Honor não conseguiu terminar a frase decorada.

— Só um pedaço de pão, um pouco do leite das vacas que vocês têm. Depois, vou embora.

— Espere aí.

Honor correu até a cozinha, levando Digger e fechando-o lá dentro. Por sorte, Judith e Dorcas estavam fazendo compras na loja e Jack estava entregando leite. Honor cortou uma fatia de pão e um pedaço de queijo e serviu um caneco de leite enquanto ensaiava o que ia dizer para Judith: "não estou escondendo essa fugida, estou só dando comida, como daria para qualquer pessoa que pedisse".

Olhou a mulher comer, de olho na estrada, caso algum Haymaker voltasse. A velha mastigou devagar o pão e o queijo, pois tinha poucos dentes. Depois de esvaziar o caneco, estalou os lábios.

— Leite delicioso. Vocês têm umas vacas ótimas.

Levantou-se, ajeitou nos pés os trapos que tinha como sapatos e tirou as migalhas de pão da roupa.

— 'Brigada.

— Sabes o caminho?

— Sei, sim. Norte. — A mulher apontou com o dedo e seguiu na direção dele.

No jantar, Honor esperou que houvesse uma pausa e ficou acalmando o estômago com goles d'água.

— Uma fugitiva veio aqui hoje, quando vocês não estavam — avisou. — Era uma idosa — acrescentou, esperando amenizar a notícia mostrando que a escrava era muito carente. — Dei... Dei um pouco de pão, queijo e leite. Ela então foi embora.

Fez-se silêncio.

— Já falamos sobre isso. Prometeste não ajudar os fugitivos — lembrou Judith.

Honor engoliu em seco.

— Eu sei. Mas é difícil negar comida para quem tem fome. Eu faria isso com qualquer viajante que passasse por aqui. Fui apenas gentil, não ajudei uma fugitiva.

O argumento ensaiado não pareceu convincente. Judith apertou os lábios e disse:

— Donovan, o teu caçador de escravos, não aceitaria essa lógica. Da próxima vez que tiveres problemas em afastar negros, chama-me.

Da próxima vez, entretanto, Honor não pôde aceitar a oferta da sogra. Ela se sentiu estranhamente protetora e não quis submeter nenhum deles ao sorriso e aos olhos frios de Judith. A recusa seria mais leve, se viesse de Honor.

— Desculpe, não posso esconder-te — ela disse para um mulato alguns dias depois. Dizer "esconder" em vez de "ajudar" era mais suave, como se esperasse ajudar de algum outro jeito. Passou a levar um pedaço de carne-seca no bolso do avental; assim, na vez seguinte, quando disse "não posso esconder" a dois adolescentes, deu a comida mais para diminuir a culpa do que para alimentá-los.

Às vezes, as frases decoradas não funcionavam. Certa manhã de primavera, quando ela e Dorcas percorriam o campo após a ordenha, veio um grito da floresta Wieland que parecia de um bebê. As duas pararam e prestaram atenção. O bebê gritou de novo, embora abafado, como se alguém tentasse acalmá-lo.

Honor foi andando na direção da floresta, distraída com as folhas verdes prestes a se abrirem.

— Não vais lá olhar, ou não ouviu o que mamãe disse? — ralhou Dorcas, atrás dela.

— Pode não ser um fugitivo, pode ser alguém perdido.

Uma mulher pequena, cor de café, de rosto redondo como panqueca estava agachada no mato, segurando uma criança. Era uma menina.

— Veio me pegar? — perguntou ela.

— Não — respondeu Honor.

— Ela está chorando porque não tenho mais leite.

— Dorcas, traga um pouco de leite e algo para comer — mandou Honor.

Dorcas olhou feio para ela, mas virou-se e foi para a casa.

Enquanto aguardavam, Honor tentou dar um sorriso confiante para o bebê, embora parecesse forçado. Perguntando:

— Que idade ela tem?

— Quatro meses. Não sei como fugi com um bebê tão pequeno, é ruim para ela. Mas eu não aguentava mais.

— De onde vieram?

— Do Kentucky. Muita gente sai de mais longe. Mas meu patrão consegue vir atrás, junto com um caçador de escravos daqui.

Honor ficou gelada.

— Ele se chama Donovan?

A moça se encolheu.

— Seu patrão e o caçador estão perto daqui?

— Na última vez que eu soube, estavam em Wellington.

— Estão perto, portanto. Não podemos esconder as duas aqui. Mas se você ficar na floresta, longe da estrada, não tem perigo. — Honor explicou onde morava a sra. Reed, mas a moça não estava ouvindo, olhava para algo atrás: era Dorcas, de volta junto com a mãe.

Judith Haymaker deu um caneco de leite para a moça, que pegou e tentou colocar na boca do bebê. A criança não conseguia engolir e a mãe acabou molhando o dedo no leite e colocando na boca do bebê.

— Quem te disse para vir aqui? — quis saber Judith.

— Uma mulher em Wellington, senhora — resmungou a moça, olhando para a criança.

— Como se chama ela?

A moça negou com a cabeça, não sabia.

— Como ela era?

— Branca. Meio loura. Pálida.

— Onde a encontraste?

— Atrás de uma loja.

— Loja de quê? — insistiu Judith. Honor tentou avisar a moça com o olhar.

— Não sei, senhora. — A moça pensou, depois se lembrou de algo:

— Os bolsos dela estavam cheios de penas.

Honor gemia para si mesma.

— Como assim? Ela criava galinhas?

— Não, senhora. As penas eram tingidas, azul e vermelho.

— A chapeleira. — Judith virou-se para Honor antes de perguntar à moça: — O bebê terminou de beber o leite?

Tinha terminado, e estava dormindo. A moça parecia com vontade de dormir também, cabeceava sobre o bebê.

— Então, deves ir. — Judith ficou parada, tão dura quanto suas palavras. A moça arregalou os olhos. Entregou o caneco para Dorcas e levantou-se, mostrando que estava acostumada a fazer isso sem acordar o bebê. Deitou o bebê num pano listrado, colocou o pano nas costas e amarrou-o no peito, com o bebê grudado nela como um casulo.

— 'Brigada — disse, olhando para os pés delas, e foi andando, sumindo no meio dos bordos e das faias da floresta.

Judith virou-se na direção da casa.

— Vou a Wellington pedir para Belle Mills não mandar mais negros para cá.

Honor e Dorcas foram atrás.

— Melhor eu falar com ela — disse Honor.

— Não quero que encontres com ela. É claro que ela é uma má influência.

As lágrimas surgiram nos olhos de Honor.

— Então vou escrever para ela. Por favor.

Judith concordou.

— Diga para ela não vir visitar também, não será bem-vinda. E mostre a carta quando escreveres. Lamento dizer, mas não confio que vás fazer como peço.

Faithwell, Ohio
Terceiro dia do quarto mês de 1851

Querida Belle,

Escrevo para pedir que não mande fugitivos para Faithwell. Meu marido, eu e a família dele chegamos à conclusão de que isso é muito perigoso para a fazenda. Há pouco tempo, um Amigo foi preso em Greenwich por ajudar um fugitivo, foi condenado a seis meses e ainda teve de pagar uma multa grande. O endurecimento da Lei do Escravo Fugitivo fez esse tipo de ocorrência ficar mais comum.

Sou muito grata por tua generosidade, sobretudo quando eu estava só e precisando de ajuda. Achamos melhor também que não venhas nos visitar em Faithwell. Nossos caminhos são bem diferentes dos teus. Mas desejo-te toda a felicidade e rezarei para que continues sempre na direção da Luz.

Meus melhores e mais sinceros votos,
Honor Haymaker

Cebolas

Honor foi a Oberlin com Jack para colocar a carta de Belle Mills no correio. Fazia meses que ela não ia à cidade: primeiro, por causa do frio e da neve; depois, o degelo deixou tanta lama que não puderam usar a carroça, e Jack não deixava que ela fosse a cavalo por medo de que caísse e prejudicasse o bebê. Mas o tempo finalmente melhorou e ela o acompanhou quando foi entregar queijos.

Jack deixou-a na Cox Tecidos e Aviamentos, mas, em vez de entrar na loja, Honor esperou o marido sumir de vista e correu pela Main Street rumo ao sul. Havia mais alguém que ela precisava informar da decisão.

Apesar de ter dado o endereço para fugitivos muitas vezes, Honor nunca tinha ido lá. Quando chegou à esquina e viu a casinha à direita na Main Street, do outro lado da ponte do riacho Plum, ficou com medo e resolveu andar um pouco para se acalmar. Era uma tarde amena, com a brisa ensolarada que fez falta no inverno.

Pensou em ir rumo sul até o final da cidade, onde estavam construindo a ferrovia. Já tinham derrubado centenas de árvores, embora os trens só fossem chegar dali a um ano, ligando Cleveland a Toledo, que ficava a uns 160 quilômetros a oeste. Honor nunca imaginou como seria ir mais a oeste do que Faithwell. Nem na floresta Wieland ela foi para oeste, nem em qualquer das estradas de Oberlin. Para leste, as estradas e os trens eram mais interessantes, embora ela soubesse que, indo sempre nessa direção, acabaria chegando ao Oceano Atlântico.

As tábuas colocadas para os pedestres nas calçadas da Main Street terminavam na Mill Street e Honor pisou na lama pesada onde suas botas afundaram e a barra do vestido verde ficou cinza.

Na esquina com a Mechanics Street, ela ouviu risadas roucas e parou, fazendo de conta que estava presa na lama. Tinha se esquecido do hotel Wack's.

Os princípios básicos sob os quais Oberlin foi fundada (fé religiosa, vida simples e trabalho duro) fizeram com que fosse uma cidade de abstêmios, mas o hotel Wack's ficava exatamente no limite de onde essa lei não estava em vigor. Administrado por Chauncey Wack, um democrata a favor da escravatura, era o único lugar que vendia bebidas e fumo e, embora a maioria dos habitantes não bebesse, havia sempre visitantes que apreciavam, e assim o bar se mantinha. Vários desses apreciadores estavam naquele momento na varanda que dava para a rua, aproveitando o bom tempo. Entre eles, Donovan, equilibrando em duas pernas a cadeira onde estava sentado. Honor perdeu o ar ao vê-lo. Estava sorrindo para ela e cumprimentou-a levantando a garrafa de uísque. Desconfiou que ele a observava desde que entrou na Main Street.

Não o havia visto durante o inverno, mas, com o ressurgimento dos fugitivos, ele voltou a passar a cavalo pela estrada da fazenda, tirando o chapéu quando a via na varanda ou no campo. Ela sempre tentava mostrar indiferença, o coração batendo forte no peito. Pensou então que, se não ajudasse os fugitivos, eles parariam de ir a Faithwell e Donovan não precisaria fazer mais visitas. O reaparecimento dele fez Judith voltar a resmungar e irritou Jack. "Preciso ter a atitude mais sensata," pensou ela. "Pelo bebê e pela família."

Encolheu a barriga, embora soubesse que tinha pouco a mostrar, com poucos meses de gravidez. E foi andando na direção dele, apertando o xale no corpo. Quando se aproximou do hotel, os companheiros de Donovan a saudaram com assobios e gracejos. Honor manteve a pose e esperou que parassem.

— Donovan, preciso falar-te — disse ela, o que fez voltarem os gracejos.

— Pois não, Honor Bright. Pelo jeito, as coisas mudaram, pensei que você detestasse me ver. Quer falar o quê? — perguntou Donovan, derrubando a cadeira no chão ao se levantar.

Honor mostrou a rua e disse:

— Vamos caminhar um pouco.

Donovan pareceu um pouco constrangido, Honor não sabia se era por receber atenção de uma mulher ou por não estar no comando da situação. Contudo, ele desceu a escada da varanda, fez um gesto interrompendo os assovios e comentários grosseiros sobre o que Honor ia fazer com Donovan e vice-versa. Honor tentou não dar ouvidos e seguiu decidida na frente dele, parando apenas para uma carroça passar e assim não respingar lama nela.

Quando os dois se distanciaram do hotel e os homens perderam o interesse neles, Honor diminuiu o passo para que Donovan pudesse andar ao lado dela. A essa altura, ele recuperou a pose e pareceu se divertir.

— O que quer dizer isso? Você sempre me evitou. Está cansando de Haymaker? Durou pouco. O que...

— Quero falar sobre a minha ligação com escravos fugitivos — interrompeu Honor para não ouvir as observações chegarem às habituais agressões.

— Ah, então você admite. Claro que eu sempre soube que você escondia negros, mas é bom ouvi-la dizer.

— A família do meu marido... Minha família desaprova e eu não quero discordar. Portanto, não precisas mais ir à fazenda. Não vai ter ninguém escondido lá.

Donovan ficou surpreso e perguntou:

— Você resolveu parar e pronto?

— Não houve fugitivos no inverno e depois, vieram poucos. Não vou recomeçar.

— E os seus princípios? Pensei que detestasse a escravidão e quisesse que todos os negros fossem livres.

— Quero mesmo, mas minha família está preocupada com a lei e respeito a vontade deles.

— Eles estão preocupados é em manter você no seu lugar, Honor Bright. Não querem uma mulher que pense com a própria cabeça.

— Não é isso — contestou ela. Mas não defendeu mais os Haymaker; sabia que não estava dizendo a verdade, embora tampouco estivesse mentindo.

Eles tinham chegado ao trecho que estava sendo aberto para a ferrovia, onde uma estreita faixa de árvores (principalmente freixos e elmos) tinha sido derrubada. Honor olhou os tocos de árvores a perder de vista, à espera de serem arrancados.

— Por que eles fizeram isso? — perguntou ela. Cada toco estava cercado de água.

— A água amacia a madeira e facilita arrancar o toco — explicou Donovan. — Vão deixar assim um pouco e trabalhar mais adiante na linha, na direção de Norwalk. — Fez um gesto para oeste.

Ficaram lado a lado, olhando a fileira de tocos, Honor pensando que se sentia mais à vontade com Donovan do que com os Haymaker, embora ele não fosse quaker e tivesse ideias tão contrárias às dela. "Ele me aceita do jeito que eu sou", pensou ela. "É por isso."

Donovan pegou um punhado de pedrinhas no chão.

— Escute, Honor — ele começou, atirando as pedras, uma por uma, nos tocos. — Se você quiser desistir disso e ficar comigo, paro o que estou fazendo. Posso fazer outra coisa; trabalhar na ferrovia, por exemplo.

Ele falava aos supetões, como se estivesse constrangido em dizer.

— Podíamos ir para oeste, garanto que você seria mais feliz comigo do que com Haymaker.

O que a surpreendeu foi que poderia imaginar isso acontecendo, mesmo com um homem como Donovan. "É um homem bom", pensou ela.

— Tenho certeza que podes mudar — disse ela —, mas vou ter um filho de Jack.

Donovan resmungou e cuspiu na rua.

— Estava imaginando que você e Haymaker iam arrumar um filho. — Ficou sério e Honor sentiu como se uma porta tivesse se fechado.

Ela gostaria de ficar ali com ele mais um pouco, olhando os tocos de árvores, mas Donovan virou-se e começou a voltar para a cidade, ela teve de acompanhar. Por um instante, sentiu pena dele. Ele queria mudar, mas precisava de alguém para motivá-lo. E isso não ia mais acontecer. Ela olhou as costas largas daquele homem alto e conteve um suspiro.

Ao se aproximarem do hotel, Honor insistiu para que ele não a acompanhasse mais.

— Tenho coisas a fazer — disse ela. Não queria que ele a visse indo à casa da sra. Reed.

Donovan tirou o chapéu, colocou-o sobre o peito e fez uma reverência exagerada.

— Passar bem, Honor Bright. Vou circular pela fazenda de vez em quando em nome dos velhos tempos, para ver se você mantém a palavra. Mas prometo não parar. — Pôs o chapéu na cabeça, pulou para a varanda do bar e pegou uma garrafa de uísque. Quando ela virou-se para continuar seu caminho, ele estava novamente sentado, bebendo muito.

Na frente da casa da sra. Reed havia uma árvore de cornisos, com suas flores brancas de quatro pétalas em tons de rosa. Honor ficou parada, admirando a delicadeza da única árvore americana que gostaria de ter conhecido antes. O pequeno jardim tinha muitas flores: o lado esquerdo estava roxo de vincas, consolidas e violetas; o lado direito, de narcisos amarelos e prímulas. As violetas, especialmente, eram muitas, algumas de um azul forte; outras, mais claras e com as bordas dentadas. Honor imaginou a sra. Reed colhendo-as para colocar no chapéu. Em geral, os jardins plantados parecem artificiais e convencionais — o de Judith Haymaker, por exemplo, tinha prímulas e jacintos em fileiras rígidas, o que uma inglesa acharia, no mínimo, engraçado. Já o jardim da sra. Reed era farto, mas tão aleatório que lembrava prímulas ou anêmonas espalhadas numa floresta. Estavam ali como se desde sempre.

Era preciso muito talento para não deixar a mão do jardineiro aparecer no jardim.

Ela ficou olhando as flores até concluir que não podia mais adiar; foi então para a varanda e bateu na porta da frente, cuja tinta branca estava descascada. Ninguém atendeu, embora ela sentisse o cheiro de cebolas e ouvisse um bater de panelas.

Afastou-se para olhar a casa à distância, notou um movimento e viu a casa ao lado, que era parecida com a da sra. Reed, mas pintada de marrom e com lixo no lugar onde ela cultivava o jardim. Um velho negro estava na cadeira de balanço na varanda. Sorria para ela, mostrando a boca desdentada e indicando os fundos da casa. Honor então notou a trilha suja no meio do capim, seguiu por ela até a porta de trás, que estava aberta, e viu uma figura se movendo lá dentro. Quando Honor chamou, a pessoa parou e logo depois a sra. Reed apareceu. Não usava o seu chapéu de palha, mas um lenço vermelho amarrado na cabeça. Os óculos brilharam ao sol e Honor não conseguiu ver a expressão dos olhos.

— O que faz aqui, Honor Bright? Entre, antes que alguém a veja — disse ela, empurrando Honor para dentro e fechando a porta.

Ficou logo claro por que a porta estava aberta: os olhos de Honor lacrimejaram com o cheiro forte das cebolas numa frigideira. Ela encostou um lenço no nariz para estancar o cheiro.

— Desculpe, a cebola...

A sra. Reed não foi mexer a frigideira, apenas cruzou os braços no peito e repetiu, esticando o lábio inferior:

— O que está fazendo aqui?

Honor parou de enxugar os olhos, que lacrimejaram de novo. Ela respirou fundo e respondeu:

— Vim avisar-te que não posso mais... Ajudar. Estou mandando esse recado para os que me enviam fugitivos, não posso mais escondê-los, nem dar comida. Achei que tu também devias saber.

A única reação da sra. Reed foi virar-se para suas cebolas, o que deu chance para Honor dar uma olhada na cozinha. Ela nunca tinha entrado na casa de um negro e não sabia como seria.

A cozinha da sra. Reed era bem menor que a dos Haymaker, como também a casa, que parecia consistir em dois cômodos no térreo e dois no andar de cima. Era de se esperar, pois as casas de fazendas costumavam ser maiores do que as das cidades. Ao contrário da cozinha dos Haymaker, que era clara e arrumada, com bancadas limpas e uma despensa com prateleiras de vidro alinhadas, essa era escura e atulhada, com cheiro de óleo quente, temperos e a impressão de que alguma coisa estava prestes a grudar no fundo da panela. O fogão a lenha era velho e fumacento, manchado de óleo e sujo de restos de comida. As prateleiras dos dois lados do fogão estavam cheias de vidros de sal e pimenta abertos, folhas de louro e ramos de alecrim espalhados, tigelas de folhas secas e ramos de plantas que Honor não identificou, além de sacos de fubá e farinha de trigo, garrafas de molhos escuros que escorriam pelos lados. No alto, estava pendurada uma fileira de pimentas secas que não eram de Ohio. O lugar parecia caótico, mas a sra. Reed, não. De fato, o avental que usava sobre o vestido continuava branco e imaculado, o que era incrível, considerando-se as cebolas fritando e a grande panela fervendo no fogão.

A sra. Reed segurou a pesada frigideira com cebolas e disse:

— Pegue aquela colher de pau — indicando com a cabeça a mesa da cozinha, que também estava desarrumada. Pôs a frigideira sobre a panela, com os braços tensos devido ao peso. Com ajuda da colher, Honor colocou as cebolas na panela de um frango frito e tomates.

— 'Brigada.

A sra. Reed pôs a frigideira no fogo e juntou ao frango algumas pimentas cortadas. Depois, secou as mãos no avental, tirou os óculos embaçados e limpou-os também, gesto quase automático de tão habitual. "Ela deve limpar esses óculos dez vezes ao dia", pensou Honor.

Fez-se um silêncio constrangedor.

— Tem mais alguma coisa a dizer ou terminou? — perguntou a sra. Reed, pegando o saco de fubá e dois ovos de uma cesta no chão. — Pega aquela tigela ali — mandou, fazendo sinal para uma tigela de barro no armário. — Jogue fora as nozes, estão velhas e amargas, não sei por que guardei tanto tempo.

Honor fez o que foi mandado, pensando se a sra. Reed iria perguntar por que ela não ia mais ajudar os fugitivos. A mulher negra não parecia interessada.

— Estou esperando um filho — disse ela, explicando-se.

A sra. Reed colocou dois punhados de fubá na tigela, pegou o saco de farinha de trigo e juntou ao fubá.

— Ah, sim. Achei mesmo que você estava mais gorda. Embora continue magra — disse, olhando Honor pelo canto do olho.

Quebrou dois ovos e colocou-os na tigela com fubá e farinha de trigo, pegou uma panelinha no fogão, despejou tudo na tigela e começou a bater.

— Pegue aquela jarra ali, não a de leite, a de leitelho. Vai despejando aos poucos enquanto eu bato. Chega! Não quero muito úmido. Dê-me mais um pouco de fubá e outro ovo. — A sra. Reed mandava em Honor com facilidade, como se costumasse administrar uma cozinha.

— Agora ponha três, não, quatro pitadas daquela jarra, é bicarbonato.

Quando Honor colocou quatro pitadas do bicarbonato na massa, um bebê começou a chorar no cômodo ao lado.

— Droga, bebezinha acordou cedo — resmungou a sra. Reed. — É minha netinha. Pode pegar ela para mim? Preciso colocar o bolo no forno já, senão me atraso. Ela está ali — disse, mostrando o cômodo da frente.

Honor hesitou. Devia voltar para a loja de Adam, onde ia encontrar Jack. E ainda tinha de mandar a carta para Belle, que seguiria na diligência diária para Wellington. Mas o choro exigente da bebê atrapalhou seus planos e foi impossível dizer não à sra. Reed, tão impossível que Honor sabia que, se ela pedisse, continuaria ajudando fugitivos. Mas a sra. Reed não estava pedindo.

Quando Honor entrou no quarto sem fazer barulho, vinha só uma fresta de luz pela janela e, antes de pegar a bebê, ela abriu as cortinas. O sol inundou o quarto, o bebê virou a cabeça nos lençóis onde estava deitado, protegido por diversas cadeiras ao redor da cama. Notou a presença de Honor, arregalou os olhos brilhantes e deu um grito agudo em meio ao choro. Era um bebê rechonchudo, de cabelos negros e anelados e boca em forma de coração. Quando Honor se aproximou, ela rolou na cama, assustada, e ficou batendo pernas e braços como uma tartaruga presa numa pedra. "Cinco ou seis meses", pensou Honor. Tinha idade para rolar na cama, mas não para sentar-se ou engatinhar. Portanto, a filha da sra. Reed estava grávida quando fez o vestido de casamento. Honor desejou que o tecido tivesse sido suficiente.

Ela afastou uma cadeira, abaixou-se junto à bebê e encostou a mão nas costas dela.

— Então, querida, o que foi? — perguntou, pensando no bolinho que ela própria tinha dentro da barriga e que se transformaria naquele ser berrante e esperneante. Parecia impossível.

Então, notou a colcha de retalhos.

Honor agora conhecia bem quase todos os estilos de colchas americanas. Podia não gostar dos desenhos e cores, mas o trabalho era bem-feito, com tecido da melhor qualidade, mesmo quando eram retalhos de vestidos velhos. Os modelos, fossem eles simples ou complicados, eram bem elaborados.

A colcha da sra. Reed era de tiras de pano formando quadrados azuis, cinza, creme e marrons, intercalados com uma estranha tira amarela. As tiras eram de lã ou mistas, de casacos, lençóis, camisas, anáguas, e estavam gastas e desbotadas. A parte de cima não foi costurada, mas presa com nós de lã marrom no meio de cada quadrado, uma maneira prática de juntar frente e verso. Honor virou uma ponta da colcha: a linha era de lã marrom rústica, com finas listras amarelas. Passou a mão nos quadrados e puxou bem para conferir os pontos: eram do mesmo tamanho, embora não muito precisos.

Honor ficou encantada com a colcha pelo mesmo motivo que ficara pelo jardim: a combinação de cores parecia acidental, mas mesmo assim havia algo de agradável nela. O cinza destacava a beleza simples do azul. O azul aprofundava o marrom, além de fortalecer e enriquecer o creme. O cinza e o creme não deviam ficar juntos, mas estavam tão adequados quanto uma pedra ao lado da outra. E de vez em quando, surgia um toque amarelo, fazendo as outras cores parecerem iguais. Dava a impressão que os olhos de Honor eram atraídos por um padrão e, quando ela procurava saber qual, os retalhos voltavam a ser aleatórios. Farta, variada, espontânea, a colcha de retalhos da sra. Reed fazia as de apliques que as mulheres de Ohio gostavam parecerem coisa de criança. E as caprichosas colchas feitas por Honor parecerem complicadas e artificiais.

— É bom sinal um neném parar de chorar sem que você pegue nela. Mostra que você vai saber lidar com o seu — disse a sra. Reed, encostada na soleira da porta.

Honor estranhou, a bebê estava mesmo quieta, parecia presa à mão que encostou-se a ela. Olhou para a sra. Reed e disse:

— Esta colcha é... — procurou a palavra exata —...incrível.

A sra. Reed riu.

— Ela me esquenta, só isso. — Por baixo da resposta dura, ela pareceu gostar. Mostrou uma tira marrom. — Essa tira era de um velho casaco do meu marido, que usei quando eu e minha filha fomos embora. Ele não nos deixou sair sem um casaco e me deu esse, que era o mais quente.

— Onde ele está? — perguntou Honor, se arrependendo logo depois, pois a sra. Reed ficou séria.

— Na Carolina do Norte, se ainda estiver vivo. Ele ia nos encontrar depois... achou mais seguro virmos só as duas. Mas ele nunca fugiu. — A sra. Reed estendeu os braços para a neta e disse: — Venha, Sukey, vamos comer alguma coisa. Fiz o mingau de milho com um pouco de xarope que você gosta. — Pegou a bebê, que deu um gritinho, esquecida das lágrimas. E agarrou os óculos da sra. Reed.

— Para com isso, macaquinha. Sua bobinha — e levou a bebê para a cozinha.

Honor tocou na tira marrom antes de seguir a sra. Reed, que colocou a bebê no ombro quando foi para o fogão. Ficou dando tapinhas nas costas dela com uma mão e mexendo a panela de mingau com a outra. Agora que a bebê se sentia segura, não estava mais assustada e encarava a mulher branca. Honor ficou pensando se a bebê estranhava a brancura da pele dela, ou estranhava apenas ela. Talvez as duas coisas.

Honor pigarreou e disse:

— Tenho de ir. — Fez uma pausa e acrescentou: — Desculpe.

A sra. Reed virou-se devagar para Honor, mas sem descuidar do mingau. Os óculos estavam embaçados outra vez.

— Não me peça desculpas — disse ela, dando tapinhas ritmados nas costas da bebê. — Tem de se desculpar é com os fugitivos quando pedirem ajuda. Boa sorte com isso, Honor Bright.

Chapelaria Belle Mills
Main Street
Wellington, Ohio
6 de abril de 1851

Querida Honor,

Vou ignorar a carta que você me mandou até receber outra que não dê a impressão de que sua sogra está olhando por cima do seu ombro.

Além disso, há coisas que você não deve escrever. Pode ser perigoso, se a carta for parar nas mãos da pessoa errada. Diga isso à sra. Haymaker.

Queira ou não, você sempre terá uma amiga em Wellington.

Sua, sempre fiel,
    Belle Mills

Palha

Por um mês, o fluxo de fugitivos diminuiu. Na verdade, Honor tinha pouco contato com pessoas fora de Faithwell. E, apesar de ter ameaçado, Donovan não passou mais pela fazenda. Não chegaram cartas da família, nem de Biddy. Ela não foi a Oberlin nem quando Abigail teve o bebê e Adam podia precisar de ajuda na loja. Jack também não ofereceu levá-la quando entregava queijo. Honor não reclamou; trabalhou bastante na horta, terminou a colcha de Dorcas, começou outra e a gravidez foi seguindo.

De vez em quando, lia de novo a carta de Belle Mills e sorria.

Uma tarde, estava plantando abóboras quando, pelo canto do olho, percebeu algo passar. Era além do pomar, na direção da floresta Wieland: uma pessoa tentava se esconder, passando de trás de uma árvore para outra. Honor foi até o começo da floresta, chamou baixo e um jovem negro apareceu, mancando. Parou junto da amoreira onde Honor e Dorcas tinham estado. O jovem tremia de medo de algo que Honor não sabia o que era e, quando ela ia dizer que não podia ficar ali, viu os pés dele e prendeu a respiração.

— Por favor, senhora, pode ajudar? Estou mal. — O jovem se apoiava num tronco de bordo.

— O que houve contigo?

— Caí numa armadilha.

Alguém tentou ajudar o jovem com um curativo de resina de pinheiro, mas o pé tinha inchado, sangrava e tinha pus. Exalava um cheiro podre, e Honor sentiu vontade de vomitar ao saber o que era. Não achava que Belle o teria deixado ir embora naquele estado.

— De onde vens?

— Quakers disseram para ir a Norwalk, aqui é Norwalk?

Norwalk ficava uns trinta quilômetros a oeste.

— Não. Eu... nós não podemos deixá-lo ficar aqui.

O jovem olhou bem para ela, com olhos febris.

Honor suspirou e disse:

— Espera aqui, vou trazer-te água. — Correu até o poço e, quando puxou o balde para encher a caneca de alumínio, Judith apareceu na varanda dos fundos.

— Prometeste não ajudar fugitivos.

Honor corou.

— Estou só dando água. Não vou escondê-lo. — A linha severa da boca de Judith fez Honor acrescentar: — Está ferido, pisou numa armadilha. O pé inflamou. Podes examinar? Quem sabe podemos fazer alguma coisa.

— Não vamos nos envolver nos problemas desse homem de cor.

— Mas...

— Já falamos nisso, Honor, e concordaste que esta família não ia ajudar fugitivos. Não importa nossa opinião como Amigos, isso é contra a lei e não podemos desrespeitar. Queres que teu marido seja preso? Ou tu, por acaso?

— Se puderes ao menos ver o homem, tua consciência mandaria ajudá-lo.

— Não vou vê-lo.

Honor parou, tentando controlar a raiva que aumentava.

— Prometi levar água para ele.

— Dá a água, depois volta a trabalhar na horta. — Judith virou-se e entrou na casa.

Quando Honor entregou o caneco de água para o jovem, foi doloroso ver a esperança em seus olhos, por isso ela olhou para baixo e recuou.

— Depois de beber, deixa a caneca aí. Oberlin fica a uns cinco quilômetros ao norte. Procure a casa vermelha da Mill Street, eles te arrumam um médico.

Ela virou-se e correu para a horta, onde continuou a cavar com a enxada, de costas para o homem, com lágrimas cálidas escorrendo no rosto. Só quando terminou a fileira ela olhou em volta. O homem tinha sumido, assim como a caneca de alumínio.

Naquela noite, ela não dormiu. Era final de primavera, estava quente, mas não demais, era talvez a melhor temperatura que Ohio poderia oferecer. Honor ficou deitada ao lado de Jack, sem cobrir os pés com a colcha do casamento para não sentir calor. Jack roncava, como sempre depois de fazerem amor. Ele não desanimava com a gravidez aumentando, nem perguntava se ela estava disposta ou não. Ela aceitava o desejo dele todas as noites porque era mais simples. Durante algum tempo, Honor gostou do que faziam na cama, da surpresa, da novidade e das sensações que nunca tinha experimentado. Nesse período, a relação dos dois era como trigo. Após o preparo do xarope de bordo e a discussão sobre ajuda aos fugitivos, a relação ficou mais parecida com palha: sem graça e sem vida. Quando Jack ficava por cima dela, entrando e saindo rápido, não conseguia mais acompanhar os movimentos dele. Se ele notou isso, não disse, mas caía no sono rapidamente em seguida.

Honor continuou deitada, pensando no jovem escravo e no pé dele. Não conseguia dormir, pois sentia que ele estava perto, sofrendo na floresta Wieland. Precisava fazer alguma coisa para ajudá-lo, mas não sabia o que poderia fazer sozinha. Os Haymaker não iam ajudar e Adam Cox não se oporia à família do marido dela. Honor pensou então no ferreiro Caleb Wilson, que tinha recitado o poeta Whittier e sempre falava sobre a escravidão durante o Culto. Ele era, sem dúvida, um homem de princípios e poderia ajudá-la, exceto porque respeitava muito Judith Haymaker. Na verdade, seria difícil encontrar alguém em Faithwell que quisesse enfrentar a sogra dela, mesmo se fosse por uma causa justa.

A resposta pairava no ar como um fantasma em sua mente por algum tempo, até que Honor se permitiu refletir sobre ela. Depois não conseguiu pensar em mais nada. Levantou-se e vestiu-se sem fazer barulho. Jack nem se mexeu. Desceu a escada e passou por Digger, deitado na porta. Ele rosnou, mas não a interrompeu.

Ela sentou-se por um tempo na varanda e esperou. Se Judith ou Dorcas a ouvissem e descessem para ver o que era, ela podia dizer que não estava se sentindo bem, precisava de ar fresco. Realmente, ao inspirar o ar suave da noite, sentiu-se mais renovada, firme e decidida. "Tenho sido obediente a eles e não fez diferença", pensou.

Após certificar-se de que ninguém havia acordado, saiu da varanda, atravessou o gramado úmido e entrou na trilha na frente da casa. Iluminada por uma lua crescente, correu em direção a Faithwell, passando pelas árvores que em algum momento deram lugar a casas. Passou pela loja, pelo ferreiro, pela casa de Adam e Abigail e seguiu pela Main Street que ligava Oberlin a Wellington. Honor nunca tinha andado sozinha à noite em Ohio. Em volta, o trinar e coaxar de centenas de grilos e sapos que eram o acompanhamento perfeito para a multidão de estrelas que se espalhavam no céu. Foi difícil admirá-los, pois havia outros sons que a assustavam, sussurrando na vegetação rasteira. O cheiro forte e almiscarado de uma jaritataca quase fez Honor vomitar várias vezes, mas ela não parou, apenas se arrependeu de não ter trazido Digger. Mesmo depois de viver nove meses na fazenda, ela e o cachorro não se entendiam muito, mas a presença dele ao menos daria mais segurança. A única maneira de enfrentar os sons e a escuridão ao redor era correr, pensando na amplidão e segurança da estrada maior.

De dia, a Main Street era cheia de cavaleiros, condutores de coches e pedestres indo para o norte ou o sul, mas, Honor descobriu que, àquela hora da noite, a rua estava vazia, escura e parada como a trilha de Faithwell. Andou pelo meio dela, ouvindo os sons noturnos. Queria ouvir o tropel de um cavalo de ferraduras grossas, vindo de algum canto, não sabia qual. Ele não devia estar dormindo; se houvesse algum fugitivo por ali, ele estaria procurando, pois a maioria andava à noite e se escondia durante o dia. Honor olhou a estrada que ia para Oberlin ao norte e para Wellington ao sul. Podia esperar por ele, mas não aguentaria, parar parecia fazer os barulhos ficarem mais próximos e aumentar o medo. Era melhor seguir em linha reta. Virou na direção de Wellington. Se não encontrasse Donovan, iria à casa de Belle Mills. Não queria envolver a sra. Reed; não era seguro para uma negra (sobretudo, uma ex-escrava) sair à noite, longe de sua comunidade. Além disso, Honor não podia olhar para os óculos reluzentes da sra. Reed e ver de novo ela entortar o lábio inferior.

Seguiu para Wellington, com passos trêmulos, combatendo o medo cada vez maior do escuro e da solidão. Sabia o que era se sentir só, mesmo quando estava com os Haymaker ou no Culto em Faithwell, mas, pela primeira vez na América, ela estava realmente só, tendo de enfrentar a indiferença da natureza a sua volta e das estrelas e da lua no céu. Essa sensação ficou tão forte que acabou por dominá-la, a dureza do mundo pressionando como um metal frio cujo gosto conseguia sentir na boca. Honor teve de parar na estrada, arfando várias vezes como se estivesse se afogando. Tentou fugir mergulhando em si mesma como fazia no Culto para encontrar a cálida Luz Interior, mas não conseguiu dominar a enorme vontade de que Donovan viesse salvá-la daquele gosto metálico.

Ele chegou meia hora depois. A essa altura, Honor estava exausta de lutar contra o medo. Ouviu o cavalo de ferraduras pesadas atrás dela e esperou à beira da estrada, com a touca e a gola em v do vestido meio visíveis à luz da lua. Mesmo assim, ele só a viu quando o cavalo recuou a um passo dela, por isso praguejou e puxou a crina dele. Depois de acalmar o animal, Donovan olhou para ela.

— Honor Bright! — exclamou, claramente surpreso de encontrá-la ali.

Honor também mal conseguia falar.

— Donovan, eu... tem gente precisando da tua ajuda.

— Quem?

— Vou te mostrar.

Ele estendeu a mão para ela e disse:

— Suba.

Honor hesitou por vários motivos: por causa da gravidez; por ter de confiar nele quando não podia; por ter de abraçar a cintura dele e se encostar-se às costas dele e porque sabia o que iria sentir. Mas pensou no fugitivo a quem não ajudou e isso a fez apoiar o pé no estribo, segurar a mão de Donovan e montar.

— Para onde vamos?

— Para a floresta Wieland, perto da fazenda, mas... — Honor não queria dizer que estava escondida da família, mas era evidente, ou não estaria sozinha. — Por favor, não passe por Faithwell nem pela fazenda. Não quero que eles ouçam. Podemos deixar o cavalo perto da cidade e seguir a pé o resto do caminho.

Donovan virou-se para encará-la e perguntou:

— Tem um negro na floresta?

— Sim.

— Há um mês você me disse que não ia mais ajudar fugitivos.

— Ele se perdeu a caminho de Greenwich, eu não ia me envolver, mas está ferido e precisa de um médico.

Donovan zombou:

— Acha que vou levá-lo ao médico?

Ela não respondeu. Ficaram assim, com Donovan deixando o cavalo dar pequenos passos de lado, à espera de uma ordem.

— Honor, você sabe que vou entregar esse homem. É o meu trabalho.

Honor suspirou.

— Eu sei, mas se não ajudarmos, ele vai morrer. É melhor que viva, mesmo como escravo.

— Mas por que pede para mim?

Ela não respondeu.

— Você vive numa cidade cheia de quakers e vem pedir ajuda a mim? Querida, você está com problemas.

— Os Amigos aqui não têm nada de errado, muitos fariam o possível para ajudar. É que... os Haymaker adaptam seus princípios de acordo com a situação e têm poder na comunidade.

Sem querer, Honor estava encostada nele, sua pequena barriga pressionando as costas dele. Donovan percebeu, empertigou-se e inclinou-se para a frente, assim não ficariam tão perto.

— Está bem, então se segure.

Ele puxou as rédeas, trincou os dentes e o cavalo entrou na estrada outra vez.

Quando encontraram o homem, ele estava imóvel, encostado num carvalho, com as pernas esticadas, o caneco de alumínio ao lado. Donovan deixou Honor esperando a alguma distância enquanto ele aproximava a lamparina do rosto contraído do homem. Honor fechou os olhos e, mesmo assim, conseguiu perceber o que a lamparina iluminava e os dentes do homem brilhando no escuro.

Donovan voltou e olhou o rosto aflito dela. Ela se aproximou e ele não disse nada, deixou-a soluçar no peito dele. Dessa vez, não mexeu ao sentir o bebê contra seu corpo. Honor ficou assim até bem depois de parar o choro. Com o rosto encostado no peito dele, sentiu o forte cheiro de lenha de Donovan. Sentiu também algo sólido: era a chave da arca que continuava pendurada no pescoço.

"Se me pedisse agora, eu iria para o oeste com ele", pensou ela. "Pois seu espírito está com o meu."

Mas ele não pediu.

— Honor o dia está clareando, é melhor você ir para casa antes que notem a sua ausência — disse ele, por fim.

Ela concordou com a cabeça. Apesar de não querer, deixou-o ir embora, enxugando o rosto na manga do vestido para não ter de olhar para ele.

— Quer que eu enterre o negro?

— Não, deixe que vejam o que fizeram. O que nós fizemos.

— Sabe, ele teria morrido de qualquer jeito, mesmo se você o tivesse levado num médico. Cheira a gangrena.

Os olhos de Honor brilharam.

— Devíamos ter ajudado. Pelo menos, ele não morreria sozinho na floresta escura.

Donovan calou-se e levou-a até o pomar das macieiras. Tocou de leve no braço dela e sumiu no meio das árvores para pegar o cavalo perto da cidade.

Quando Honor saiu do pomar, Jack e Dorcas atravessavam o quintal rumo ao celeiro, carregando baldes de leite. Pareciam preocupados.

— Onde estiveste? — perguntou Jack, segurando o rosto dela sujo de poeira e lágrimas, com a touca em desalinho, as botas enlameadas e o cheiro de cavalo que permanecia nela.

— Pensamos que estivesses na casinha.

Honor não deu atenção e chamou:

— Vem, Digger!

O cachorro saiu correndo do celeiro, atraído pela novidade de receber uma ordem de Honor.

— Procure — disse ela para o cachorro, que farejou o ar e saiu, agitado como um peixe no anzol, na direção que Honor indicou.

— Honor, o que houve?

Ela não respondeu. Não teve palavras. Virou-se e foi para o celeiro. Restava pouco feno do ano anterior, dali a algumas semanas a primeira safra iria repor as pilhas tão reduzidas. Mas ainda tinha um pouco e, apesar do cheiro desagradável, Honor subiu na pilha, encolheu-se em volta da barriga e dormiu.

Quando acordou, a cunhada estava sentada perto, trançando fios de palha. Honor olhou-a, mas continuou deitada. Ficou contente por, dos três Haymaker, ser Dorcas quem veio encontrá-la: Jack a teria preocupado e Judith a teria irritado. Desde que ela veio para a fazenda, há meses, Dorcas tinha sido apenas uma suave irritação.

Ela pareceu entender a situação. Deixou de lado a palha trançada, abraçou as pernas e disse:

— Encontraram o negro morto. Vieram uns homens enterrá-lo. — Fez uma pausa e continuou: — Não sei o que achas de mim, Honor, mas não a odeio. No verão passado, quando me ajudaste com as vespas amarelas, ouvi falares com o homem de cor e nunca contei para mamãe nem para Jack, embora devesse. — Parou de novo e Honor ficou quieta. — Quero ajudar-te a entender os Haymaker. Não contamos o que houve na Carolina do Norte, acho que devíamos — acrescentou, se defendendo como sempre. — Jack concorda, mas mamãe acha que isso é um velho problema da família e não te interessa. Mas interessa, pois explica muita coisa. — Mexia com a trança de palha. — Não falei para mamãe que vou te contar.

Honor então sentou-se e tirou as palhas que tinham grudado em sua touca. Continuava sem dizer nada. Parecia estar com a garganta fechada.

— Lembra-se da porta lateral do celeiro, a saída de incêndio? Honor concordou com a cabeça.

— Jack fez questão de instalar. — Ela fez uma pausa e continuou: — Mamãe te disse que fomos multados porque ajudamos um escravo fugitivo na Carolina do Norte. Mas ela não falou no castigo maior. Quando papai, quando ele... — Dorcas apertou os lábios com força. — Eu tinha dez anos e Jack, quinze. Papai já tinha ajudado alguns fugitivos. Certa manhã, apareceu um e papai escondeu-o no celeiro. Quando o patrão e seus homens vieram procurar o escravo, papai disse que não havia ninguém no celeiro. Sim, ele mentiu, mas foi por um bem maior. Então... o dono segurou papai e mandou os homens colocarem fogo no celeiro para ver o que papai faria. Ele então confessou que o escravo estava lá. Mandaram-no pegar o escravo no celeiro enquanto ateavam fogo, mas, quando ele entrou, fecharam o trinco para que nem papai nem o escravo pudessem sair. — As lágrimas escorriam dos olhos claros de Dorcas. Honor segurou a mão fria dela.

— Impediram que nos aproximássemos do celeiro. Jack até lutou com eles e tu sabes que nós, quakers, não podemos.

Pensamos que papai e o escravo pudessem sair pelo alçapão de despejar feno e palha para os animais, mas a fumaça devia estar muito grossa. Ouvimos, ouvimos...

Honor apertou a mão de Dorcas para ela não dizer mais nada.

— O patrão do escravo nem foi condenado por assassinato, já que papai entrou no celeiro por vontade própria — continuou Dorcas, depois de enxugar as lágrimas. — Tivemos de pagar uma multa por "destruição de bens", ou seja, pela morte do escravo. O sofrimento de perder papai, o celeiro e o dinheiro foi muito grande, por isso viemos para o norte. Podes entender agora por que não queremos mais nos envolver com fugitivos.

Ficaram em silêncio por um tempo. Pela primeira vez desde que estava casada com Jack, Honor sentiu algum afeto pela cunhada, só lastimou que fosse por ouvir uma história assim.

Dorcas deixou Honor no monte de palha para sair de lá quando estivesse disposta. Mas Honor não sabia se algum dia estaria.

Depois de passar tantos anos em silêncio no Culto, ela tinha o claro princípio de que todos são iguais perante os olhos do Senhor, portanto, ninguém poderia escravizar o outro. Era preciso abolir a escravidão. Na Inglaterra parecia simples, mas em Ohio essa ideia era combatida por circunstâncias financeiras, pessoais e por preconceitos profundamente arraigados que Honor notava até mesmo entre os quakers. Era fácil se indignar ao ver o banco separado para os negros na Casa de Culto da Filadélfia, mas será que ela ficaria à vontade sentada ao lado de uma pessoa negra? Ela ajudava os negros, mas não os conhecia como pessoas. Só conhecia a sra. Reed, e pouco: as flores que usava no chapéu, o frango com muita cebola e pimenta que preparava, a colcha que tinha feito. Esses detalhes ajudavam a traçar o perfil de uma pessoa.

Quando um princípio abstrato se confunde com a vida cotidiana, ele, cede, perde clareza e força. Honor não entendia por que, mas já tinha ocorrido: os Haymaker mostravam como era fácil justificar desistir de seus princípios e não fazer nada. Agora que ela era da família, esperava-se que aceitasse isso e também desistisse.

Honor saiu do celeiro ao anoitecer, passou pelo quintal e entrou em casa, de olhos arregalados e secos, a garganta fechada como se tivesse engolido uma bola e agora estava entalada. Estava tão confusa com a distância entre o que pensava e o que se esperava dela, que não conseguia falar. Talvez fosse melhor só falar quando tivesse mais certeza do que dizer. Assim, suas palavras não poderiam ser desvirtuadas e usadas contra ela. O silêncio no Culto era uma ferramenta poderosa, abria caminho para chegar ao Senhor. Talvez agora o silêncio fizesse com que a ouvissem.

Os Haymaker não souberam como reagir ao silêncio dela. Quando Honor saiu do celeiro, Judith e Jack perguntaram onde ela esteve a noite toda, o cheiro de cavalo era evidência de que Donovan estava envolvido. Ela não confirmou nem negou e eles concluíram que o silêncio era de culpa. Jack se irritou, Judith ameaçou fazer a comunidade repudiá-la, embora soubesse que não havia motivos. A raiva deles se misturava ao arrependimento pela morte do fugitivo.

A raiva, às vezes, era substituída por um constrangimento defensivo, pois consideraram o silêncio dela como um julgamento. Jack e Judith continuaram a defender o que faziam (ou deixavam de fazer), cada vez mais frustrados por verem que suas palavras não surtiam efeito em Honor. Ela prestava atenção, olhava-os nos olhos, não respondia e voltava ao que estava fazendo na hora: ordenhando, lavando, cavando a terra, costurando.

Por outro lado, o relacionamento com a cunhada melhorou. Talvez Dorcas achasse que não precisava mais competir, podia falar o que quisesse. E assim fez, às vezes respondia por Honor e chamava-a de "irmã": "Acho que Honor quer mais torta de cereja."; "Honor e eu vamos ordenhar esta tarde, não vamos, irmã?"; "Tenho certeza que Honor quer fazer o painel central dessa colcha, não é, irmã?"

Honor deixava que Dorcas falasse por ela, era mais fácil.

Os Haymaker passaram a tratá-la como se ela não pudesse falar. Pararam de perguntar, ou esperar que ela participasse das conversas. Quando uma nova família se instalou em Faithwell, Jack apresentou a esposa e explicou que ela havia levado o silêncio do Culto para a vida pessoal. Passou a ser a muda da comunidade, sorrindo e acenando com a cabeça quando alguém dizia algo que exigisse resposta. Jack ainda a procurava à noite, mas não para lhe dar prazer, apenas para satisfazer a si mesmo. Conforme a barriga dela se arredondava como uma abóbora, ele a procurava cada vez menos.

De certa maneira, ela *estava* muda. A garganta estava tão apertada que era difícil engolir, embora se obrigasse a comer por causa do bebê. Sempre foi quieta, mas não totalmente calada. Agora, era um alívio não falar. Suas palavras não podiam mais ser mal interpretadas, embora o silêncio estivesse sendo. E como não podia colocar em palavras o que pensava, dali a pouco ela parou também de pensar e apenas existia. Pela primeira vez desde menina, podia sentar-se no Culto e não tentar transformar pensamentos em palavras. Apenas olhava o sol passar pela sala calma, mostrando a poeira levantada pelos pés agitados dos Amigos. Ouvia os insetos lá fora e sabia a diferença entre o canto do grilo, o ciciar do gafanhoto, o titilar do besouro, o zunido da cigarra. Apreciava qualquer brisa que passasse de uma janela para outra. Fechava os olhos e sentia o cheiro dos trevos no campo ao lado da Casa de Culto, a primeira safra de feno estava secando, as madressilvas cresciam. Tinha a impressão de que, ao fechar a boca, aguçou os sentidos. Era uma sensação diferente da imersão que fazia nos Cultos, mas começou a achar que era tão significativa quanto. "O Senhor se manifesta de várias maneiras", pensou.

Em pouco tempo, as pessoas se acostumaram ao silêncio dela e Honor conseguia participar das refeições, sentar-se na varanda e ir ao Culto e se sentir mais alegre do que quando falava. De alguma maneira, ela sabia que, embora não fosse uma decisão consciente, tinha parado de falar. Não se perguntou por que, apenas aceitou o silêncio como se fosse uma dádiva.

* * *

O silêncio de Honor não preocupava só aos Haymaker, mas toda a comunidade. Dava a impressão de que até os quakers, com seus Cultos silenciosos e sua tolerância, não gostavam do julgamento do silêncio.

Após um Culto do Primeiro Dia, Adam Cox chamou-a de lado para uma conversa:

— Vou voltar com você a pé para a fazenda — avisou, afastando-a da família enquanto Abigail olhava, com o filhinho no colo, a quem tinham chamado de Elias. — Quero saber por que escolheste o silêncio, mas sei que não responderás — acrescentou, enquanto iam para a estrada. A lama tinha se transformado em buracos duros e andar era tão difícil quanto antes. — Jack disse que ficaste preocupada com a morte do negro. Todos nós ficamos. Caleb Wilson tinha organizado um Culto em memória do fugitivo, mas ninguém falou, pois ninguém o conheceu e nem sabia o nome dele. — Não devias rejeitar tua família e tua comunidade por causa disso.

Claro que Honor não disse nada.

— Judith me pediu para falar-te — continuou ele — pois acha que ouvirias uma pessoa do teu passado. Os Idosos consideram teu silêncio uma agressão. Pediram para eu te dizer que é só por estares grávida que não pedem para saíres da comunidade. Mas, após o nascimento do bebê, terás de voltar a falar ou deixar a criança com os Haymaker e ir embora de Faithwell.

Honor conteve a respiração. Apesar de ter visto o rigor com que os Amigos de Bridport trataram Samuel, esperava não merecer o mesmo tratamento.

— Lembrei a eles que tiveste um ano difícil, tua irmã faleceu, perdeste Samuel e saíste da Inglaterra quando, talvez, deverias ter ficado. Nem todo mundo está preparado para uma mudança dessas, embora às vezes só se descubra depois. — Adam fez uma pausa. — Tens de entender, Honor, que a América é um país jovem. Olhamos para a frente, não para trás. Não ficamos presos ao infortúnio, vamos em frente, como fiz com Abigail e eu esperava que fizesses com Jack. Não é uma boa atitude prender-te ao que aconteceu de ruim. Seria melhor aceitares o que tens com os Haymaker. Eles são boa gente.

Adam não tinha dito nada a respeito de escravidão, ou de princípios mantidos ou abandonados. Olhava-a, esperando que reagisse. Mas ela admirava as flores silvestres do caminho: flores selvagens, pluma-de-príncipe, rainha da pradaria. Estava em Ohio há um ano e sabia os nomes que tinham na América.

No Sexto Dia seguinte, com autorização da família, Adam pediu para ela ajudar na loja em Oberlin. Talvez achassem que seria obrigada a falar com os fregueses. Mas Honor, em vez disso, mostrou como as palavras eram pouco importantes nas transações comerciais. Com sorrisos, acenos de cabeça e sinais de mãos, ela se fez entender muito bem. Poucos fregueses estranharam a mudez. Muitos ficaram preocupados de alguma forma.

À tarde, a sra. Reed apareceu para afiar umas tesouras. Ao ver Honor fazendo gestos e sinais para os fregueses, concordou, e disse a todos:

— Falar não é importante; em geral, traz mais problemas. Pode ser que um dia eu também me cale — informou, limpando os óculos na manga do vestido. Deu a impressão de que gostou da ideia.

Quando Adam devolveu as tesouras afiadas, ela disse a Honor, baixo:

— Eu soube da morte do homem. É triste, mas acontece. — Fez uma pausa. — Você não deve se calar por isso. Se quiser ficar quieta, muito bem, mas não envolva os fugitivos nisso. — Embrulhou a tesoura num retalho e enfiou no bolso da saia. Depois, ajeitou o chapéu, que estava enfeitado com flores da arnica.

— Tenha um bom dia — disse ela para Adam. — E você também, Honor Bright.

Saiu cantarolando, as flores balançando ao vento.

East Street
Bridport, Dorset
Décimo quinto dia do oitavo mês de 1851

Querida Honor,

Todos os dias aguardamos uma carta tua, pois nada recebemos há três meses. Tu sempre tiveste o cuidado de escrever regularmente, a não ser quando adoecestes, e estamos preocupados que algo tenha acontecido. Quando receberes esta, já deves ter tido o bebê, com a graça do Senhor, mas esperamos saber de ti antes, dizendo que está tudo bem.

Teus amados pais,
Hannah e Abraham Bright

Água

S empre haveria um último fugitivo.

Foi no último dia do Oitavo Mês, quando o clima era quente e estável, apesar da temperatura vir com a promessa do outono. O sol estava baixo, as folhas das árvores estavam mais para desbotadas do que para um verde vibrante, infiltrado por um subtom de amarelo. Honor corria em meio a uma paisagem que parecia à espera de algo, fosse uma tempestade, um terremoto ou um incêndio. Estava atrasada.

Os Haymaker colhiam o feno. O verão tinha sido úmido e aquela era apenas a segunda safra, uma decepção, pois significava que não poderiam acrescentar mais uma vaca ao rebanho, como pretendiam. Jack, Judith e Dorcas, além de alguns vizinhos de Faithwell, estavam no campo ao norte da floresta Wieland. Não deixaram que Honor ajudasse, e ela gostou. Naquela manhã, tinha acordado com uma sensação estranha no ventre. O bebê estava previsto para o mês seguinte, mas parecia grande e baixo, pressionando a bexiga. Honor teve de se levantar várias vezes durante a noite para usar o penico. Ela sentia que o bebê queria escapar do aperto da barriga e Honor achava que ia nascer antes do prazo em vez de ficar lá dentro como muitos primogênitos faziam.

Judith resmungou algo a respeito de Honor perder a colheita desse ano como a do anterior, dando a entender que tinha planejado o bebê para aquela época de propósito. Honor não se incomodou com aquelas palavras. Agora que não precisava responder, não se importava com o que a sogra dissesse.

Ela terminou a ordenha sozinha para que os três Haymaker pudessem comer e começar a colheita com os companheiros. Depois, lavou a louça do café da manhã e preparou as tortas de carne que Judith tinha mandado levar para eles no campo. Era um alívio trabalhar sozinha e ela só pensou no bebê quando ele ficou insistente; teve de se sentar. Jack, Dorcas e um vizinho vieram duas vezes com a carroça cheia de feno para despejar no celeiro. Honor não saiu para encontrá-los, nem eles entraram na casa, beberam água no poço e encheram uma jarra para os companheiros.

Ela teve até tempo de sobra e sentou-se na varanda com o colo cheio de recortes que tinha começado a fazer para uma toalha modelo "jardinagem da vovó". Começou com recortes verdes e marrons que estavam quase prontos na cesta de costura e acrescentou outras cores: amarelo, vermelho e verde. Costurava-os já há um mês, desde que terminou a última colcha de Dorcas. Pegou os retalhos guardados do vestido de Grace, as sedas amarelas e marrons de Belle, os losangos cor de ferrugem do vestido de casamento da filha da sra. Reed, mas não se inspirou a fazer algo com eles. Perguntava-se se algum dia faria. Como não gostava de ficar desocupada, fez fuxicos. Já tinha mais de cem partes prontas e não sabia de que maneira usá-las.

Como não estava fazendo uma colcha específica, ficou menos concentrada no trabalho; o calor estava desgastante e dali a pouco ela cochilou. Digger a acordou. Encarregado de ficar com ela, ao meio-dia ele se aproximou rosnando. Honor deu um pulo, estava atrasada para levar o almoço no campo. Colocou na cesta as tortas, um pouco de pão e queijo, uma tigela de tomates e uma jarra de leite. Percorreu a trilha junto à floresta que levava ao campo, com a pesada cesta batendo em suas pernas.

Quando Honor chegou lá, eles ainda trabalhavam; pretendiam parar só quando ela viesse. A alfafa tinha sido cortada alguns dias antes e estava secando, depois, passariam o ancinho e estaria pronta para levar ao celeiro. A carroça tinha sido colocada ao lado de um dos muitos rolos de feno que salpicavam o campo. Quando Honor pôs a cesta no chão, Jack e Judith espetaram seus ancinhos na palha e vieram.

De repente, ouviu-se um grito que fez o estômago de Honor estremecer. Ela ficou paralisada ao ver uma negra sair de dentro da palha, protegendo os olhos do sol. Antes que alguém pudesse reagir, ela correu. Rápida como um cervo assustado, foi em direção a Honor, desviando no último instante. Honor notou um lampejo de olhos selvagens e lábios tensos. A mulher se foi, irrompendo na floresta Wieland.

Honor a seguiu com os olhos, a mulher mexia os braços, a saia marrom inflada, o lenço vermelho na cabeça. Foi sumindo, mas o barulho dos passos pisando em galhos e folhas permaneceu por algum tempo. Até que também cessou. Quando Honor voltou, todos os quakers no campo olhavam para ela.

"Não, isso não é comigo", pensou Honor.

Mas, a não ser Caleb Wilson, que a olhava solidário, Honor percebeu que todos estavam ligando a presença dela à aparição da fugitiva. Mesmo se ela rompesse o silêncio e reclamasse que era coincidência, eles não acreditariam. Judith já estava com o habitual e frio meio-sorriso da família. Sem dizer nada, ela foi até Honor e pegou o cesto de comida.

"Não aguento mais isso", pensou Honor. "Nada que eu disser mudará o que eles pensam. Minhas palavras não significam nada para eles." Foi como se alguma coisa se rompesse na cabeça dela. Não podia esperar nem Judith tirar a comida do cesto. Honor virou-se e seguiu pela trilha para a fazenda, sem atender aos chamados de Jack. De um lado, estava a floresta Wieland, totalmente silenciosa. Onde quer que a fugitiva estivesse, estava quieta.

De volta à fazenda, Honor pegou os recortes que tinha deixado na mesa da cozinha e guardou-os na cesta de costura. Subiu a escada, apoiando o peso do corpo no corrimão. Ficou na porta do quarto e olhou a colcha que havia esticado na cama do casal mais cedo. Era a da estrela de Belém, a colcha de Biddy, como ela considerava agora. Ainda se sentia culpada por pedi-la de volta. A colcha assinada, trazida de Bridport, estava dobrada aos pés da cama. Não podia levar nenhuma delas.

Honor pegou um xale, um canivete e um pouco do dinheiro que restou da passagem para Ohio e que Jack nunca pediu.

Trocou a touca de todos os dias pela touca cinza com amarelo; se a deixasse lá, Judith a jogaria fora. Na cozinha, pegou um queijo, um pedaço de pão, um bife e um saco de ameixas. Era a primeira vez que se preparava para uma viagem assim e não tinha ideia do que levar. Pensou no que tinham os fugitivos que ela havia visto. Em geral, não levavam nada. Frequentemente, nem sapatos. Honor trocou os sapatos leves de verão por botas reforçadas, juntou duas velas e alguns fósforos aos seus poucos suprimentos e uniu tudo em um pano de prato.

Não podia levar os recortes de tecido, nem a caixa de costura da avó, e quase parou por causa disso. Abriu então a caixa e tirou o dedal de porcelana, o agulheiro, a tesoura de cabo esmaltado e os retalhos que vinha guardando. As lembranças que traziam eram insubstituíveis.

Digger estava deitado no chão, na porta aberta, desfrutando o ar fresco. Honor parou ao lado dele, que não rosnou como costumava. "Ele sabe, ele sabe e está contente", pensou.

Depois de passar pelo pomar, onde as maçãs amadureciam e as ameixas estavam quase podres, cobertas de vespas amarelas, Honor entrou na floresta Wieland e abriu caminho entre bordos e faias, amoreiras pretas carregadas pelas quais não podia parar. As árvores estavam cheias com as folhas suspensas entre o auge do verão e o início do outono. As do carvalho ainda estavam verdes, as do bordo tinham veios rubros, prestes a avermelhar.

A negra não dava qualquer sinal de vida. A certa altura, Honor ficou perto do campo onde os Haymaker estavam trabalhando e ouviu a voz deles, embora não desse para entender o que diziam. Entrou então na floresta, no lugar onde a mulher devia estar escondida. Foi acompanhada pelo canto de uma perdiz-da-virgínia, conhecido pelo canto ser diferente dos outros pássaros. Uma vez, Honor perguntou a Jack o que era aquele som e ele zombou, sem acreditar que uma ave tão comum não existisse na Inglaterra. No ano anterior, quando estava na estrada com Thomas, ela não reconheceu nem os cardeais e os gaios-azuis. A América tinha muitas coisas a ensinar, embora nem todas fossem boas.

Além da perdiz-da-virgínia, Honor percebeu o som de um esquilo, reclamando e zangando-se como se uma criança ou um intruso o incomodasse. Honor seguiu o som, sem tentar esconder sua presença, deixando a saia arrastar no chão e as botas quebrarem galhos secos, na esperança de que a mulher visse quem era e confiasse nela.

A fugitiva estava no galho de uma faia, a quase dois metros do chão, com o esquilo reclamando acima dela. Honor pisou sobre uma raiz da árvore, olhou para cima segurando uma ameixa. A mulher olhou para ela. Não pegou a ameixa, mas desceu da árvore após uns instantes. Era mais alta que Honor, tinha braços e pernas compridos e a pele amarelada. O rosto não lhe era estranho, mas Honor demorou um instante para identificá-la. Era a primeira fugitiva, a que se escondeu ao lado do poço e deixou uma caneca de alumínio com água na mesa de cabeceira, a mesma caneca que agora estava enterrada com o morto ali perto. Honor lembrou que Donovan tinha capturado a negra, que deve ter voltado e fugido de novo. Parecia mais saudável agora, um pouco menos magra, a pele sem espinhas, os olhos mais claros e o vestido mais novo, embora sujo. Usava sapatos de homem e levava uma trouxa parecida com a de Honor.

Quando Honor encontrou aquela negra pela primeira vez, ofereceu um pão para ela; agora, guardou a ameixa no bolso e abriu a trouxa para dar um pouco de pão e queijo. Mas a fugitiva recusou com a cabeça.

— Ela me alimentou no último esconderijo. Agora não preciso de nada. A mulher disse para mandar lembranças, caso eu encontrasse você, mas para seguir até a próxima parada e não incomodar você por causa da sua barriga — apontou a barriga de Honor e continuou falando: — Eu não estaria naquele monte de palha se não fosse pelo caçador de escravos me fazendo sair do caminho. O mesmo caçador da outra vez, ele me pegou nessa floresta. Não desiste, não é? Acho que nem sabe quem sou, mas me persegue.

A mulher parou. O esquilo tinha aumentado os protestos, que agora eram contra as duas mulheres. Depois, calou-se e elas puderam ouvir o tropel irregular de um cavalo à distância, pela estrada sul. Era a primeira vez que Donovan passava por ali desde a morte do fugitivo. Não sabia sobre o silêncio de Honor.

E agora ela estava rompendo o silêncio, colocando um final delicado e sem drama àquilo.

— Vou contigo — disse ela para a negra. As primeiras palavras de Honor em mais de três meses saíram como um sussurro falho.

— Obrigada, mas conheço o caminho.

Honor pigarreou para falar melhor.

— Temos de sair da floresta. Ele virá procurar aqui. — Jack também viria; dali a poucas horas, Dorcas e Judith chegariam em casa para a ordenha vespertina e avisariam que Honor não estava lá.

Elas prestaram atenção nos sons. Não podiam ir para os campos de feno ao norte, onde ainda dava para Honor ouvir a voz da família ao longe, o tilintar das rédeas dos cavalos, o ranger da carroça. Donovan estava impedindo a passagem para leste pela trilha que ia da fazenda a Faithwell. Honor não queria ir para oeste: a trilha acabava no meio da floresta Wieland e elas entrariam num lugar desconhecido, longe da estrada principal e de Oberlin. Se conseguissem chegar à estrada que ia de Oberlin a Wellington, podiam seguir nela, com os campos de cada lado.

— Se pegarmos a estrada por ali — Honor apontou para o sul —, há um milharal que ainda não foi cortado. Podemos nos esconder lá até a noite, depois vamos para leste pela estrada principal.

A mulher concordou com a cabeça.

— Primeiro, tenho de beber água.

Foi até o riacho da floresta, onde Honor tinha rolado Dorcas na lama para amenizar as picadas das vespas.

O riacho tinha pouca água, só duas poças cheias de espuma e com insetos sobrevoando. A mulher seguiu até encontrarem uma pequena corrente sobre uma pedra. A fugitiva encostou a boca e bebeu. Depois, levantou-se e fez sinal para Honor, que tentou se agachar, depois ficou de quatro, numa posição esquisita para acomodar a barriga. Hesitou um instante ao pensar que ia colocar a boca no mesmo lugar que a negra. Mas foi um pensamento passageiro e bebeu. A água estava deliciosa.

A mulher ajudou Honor a levantar-se e foi na frente rumo ao sul, abrindo caminho, claramente guiando. Honor não se importou. Já bastava andar na floresta numa tarde de final de verão com uma negra, indo... Ela não sabia para onde estava indo. Estava fugindo.

A negra seguiu pela floresta sem fazer barulho, os pés firmes, sabendo se esquivar dos galhos e das folhas que estalavam ao serem pisadas. Honor não podia fazer o mesmo: tropeçava nas plantas rasteiras e se enroscava nos arbustos espinhosos. Andava devagar também por causa da barriga pesada e das dores na virilha e nas coxas. A mulher não diminuía o passo e dali a pouco parecia apenas um movimento no meio das árvores. À certa altura, Honor parou, enxugou a testa e prestou atenção. Não ouvia mais o cavalo de Donovan. Ele devia estar vasculhando o celeiro e as outras partes da fazenda. Por trás dela, ouvia a carroça com a carga de feno na trilha que ia do campo ao lado da floresta Wieland ao pasto e ao celeiro. Se Jack encontrasse Donovan no celeiro, o que um diria ao outro? Donovan perguntaria se Jack viu a fugitiva? Jack diria que viu, ou mentiria? Honor estremeceu e se apressou para alcançar sua companheira.

A mulher estava encostada num bordo ao lado da floresta, a trilha atrás não passava de lama seca se espalhando para leste e oeste. Na diagonal, perto das árvores, brilhava o verde do extenso milharal dos Haymaker. Alto, viçoso e pronto para ser colhido; ia ficar lá até o outono, quando as espigas secariam. Ao vê-lo, Honor lembrou-se da primeira vez em que se deitou com Jack num milharal e corou. Fazia apenas um ano, mas parecia tão longe quanto a Inglaterra.

— Você pode voltar agora — disse a fugitiva. — Eu ficarei bem a partir daqui. Vou esperar no milharal e saio quando ninguém puder me ver.

Honor negou com a cabeça:

— Vou contigo.

A mulher olhou a barriga de Honor e perguntou:

— Tem certeza que quer ir, mesmo assim?

— O bebê só chega no próximo mês. Ficarei bem.

A fugitiva deu de ombros e virou-se para olhar o caminho para cima e para baixo, ouvindo com atenção.

— Então, vamos. — E saiu da floresta. Honor seguiu-a, com o sol impedindo-a de enxergar para onde ia. Dali a pouco, chocou-se contra um pé de milho.

— Psssiu!

Honor parou, os pés de milho batendo ao vento.

— Vá devagar, senão faz barulho — sussurrou a mulher. — E não podemos derrubar os pés de milho, senão vão saber que passamos por aqui. Fique no meio das fileiras e espere. Agora, venha atrás de mim.

Foram andando com cuidado por uma fileira, tentando não bater nem machucar os pés de milho. Honor não tirava os olhos das costas da mulher, que tinha uma mancha de suor aparecendo no vestido marrom. Muitos metros adiante, a mulher virou-se e passou nas fileiras em zigue-zague, com cuidado, no denso milharal. De vez em quando, mudava de fileira e seguia sem parar, estavam bem mais longe do que Honor jamais teria ido sozinha.

"Por favor, pare", teve vontade de dizer.

Ia tocar na mulher e pedir, quando a fugitiva parou e Honor quase tropeçou nela. Estava tonta e o bebê pressionava sua bexiga.

A mulher sentou-se e disse:

— Vamos aguardar aqui.

Honor foi um pouco além para urinar. Fazia tanto calor que a urina secou no chão quase que imediatamente. Ela voltou para sentar-se perto da fugitiva e abriu a trouxa. Dessa vez, a mulher aceitou uma ameixa. Honor saboreou a polpa de outra e ficou chupando o caroço.

A mulher olhava-a de canto de olho.

— Gosto da sua touca, a pessoa acha que é apenas cinza, mas tem esse detalhe amarelo para dar graça.

— Uma amiga fez para mim. — Honor sentiu uma pontada ao lembrar-se de Belle Mills. Não tinha respondido a carta dela e agora não ia mais vê-la.

Era desconfortável ficar sentada no milharal. O sol batia forte, pois os pés de milho não davam muita sombra. As folhas encostavam-se a ela, com uma maciez rígida. As espigas saltavam das cascas, mas era milho para alimentar os animais, os grãos eram duros demais para dentes humanos e o sabor era menos delicado que o milho que Honor tinha passado a apreciar tanto. Os pés de milho não eram como o tronco de uma árvore onde se pode encostar e cresciam tão próximos uns dos outros que era difícil achar um espaço para deitar-se. Ela estava cansada do sol e do esforço físico, mas conseguiu ficar desperta, sacudindo a si mesma.

— Durma um pouco, eu vigio. Fazemos por turnos.

Honor não discutiu. Encostou a cabeça na trouxa, curvou-se em volta da barriga e, apesar do sol forte, das moscas e da dor no ventre, adormeceu logo.

Acordou com a boca seca, o caroço da ameixa apertado na bochecha. O sol fazia seu arco em direção ao horizonte. Honor tinha dormido bastante. Ouviu um cavalo ao longe, trotando firme pela trilha e sentou-se, assustada. A negra estava sentada de cócoras.

— Devias ter me acordado — disse Honor.

A mulher deu de ombros.

— Você precisava dormir. — Olhou a barriga de Honor e acrescentou: — Lembro que, no final da gravidez, eu só queria dormir.

— Tens filhos? — Honor olhou em volta como se pudessem aparecer crianças no milharal.

— Claro, por isso estou aqui.

Honor balançou a cabeça, como que para clarear as ideias. Depois, gelou: o trotar que ouviu era do cavalo de Donovan. O cavaleiro apressou o animal, depois foi mais devagar, depois parou, depois andou devagar outra vez, depois virou e foi embora.

Honor engoliu em seco, mas a mulher pareceu despreocupada. Até riu.

— Ele faz isso há algum tempo, sabe que estamos aqui, só não sabe onde — disse.

— Será que vai entrar no milharal?

— Acho que não. Há muitas florestas e bosques para vasculhar. Vai esperar até andarmos.

Honor não perguntou quando as duas fariam isso.

— Não esqueça que ele não sabe onde estamos, mas nós sabemos onde ele está. Teremos sempre vantagem.

Honor gostaria de ter o mesmo otimismo. Infelizmente, Donovan tinha a vantagem da lei do lado dele, além de um cavalo e uma arma.

Ao anoitecer, ouviram outro cavalo na estrada. Honor reconheceu a voz de Jack, chamando-a. Ele certamente interrompeu a colheita para procurá-la; o tempo estava bom e Honor sabia que os Haymaker queriam trabalhar até tarde, antes que chovesse. Ela notou raiva e impaciência na voz dele e estremeceu.

A negra olhou bem para ela.

— É o seu marido? Por que ele está chamando? Não sabe que você está aqui comigo? — sussurrou quando Jack foi embora.

Honor não respondeu.

A mulher então entendeu.

— Você está fugindo? — perguntou, em voz alta pela primeira vez. — Por que diabos faz isso? Ainda por cima grávida? Quer fugir do quê?

A cada pergunta, Honor se encolhia mais, se refugiando no silêncio.

Quando ficou evidente que ela não ia responder (ou não podia), a mulher estalou a língua e concluiu:

— Boba.

Ao escurecer, ouviram o trotar de cavalos e, dessa vez, eram Jack e Adam Cox chamando. A mulher pegou sua trouxa e levantou-se.

Honor segurou na manga do vestido dela.

— O que estás fazendo?

— Vou avisar que você está aqui.

— Por favor, não!

A voz de Donovan (sarcástica, divertida) unindo-se à dos outros homens fez a mulher desistir:

— Honor Bright, estou meio surpreso de você estar escondida aí, após todas as promessas de não ajudar os negros. Acho que hoje não se pode confiar nem nos quakers. Está na hora de sair, querida, seu marido está assustado.

As duas mulheres não se mexeram, ouvindo os cavaleiros falarem baixo. Honor estremeceu e respirou fundo.

Depois, ouviu os latidos.

— Ó Deus, eles têm um cachorro, ó Deus — lastimou baixo a negra.

— É o Digger.

— O cachorro conhece você? Bom, então pelo menos não vai nos estraçalhar. Prepare-se para correr.

— Ele me detesta.

— O seu próprio cachorro detesta você? Ó Deus.

Honor ouviu barulho no milharal, depois viu a forma sombreada de Digger passando pelas fileiras. Sem latir, ele ficou aos pés de Honor. Olhou-a sem dar importância à fugitiva e rosnou baixo. Depois, voltou pelo mesmo caminho por onde veio. As mulheres ficaram olhando.

— Ele deixou você ir — murmurou a negra. — Ainda bem que não gosta de você. 'Brigada, Digger.

— Aqui está ele — ouviram Jack dizer. — O que você encontrou, Digger? Nada?

— Pensei que ele tinha ido atrás de alguém — concluiu Donovan. — Maldito cachorro, por isso não gosto de usá-los, são barulhentos e não se pode confiar neles. Confio mais nos meus sentidos do que nos de um cachorro.

Os homens acabaram indo embora outra vez e as mulheres foram para leste no milharal. As pernas de Honor doíam pelo tempo sem movimentos: esticou-as e sacudiu-as. Viu duas estrelas no céu. Mais apareceriam logo.

No fim do milharal, elas passaram por um bosque que as levou ao sul de Faithwell. Ao anoitecer, Honor manteve outra vez os olhos nas costas da negra e acabou segurando nela para se guiar no escuro.

Acabaram chegando à conhecida estrada de Oberlin a Wellington. Estava tudo calmo, mas Honor desconfiava que talvez Donovan estivesse com Jack em algum lugar, à espera delas.

— Vamos entrar naquele milharal — disse a mulher, mostrando o outro lado da estrada. — Não fique na estrada, só perto dela para nos localizarmos e sabermos onde estão e onde está aquele caçador. É sempre melhor para evitar surpresas. — Ela falava com a segurança de quem tinha feito aquilo muitas vezes. Atravessou a estrada, por um rio claro, mesmo sem a lua para iluminar. Honor foi atrás e pensou que estivera naquele lugar alguns meses antes, procurando Donovan à noite. Agora estava se escondendo dele. A escuridão trouxe o mesmo sabor metálico do medo. Honor engoliu em seco e continuou sentindo o gosto. Embora em silêncio, agora não estava sozinha.

No milharal, a mulher virou para o sul. Como Honor não foi atrás, ela parou.

— Você não vem?

— Temos que ir para aquele lado. Para Oberlin — Honor mostrou a estrela Polar.

A mulher negou com a cabeça.

— Acabo de vir de lá, da mulher que mora na casa vermelha, que fez um ensopado picante. Ela disse para eu ficar longe de você. Agora sei por quê — ela acrescentou. — Não está entendendo?

Vou para o *sul*, não para o norte. Já estive no norte. — Ela atravessou a estrada e voltou para Honor. — Não se lembra de mim? Acho que, para você, nós, os negros, somos todos iguais. — Ela estalou a língua. — Pois vou dizer uma coisa: para nós, os brancos também são todos iguais.

— Lembro-me de ti. Puseste água na minha cabeceira quando eu estava doente — sussurrou Honor.

O rosto da mulher ficou mais suave.

— Foi.

— Mas não entendo: por que vais para o sul?

— Meus filhos. Fui capturada, mas fugi na primeira oportunidade. Cheguei a parar na sua fazenda um dia, peguei a comida que você deixou embaixo do caixote. Dessa vez, consegui chegar ao Canadá. Mas quando estava lá, só pensava nas minhas filhas e fiquei preocupada com elas. Lá era bom, a liberdade. Ninguém manda você fazer nada. Você toma suas próprias decisões, onde morar, o que fazer, como gastar o dinheiro que ganha. Você ganha dinheiro! E viver com outros negros é... bem, é como você viver com o seu povo quaker. É bom, eu quero que minhas filhas sintam isso também. Por isso, estou voltando por elas.

— Onde estão?

— Na Carolina do Norte.

— É longe! E se fores pega?

— Espero até fugir de novo. A escravidão é assim, eles precisam de você para trabalhar, não podem prender para sempre. Se você espera, sempre tem uma chance de fugir. Por isso não me preocupo de ser pega. Eles me levam para a Carolina do Norte e eu fujo outra vez, mas com minhas filhas. Agora que senti o gosto da liberdade, sempre vou querer voltar a sentir.

Honor sentiu a mesma coisa de quando brincava de cabra-cega com os irmãos e tapavam os olhos dela com um lenço e rodavam-na; quando tiravam o lenço, ela estava num lugar totalmente diferente do que imaginara. Era como se estivesse no milharal e dessem uma volta de 180 graus: o sul virou norte e o norte virou o sul. Esperava ir para a casa da sra. Reed em Oberlin, depois para noroeste em Sandusky, cidade no lago Erie onde conseguiria um barco para o Canadá. Era assim que os escravos fugitivos faziam. Mas agora teria de ir na direção contrária, ou ir para o norte sem um guia.

— Então, para onde *você* vai? — perguntou a negra.

— Eu... — Honor não tinha ideia. Ela só pensava do que fugia e não para onde fugia. Ali se apresentavam duas direções completamente diferentes. Não era uma questão de ir para o norte ou o sul, pois não era uma escrava negra fugindo de leis injustas. A decisão dela era mais Leste-Oeste, o território conhecido ou o desconhecido.

— Vou contigo para Wellington. Lá, resolvo. — Ela preferia uma companhia indo para o sul a passar uma noite sozinha na floresta, com gosto de metal na boca.

— Então, vamos, se é isso o que quer.

A mulher atravessou o campo, tecendo seu caminho entre as fileiras do milharal. Soprou uma brisa, que balançava os pés de milho e tirava a preocupação das fugitivas sobre o barulho que fizessem. Mesmo assim, foram devagar, Honor tropeçando no escuro.

No fim do milharal tinha uma vala e elas se esticaram lá um pouco. Honor não sabia por que fizeram isso e perguntou.

— Para esperar até tudo melhorar — foi só o que a negra respondeu.

Donovan acabou passando a cavalo, sozinho dessa vez, pareceu perceber a presença delas, pois diminuiu o trote da montaria perto de onde estavam, depois apressou de novo.

— Ele sabe que estamos por aqui — disse a mulher —, mas está confuso, pois não entende por que estou, ou melhor, estamos indo para o sul. Acha que eu devia ir para o norte, embora desconfie. Temos de esperar que ele vá embora.

Donovan voltou minutos após. Parou o cavalo e disse:

— Escute aqui, Honor Bright, sei que você está aí com aquela negra. Quero fazer um acordo. Se você se render, deixo-a ir para onde quiser. Seu marido pediu para eu descobrir onde você está, disse até que pagaria bem, mas ele não me interessa, nem o dinheiro dele. Se você quer fugir dele, não vou lhe impedir. Sempre achei que não ia se acostumar com os Haymaker. Ele me disse que você não fala uma palavra desde a morte daquele negro. Bom, não precisa falar comigo, se não quiser. Apenas jogue uma pedra na minha direção e eu irei encontrá-la.

A fugitiva olhou Honor, o branco dos olhos brilhando no escuro. Honor balançou a cabeça, mostrando que não ia fazer o que ele pediu.

Um instante após, Donovan começou a rir.

— Olha só, eu aqui falando sozinho, montado no meu cavalo. Acho que você me enlouqueceu, Honor Bright.

Ele mudou de direção e foi para o norte. Honor ficou pensando em quantos campos ele ainda ia parar e repetir a oferta.

A negra olhava furiosamente para ela.

— O que há com esse caçador de escravos? Você é amiga dele? Está largando o marido para ficar com ele?

— Não! Não. Estou largando porque... Porque penso diferente da família do meu marido.

A mulher bufou.

— Ridículo. Você não precisa concordar em tudo com as pessoas com quem vive.

— Eles me proibiram de ajudar fugitivos.

— Ah. — A mulher estalou a língua.

As duas ficaram na vala bastante tempo. O céu estava ficando estrelado.

— Certo, vamos, então — disse a mulher. — Ele está nos procurando em Oberlin, fazendo esse discursinho para você de vez em quando. — Ela riu, e se encaminhou para a floresta. A cada passo, Honor esperava sentir uma mão no ombro ou ouvir um grito atrás dela. Mas Donovan não veio.

Estava bem mais fresco, não era frio, mas o orvalho caía e Honor apertou mais o xale no corpo. Entraram na floresta e Honor tropeçava às vezes, enquanto a negra continuava firme e calada.

O outro lado da floresta era cercado por uma plantação de aveia que já tinha sido cortada. Elas não podiam passar por lá, pois ficariam muito visíveis mesmo numa noite sem lua. Por isso, foram mais para leste, longe da estrada, para outra floresta, onde viraram para o sul novamente. Agora que estavam longe da estrada e de Donovan, Honor achou que poderiam descansar. Mas a mulher prosseguiu, com medo de campos ceifados onde podiam ser perseguidas por homens a cavalo.

— Ele vai percorrer todos os campos para o norte, até perceber que não estamos lá e então virá para cá — disse a mulher.

— Pode ser que ele vá para oeste — avaliou Honor — Os fugitivos vão para o norte e o oeste e não para o sul e o leste.

— Os caçadores de escravos têm um instinto para saber aonde um fugitivo vai. Do contrário, perderiam o emprego. Garanto que ele aparece de novo essa noite. Eu também tenho instinto.

— Como consegues andar todas as noites? E sozinha? — Honor estremeceu ao pensar na fria pressão metálica da noite.

— Você se acostuma. É melhor estar sozinha. Isso aqui — a mulher mostrou a floresta em volta — é *segurança*. A natureza não vai me escravizar. Pode me matar de frio, de doença, os ursos podem me atacar, mas é pouco provável. O perigo está *lá* — ela apontou a estrada. — Pessoas são perigosas.

— Você falou em ursos? — perguntou Honor, olhando ao redor.

A mulher riu. — Os ursos têm medo de nós, não incomodam, a não ser que você fique entre eles e os filhotes. Mas aqui não tem ursos. Ficam nas montanhas para onde vou. Alguns ursos vão me assustar até eu chegar nos meus filhotes. Pronto, podemos ir agora.

A mulher parecia obedecer a algum sinal invisível que só ela percebia.

Elas andaram com cuidado, sorrateiras, e pararam, andaram e pararam. A certa altura, chegaram num rio, Honor achava que era o rio Negro. A fugitiva entrou nele sem hesitar, segurando a trouxa no alto. Honor não teve outra escolha senão ir atrás e sair na outra margem, com frio e encharcada.

— Você seca logo — disse a mulher.

No escuro, antes do amanhecer, chegaram à fronteira de Wellington. Honor tinha a impressão de que esta seria a parte mais difícil: chegar à casa de Belle Mills, no centro da cidade, sem que ninguém visse. Ela já conseguia ouvir os cachorros latindo nas fazendas próximas.

A fugitiva parecia menos preocupada.

— Sabe onde é a loja daquela senhora? — perguntou ela.

Honor tocou na touca e disse:

— Foi ela quem fez para mim.

A mulher concordou com a cabeça.

— Foi o que pensei. Bom. Basta você ir à casa dela e bater. Você é uma mulher livre, ninguém pode te capturar na rua, nem mesmo aquele caçador.

— E tu?

— Não vou com você. — Ao ver o pânico de Honor, a mulher olhou para ela, sustentando os olhos e explicou: — A cidade fica muito perigosa, depois que eles dão o alarme. Ele pode me pegar aqui, eu sinto. Não se preocupe, deixo você bem perto da casa para não ter mais medo. Pode andar pela rua, não precisa se esconder na floresta com os ursos. Olha, não está tão escuro agora.

Honor olhou em volta. Havia uma leve claridade a leste que fazia o escuro menos pesado. Dali a pouco ela poderia enxergar e andar com mais facilidade.

— Mas onde vais?

— Vou me esconder. Não digo onde. Melhor você não saber, assim o caçador não consegue arrancar de você. Agora vá, antes que um daqueles cachorros nos achem. Preciso atravessar um rio para apagar o meu rastro, assim eles não podem vir atrás de mim.

Honor sabia que a mulher tinha razão.

— Espera. — Ela abriu a trouxa e deu para a mulher toda a comida, o canivete e quase todo o dinheiro. Depois, tirou a touca com debrum amarelo e entregou.

— Oh, isso é bonito demais para mim — a mulher tocou o debrum amarelo.

— Por favor.

— Está bem — Ela tentou colocar a touca por cima do lenço vermelho.

— Espera... precisas ficar com a bandana também. E fico com o teu lenço. — "Vou usar na colcha", pensou.

Com a bandana e a touca amarrada sob o queixo, se a mulher fosse vista de lado, era como uma branca.

— 'Brigada. Agora, melhor você ir embora.

Honor hesitou. Seus olhos se encheram de lágrimas.

— Vá, siga seu caminho.

— O Senhor te acompanhe.

— E a ti também. Olha só, estou de touca e falando igual a um quaker — disse a mulher, sorrindo.

Virou-se e entrou na floresta, a escuridão a engolindo.

Ele a aguardava na porta da loja de Belle Mills, tão parado encostado no canto que Honor só percebeu ao levantar a mão para bater na porta.

— Por que está de cabeça descoberta, Honor Bright? E cadê a negra?

— Eu não sei — respondeu Honor honestamente, depois de recobrar-se do susto.

— Por que está molhada? Andou cruzando o rio? Ela ensinou todos os truques dos negros, não foi?

Honor olhou para a saia sob a luz do amanhecer. Pensou que estivesse seca, mas notou agora que estava novamente encharcada.

— Ah — ela resfolegou. — Ah.

Chapelaria Belle Mills
Main Street
Wellington, Ohio
Quarto dia do nono mês de 1851

Queridos pais,
Não se assustem com a letra diferente, Belle Mills está escrevendo por mim, já que estou fraca demais para ficar sentada muito tempo. Quero que saibam que são avós agora. Comfort Grace Haymaker nasceu há três dias, com ajuda de Belle e um competente médico de Wellington. É linda. Estou cansada, mas feliz.
Por enquanto, é melhor que me escrevam para Wellington.

Tua amada filha,
Honor

Escrevo esta parte por mim mesma, sem o conhecimento de Honor, pois ela e o bebê estão dormindo agora. Não sei se ela contou que se separou da família. Primeiro, ela aplicou-lhes o tratamento do silêncio, acho que é o castigo que um quaker consegue inventar. Depois, fugiu de casa e está comigo.
Ela consegue ficar calada o dia inteiro como nunca vi alguém conseguir. Mas devo dizer que durante o parto ela gritou como qualquer mulher, tão alto que ficou com a garganta doendo. Até o dr. Johns estranhou e ele já ouviu muitos gritos em partos. Mas foi bom ouvir a voz dela alto, mesmo que devido à dor.
Como vocês são a família dela, talvez consigam conversar. Ela precisa decidir o que fazer. Pode ficar comigo um tempo, mas estou à beira da morte. Doença do fígado. É lenta, mas mata. Ela não sabe, nem precisa. Já tem muitas preocupações. Vou acabar morrendo, em algum momento, mas a loja vai ficar com meu irmão e vocês não vão querer que ela fique aqui. Seria um desastre.

Vou lhes dizer outra coisa: Honor não consegue ninguém melhor do que Jack Haymaker, pelo menos em Ohio. Se ela quer um homem perfeito, terá de voltar para a Inglaterra. Talvez nem aí encontre.

O bebê está chorando, tenho de parar.

Sua sempre,
Belle Mills

Comfort

Finalmente, Honor começou a gostar de cadeiras de balanço. Elas estavam por toda parte na América: nas varandas de quase todas as casas, nos cantos das cozinhas, nas salas de visita das pousadas, na frente dos bares, nas lojas. Só não havia cadeiras de balanço nas Casas de Culto e, Honor tinha a impressão, de que não havia também nas igrejas, mas nunca entrou numa.

Antes do nascimento de Comfort, ela desconfiava dessas cadeiras, o balanço lhe parecia um sinal severo de preguiça. Quando estava sentada perto de alguém numa cadeira dessas, aquele ritmo constante a incomodava. Os americanos balançavam de uma maneira bem mais ostensiva do que os ingleses, nem lhes passava pela cabeça que o barulho pudesse incomodar os outros. De fato, eles dificilmente se importavam com a opinião dos outros: orgulhavam-se da própria individualidade e gostavam de exibi-la.

Quando Honor visitava outras famílias em Faithwell, escolhia uma cadeira de costas retas, dizendo que era melhor para a costura que tinha trazido. No fundo, ela não queria balançar na frente dos outros e impor seu ritmo a eles.

Depois que Comfort nasceu, porém, Honor descobriu como essas cadeiras podiam ser calmantes para a mãe e o bebê. Sentava-se com a filha ao lado da lareira na loja de Belle, amamentando-a ou ninando-a. As freguesas sorriam para ela, cumprimentavam-na e pareciam não se incomodar.

"Talvez", pensou Honor certo dia, "não sejam os americanos que deem tanta importância às manifestações individuais e, sim, os ingleses que sejam muito críticos".

Devido à forma violenta com que Comfort veio ao mundo (a dor prolongada, o sangue e os gritos que transformaram Honor num bicho por algumas horas), não era surpresa que ela fosse um bebê que se expressava pela voz. Tinha os cabelos cor de milho e os olhos azuis do pai, mas era pequena como a mãe, e sua barriguinha enchia e esvaziava rapidamente. Ela chorava, era alimentada e dormia durante uma hora, depois chorava de novo e era alimentada, seguindo esse ciclo pueril dia e noite. Honor nunca tinha sido tão solicitada, nem mesmo quando cuidou de Grace no final da doença. Por algumas semanas, estava tão cansada que o máximo que conseguia fazer era cochilar com Comfort entre uma mamada e outra.

Se tivesse ficado com os Haymaker, Honor não teria se sentido culpada, pois esperava-se que as mães ficassem de resguardo por várias semanas. Mas na casa de Belle ela se sentia visivelmente indolente, sobretudo quando descia para sentar-se na loja, em vez de ficar no quarto que lhe foi cedido. Belle não parecia se incomodar com o choro ou a ociosidade, mas Honor insistia em costurar sempre que o bebê dormia, embora o cansaço fizesse a linha sair da agulha e dar pontos desiguais.

Comfort logo se acostumou a ficar na cadeira de balanço com a mãe; acordava e chorava quando Honor a colocava no cesto forrado de retalhos que Belle tinha emprestado. Honor então chorava, exausta e frustrada. "A avó materna saberia o que fazer para a netinha dormir", pensava ela. "Ou Judith Haymaker."

Belle assistia a luta dela com o bebê chorando.

— Ela precisa de um berço — disse, com razão.

Honor apertou os lábios e ficou quieta. No dia seguinte ao nascimento, Belle mandou avisar os Haymaker e Jack veio visitar.

Honor se surpreendeu por ficar tão contente de vê-lo. Quando ele segurou a filha, olhando orgulhoso para o rosto adormecido, Honor se sentiu como quando costurava dois retalhos e eles combinavam.

— Ela tem o teu cabelo e os teus olhos — disse. Foram as primeiras palavras para o marido em meses.

Jack sorriu, parecendo aliviado.

— Que bom ouvir tua voz.

Honor retribuiu o sorriso. — E a tua. Senti tua falta. — Naquele instante, foi verdade.

— Fiz um berço para ela. Mamãe acha... — Jack interrompeu o que ia dizer. — Ela poderá dormir nele quando tu voltares para a fazenda.

Honor sentiu os ombros subirem e, como se reagisse, Comfort começou a chorar. Jack teve de entregá-la para Honor e rompeu-se assim o sentimento de formarem uma família.

— Honor, por que foste embora? Fiquei tão preocupado. Todos nós ficamos — desabafou ele.

Honor estava posicionando o bebê no peito. A primeiro sugada doía tanto que ela precisava prender a respiração.

— Foi uma atitude irresponsável — continuou Jack. — E se o bebê nascesse na floresta, quando estavas sozinha e longe de todos? As duas podiam morrer.

— Eu não estava sozinha.

Jack ficou carrancudo ao ser lembrado da fugitiva.

Honor resistiu à tentação de voltar ao silêncio dos últimos meses.

— Gostaria que ela se chamasse Comfort. Comfort Grace Haymaker — disse ela.

— Por que não pediu para Jack trazer o berço? — perguntou Belle, depois que ele foi embora. Ela certamente tinha ouvido a conversa do casal.

— A mãe impôs essa condição, o berço está pronto, mas só se eu voltar para lá.

Belle deu a impressão de que ia dizer algo, mas desistiu.

Várias freguesas falaram em berço quando viram Honor lutar para fazer Comfort dormir.

— Que linda criança. Onde está o berço dela?

— Ela não tem berço para dormir?

— Mocinha, você precisa de um berço.

Até que, uma manhã, o filho de uma freguesa trouxe um velho berço de nogueira, com cerejas já desbotadas pintadas na pequena cabeceira.

— Foi meu berço. Mamãe guardou para os netos, mas vou para o oeste e por enquanto não preciso. Posso fazer um lá, fique com este. — E foi embora antes mesmo que Honor pudesse agradecer.

O berço era velho e rangia, mas balançava, e Comfort dormiu imediatamente. Assim, Honor podia balançar o berço com o pé e ainda costurar.

Judith e Dorcas Haymaker vieram visitar trazendo cada uma um cesto com queijo e maçãs. Judith olhou com desdém para o velho berço. Mas o rosto suavizou e ela sorriu de verdade ao segurar a primeira neta no colo. Honor teve vontade de pedir a filha de volta, mas sentou-se bem ereta e cruzou as mãos sobre o colo. O bebê mexia os bracinhos e virava a cabeça de um lado para outro, procurando os seios da mãe, os olhos azuis desfocados, sem ainda enxergar direito.

Honor ficou mais à vontade quando Dorcas segurou o bebê. Ninando Comfort, Dorcas parecia mais satisfeita do que nunca.

— Há uma nova família em Faithwell, vinda da Pensilvânia. Também são fazendeiros-leiteiros — contou ela.

Judith resmungou.

— Não conseguem ficar parados nos Cultos. E o pai fala como se estivesse pregando.

Estavam na pequena cozinha e Honor percebeu os olhares curiosos das freguesas para as três quakers em suas roupas sóbrias, contrastando com as penas coloridas e as flores da loja.

Comfort então começou a chorar e Honor pegou a filha.

Naquela noite, depois que as Haymaker foram embora e o bebê dormiu, as duas mulheres trabalharam: Honor costurando uma pele branca de coelho numa touca verde para o inverno; Belle, fazendo uma touca cinza com seda azul-claro.

— Quantos anos tem Dorcas? — perguntou Belle, segurando a touca com olhar de desaprovação à aba. — A aba está torta?

— Não. Dorcas é da minha idade.

— *Está* torta. Porcaria. — Belle começou a desfazer a costura. — Por que você acha que ela comentou da nova família em Faithwell?

Sem parar a costura, Honor respondeu:

— As pessoas costumam preencher o silêncio com palavras.

— Não, querida, ela falou por algum motivo. Você não reparou por que estava lidando com o bebê, mas Dorcas ficou toda contente ao falar neles. E a sua sogra parecia ter comido uma maçã azeda.

Honor parou de costurar, olhou para Belle e esperou que explicasse o que estava pensando.

— Ela tem um pretendente nessa família — declarou Belle.

Honor voltou a costurar. Não queria fazer suposições. Mas ficou contente por ter terminado as colchas de retalhos que devia a Dorcas. Tinha mais cinco para o casamento, mas antes queria fazer uma para o berço de Comfort. Não sabia ainda que motivo teria, primeiro precisava conhecer melhor a filha.

Quando ficou mais forte, Honor passou a dar pequenos passeios com Comfort por Wellington. Como a maioria das mulheres comprava seus chapéus e toucas na loja de Belle e iam sempre lá mesmo que fosse só para olhar, Honor já conhecia várias freguesas e cumprimentava-as ao passar. Desconfiava que, depois que ela passava, virava assunto, pois uma quaker brigando com a família do marido era uma fofoca difícil de resistir. Mas Honor não virava a cabeça para ver as mulheres cochichando, seus olhares horrorizados. Pela frente, as mulheres de Wellington continuavam agradáveis e era isso o que ela queria.

De vez em quando, ela levava Comfort para ver o trem passar por Wellington a caminho de Columbus ou Cleveland. No começo, o bebê estranhava o tamanho e o barulho daquele monstro de metal soltando fumaça e entrando na estação, por isso gritava. Mas não podia negar que era emocionante ver tanta gente chegando e partindo, as bagagens sendo descarregadas, a mera possibilidade de movimento e mudança, de ir embora e voltar. Mãe e filha acabaram se acostumando com a confusão e a apreciavam.

Às vezes, Honor encontrava Donovan, vindo das estrebarias da cidade ou conversando com outros homens na rua. Ele tirava o chapéu, mas não falava nada. Era evidente que ficava desconfortável ao ver Comfort.

— Teu irmão não gosta de bebês — observou para Belle quando passaram por ele um dia, sentado no bar do hotel Wadsworth.

Belle riu.

— A maioria dos homens não gosta, têm medo que os bebês fiquem com toda a atenção das mães. Com Donovan é pior, o bebê o lembra que você é casada. Há um ano ele se divertia fazendo de conta que você era solteira. Agora ele tem um lembrete vivo de que outro esteve onde ele gostaria de ter estado.

Honor corou.

— Você agora tem uma família, querida, não está apenas casada. Donovan sabe que não pode competir. Não gosta muito. Notou que ele sumiu desde que você chegou aqui?

Era verdade, quando a bolsa d'água de Honor arrebentou, Donovan chamou Belle, ajudou Honor a entrar em casa e deixou-a sozinha. Não ficou mais passando pela chapelaria, para baixo e para cima, como da última vez em que ela esteve lá. Mas certa noite, Donovan se embebedou no bar do Wadsworth, no outro lado da rua, e olhou pela janela quando Honor estava ninando Comfort. Depois, deu uma cusparada de tabaco de mascar, o que ele sabia que Honor não gostava. Ela fechou os olhos e quando os abriu, Donovan tinha ido embora.

Honor também estava mudada. Pensava no bebê e afastava tudo o que não dissesse respeito ao bem-estar de Comfort. Quando via Donovan, era como se olhasse uma praia distante de um lugar que tinha gostado, mas onde não tinha mais vontade de ir. Donovan tinha ficado parecido com a Inglaterra.

Ela ainda se preocupava com ele, no entanto. Mais tarde, quando ficou com Belle, voltou a falar nele.

— Achas que teu irmão pode mudar?

Belle estava esticando um chapéu de feltro cor de chocolate, umedecendo-o e colocando-o numa meia-fôrma de madeira, que apertava com um parafuso de metal. Torcendo o parafuso, ele aumentava a fôrma que, por sua vez, esticava o feltro.

— Meu irmão é um homem mau — disse ela. — Não vai mudar nunca. Acha que os negros são animais. Fomos criados assim no Kentucky e nada que você faça ou diga vai conseguir mudar isso, seja lá o que você pense com sua compreensão quaker.

— Mas tu mudaste. Ele não pode mudar também?

— Tem gente que nasce ruim. — Belle virou o parafuso até o feltro não poder esticar mais. — Eu acho que, no fundo, a maioria dos sulistas sabe que a escravidão é errada, mas arranjam motivos para justificar o que fazem. Isso se solidificou com os anos. É difícil pensar diferente, ter coragem de dizer "está errado". Precisei vir para Ohio antes de mudar de pensamento. Aqui, pode-se... É um tipo de lugar que permite isso. Eu hoje me orgulho um pouco. — Ela deu uma batidinha no feltro como se fosse o estado inteiro. — Mas Donovan... ele é muito difícil de mudar. Em parte, eu ajudo os fugitivos para compensar a maldade dele e para castigá-lo por fazer meu marido ir embora. Mas escute querida, não perca seu tempo com causas perdidas. Você tem que fazer o que for melhor para *ela* — fez sinal para o berço onde Comfort dormia com os braços levantados sobre a cabeça como o vencedor de uma corrida.

Chapelaria Belle Mills
Main Street
Wellington, Ohio
Primeiro dia do décimo mês de 1851

Querida Biddy,

Há muito tempo não escrevo, deves estar pensando por que a tua amiga ficou tão negligente. Desculpe. O silêncio me dominou e fiquei sem falar nem escrever uma só palavra durante vários meses. Espero que me perdoes. Agora voltei a falar, embora pouco.

Em primeiro lugar, deves notar de onde escrevo, estou aqui há um mês. Falei antes em Belle Mills, a chapeleira que foi tão gentil comigo quando cheguei a Ohio. A gentileza dela me fez voltar para cá, embora eu pudesse ter ido para outro lugar.

Meus pais devem ter contado que tenho uma filha agora, Comfort, nascida assim que cheguei a casa de Belle. É um lindo bebê de cabelos claros, grandes olhos azuis e rosto expressivo de quem sabe o que quer e vai conseguir. Chora bastante, pois ainda é muito pequena (nasceu antes da hora) e está sempre faminta, mas cresce rápido. Já não imagino a minha vida sem ela.

Claro que deves estar surpresa por eu não estar em Faithwell com meu marido e a família dele. É difícil explicar, mas não aguentava mais morar lá. Eles não eram maus para mim, mas víamos o mundo de maneira diferente. Saí da fazenda ajudada por uma escrava fugitiva que ia para o sul encontrar as filhas e levá-las para o norte. Sei que eu não tinha muitos motivos, mas invejei a certeza dela. Não tenho certeza de nada desde que Samuel terminou o nosso noivado. É difícil viver sem rumo tanto tempo.

Jack esteve aqui várias vezes para ver Comfort e eu; em todas as vezes, perguntou quando volto. Não sei o que responder.

Judith Haymaker fez duas visitas, que foram mais difíceis, já que ela é bem mais dura e menos afetuosa ou complacente que Jack. Ela me considera um estorvo para a família e disse coisas desagradáveis que ninguém espera ouvir de um Amigo (foi por

*frustração, acho). "Eu não devia ter deixado Jack casar contigo",
ela disse outro dia. "Tu só trouxeste para a família hábitos ingleses
que não são os nossos." Depois, disse que os Idosos do Culto tinham
resolvido que eu devia voltar para Faithwell no primeiro dia do
décimo primeiro mês, ou eles vão me rejeitar e ficar com Comfort.
Não tive vontade de deixar Judith segurar Comfort, com medo
de que não a devolvesse. A bebê também não gostou da avó, não
chorou, mas ficou estática no colo dela, bem séria. Foi uma visita
desagradável, mas, como minha filha, eu não chorei.*

*A visita mais útil foi de Dorcas, que conseguiu vir sozinha
uma vez, graças a um fazendeiro de Faithwell que deu carona.
Foi surpreendente, já que não nos dávamos tão bem. Pelo menos,
ela foi prática, trouxe minhas roupas, minha caixa de costura, o
cesto de trabalho e a colcha bordada que tu e os outros Amigos
fizeram para mim. Trouxe também as roupas de bebê que eu
tinha feito, pedindo que não contasse para Judith e Jack, já que
isso daria a entender que não voltarei para a fazenda. Ela pediu
muito sem jeito, pois é desonesto nós duas escondermos o motivo
da visita.*

*O melhor foi que Dorcas trouxe tua carta, que adorei, principal-
mente pela notícia de que vais te casar no começo do próximo ano.
Gostaria de estar aí para compartilhar a tua alegria e conhecer
o Amigo de Sherborne que conquistou teu coração. Eu me sinto
muito culpada por ainda estar com a colcha da estrela de Belém
que mandaste para o meu casamento. Prometo devolver assim
que possível, embora a família de Sherborne não seja tão exigente
quanto os Haymaker quanto ao número de colchas que deves ter
para casares.*

*Belle tem sido muito boa para mim. Pergunta pouco e deixa que
eu fale apenas quando quero. Não julga, nem quer saber até quando
pretendo ficar. Apenas me dá costuras para fazer. Gosta muito do
meu trabalho, assim como muitas senhoras de Wellington. Belle
não costuma fazer vestidos, mas faço pequenos consertos e reformas
quando as freguesas pedem. Nesse mês que passou, ela também me
ensinou a fazer chapéus que, claro, não são para mim, são muito*

extravagantes para membros dos Amigos. Mas gosto deles, embora saiba que não devia, pois as penas e flores são frívolas demais.

Tento ajudar nas tarefas domésticas, quando Comfort permite. Belle quase não cozinha, pois se alimenta pouco. Ela diz que gosta do cheiro da minha comida, depois dá uma ou duas garfadas e mais nada. As roupas ficam sobrando nela. A pele e os olhos têm um tom amarelado e desconfio que esteja com icterícia, mas ela não comentou nada.

Biddy, estou muito confusa. Sou de uma parte muito movimentada do país e mesmo assim não sei como me mover. E a América é peculiar. É jovem e inexperiente, fundada em incertezas. Penso na Casa de Culto de Bridport que tem quase duzentos anos. Quando eu ficava lá em silêncio, sentia a força desse passado, as milhares de pessoas que também sentaram lá através dos anos, me apoiando e me fazendo participar de algo maior. Havia uma segurança (embora alguns possam chamar de complacência), de saber de onde viemos.

O Culto em Faithwell não tem essa sensação de permanência. E não só porque a casa é nova, e feita de madeira e não de pedra. Há também uma transitoriedade, uma sensação de que ninguém a habita há muito tempo, nem habitará. Muitos falam em mudar para o oeste. Há sempre uma alternativa na América. Se a safra não é boa, ou se vizinhos brigam, ou alguém se sente confinado, pode simplesmente juntar as coisas e mudar-se. Isso significa que a família aqui tem mais importância. Mas a minha não é forte, não me sinto parte dela. Por isso, devo mudar, embora não saiba para onde.

Por enquanto, é melhor escreveres para a casa de Belle. Não sei onde estarei daqui a quatro meses, quando essa carta chegar e tu responderes. Mas Belle saberá.

Tenha paciência comigo, Biddy. Haveremos de nos encontrar de novo, em nome do Senhor.

Tua amiga fiel,
Honor

Estrela de Ohio

Certa manhã, entrou na loja uma idosa que Honor não conhecia.

— Thomas fará uma grande entrega amanhã à tarde — disse a mulher para Belle. — Arrume espaço para receber.

Belle concordou com a cabeça.

— Obrigada, Mary — agradeceu, ao mesmo tempo em que segurava os alfinetes na boca, pois estava colocando babados numa touca vinho.

— Consegui lenha e gravetos para você, certo?

— Claro. Como vai a sua netinha? Pegue um desses lacinhos para o cabelo dela. Meninas gostam de laços novos.

— Obrigada. Posso levar dois? — A mulher escolheu dois laços vermelhos numa cesta no balcão. Na porta, ficou hesitante:

— Você está bem, Belle? Parece mais magra esses dias.

— É tênia, logo passa.

Honor olhou da cadeira de balanço, onde costumava amamentar Comfort. Os ossos no rosto triangular de Belle estavam mais saltados ainda, os olhos cor de mel brilhavam sobre as maçãs do rosto.

— Belle... — disse Honor, depois que a mulher foi embora.

— Não pergunte nada — interrompeu Belle. — Conto com você para ficar quieta. Continue assim. Terminou de amamentar?

Honor concordou com a cabeça.

— Bom. Então cuide um pouco da loja... Tenho de arrumar espaço para a madeira que vai chegar. — Ela sumiu antes de Honor ter certeza de que Comfort não ia acordar quando ficasse no berço. Talvez o bebê percebesse o tom decidido de Belle, pois continuou dormindo. Honor pôde atender às diversas freguesas que apareceram na meia hora seguinte, enquanto Belle arrumava as lenhas no abrigo. Ela também subiu e desceu várias vezes a escada, mas Honor achou melhor não perguntar nada.

No final da tarde seguinte, estava escurecendo e Belle acendia as lamparinas, quando um homem chegou com uma carroça carregada de lenha. Cumprimentou Belle e também Honor, que o reconheceu então: era o velho que a trouxe de Hudson, um ano antes.

— Ouvi dizer que a senhora tem uma filhinha, que bom — disse Thomas.

Honor sorriu e concordou.

— É verdade.

Belle levou Thomas para os fundos da loja enquanto Honor atendia duas freguesas: uma jovem e a mãe, ambas sem saber qual debrum de lã escolhiam para suas toucas de inverno. Finalmente, escolheram e pagaram. Assim que saíram, Thomas voltou e foi levar sua carroça para trás da loja.

— Vou ajudar com a lenha — disse Belle. — Se chegar alguma freguesa, atenda. Distraia-as. — Ela olhou bem para Honor um instante, entrou na cozinha e saiu pela porta dos fundos.

Pouco depois, o cavalo de Donovan veio a trote pela rua. Honor então entendeu. Fechou os olhos e rezou para ele não parar.

Parou. Pela janela, ela o viu prender as rédeas do cavalo no poste de amarrar animais.

— Onde está Belle? — perguntou ao entrar na loja, vendo Comfort no berço antes de olhar para Honor.

— Está nos fundos, recebendo uma entrega de lenha.

Uma mulher passou pelas tábuas da calçada, retardando o passo para ver as toucas na vitrine. "Por favor, entre", pensou Honor. "Por favor." Mas ela continuou andando; a noite não era hora de mulher ficar fora de casa.

— É? Bom, querida, se me permite, vou dar uma olhada, ver se não está recebendo madeira verde. — Donovan passou por ela e entrou na cozinha.

— Donovan...

Ele parou:

— O que é?

Ela precisava mantê-lo ali de alguma forma, evitando que Donovan entrasse no abrigo de lenha.

— Eu sempre... Sempre quis agradecer a tua ajuda naquela noite. Na floresta, com o negro.

Donovan zombou:

— Não ajudei ninguém... O negro estava morto, não? Você não podia fazer nada por ele, nem eu.

— Mas tu me encontraste na estrada, no escuro. Não sei o que seria de mim se tu não tivesses aparecido. — Ela não disse, mas tentava lembrar o que sentiu por ele naquela noite, no breve instante em que ficaram próximos. Assim, esperava que ele também lembrasse e não pensasse no que ocorria nos fundos da loja. — Gostaria que tu mudasses de vida — completou.

— Faria alguma diferença?

Antes que Honor pudesse responder, Comfort deu o gritinho que mostrava que estava acordando.

Donovan riu.

— Não faria, não é? Agora, não mais. — Ele virou-se e foi atrás de Belle.

Honor balançou o berço, esperando que Comfort dormisse de novo. Mas não, ela então pegou o bebê, colocou-o no ombro e ficou andando pela loja, dando batidinhas nas costas. Prestando atenção ao que se passava no barracão de lenha.

Minutos depois, Belle voltou e colocou lenha na caixa junto à lareira. Donovan vinha atrás dela.

— Donovan, um irmão não devia deixar a irmã carregar lenha sozinha, não? Qual o seu problema? Gente como Honor tem uma péssima opinião a seu respeito, assim só vai piorar, sendo tão pouco cavalheiro. — Ela se abaixou ao lado da lareira e ficou arrumando a lenha.

— Pode ajudar a trazer mais lenha, ou vou fazer tudo sozinha?

Donovan fez cara feia e voltou para os fundos da loja. "Ele deve ser mais jovem que Belle," pensou Honor, lembrando-se da autoridade natural que os irmãos mais velhos exerciam sobre ela e Grace.

Belle colocou mais lenha na lareira, embora não fosse preciso: não haveria mais freguesas naquele dia e eles iram passar para a cozinha. Foi esse gesto desnecessário que mostrou a Honor o quanto Belle estava nervosa.

Donovan voltou com uma pilha de lenha, seguido por Thomas.

— Com isso, você vai ter lenha até o Natal, Belle — disse Thomas. — Mas, se quiser, posso trazer mais quando vier à cidade.

— Obrigada, Thomas. Quanto lhe devo? — Belle e Thomas foram acertar as contas no balcão e Donovan ficou empilhando o resto da lenha que a irmã tinha trazido. Os olhos de Comfort começavam a focar e ela seguia os movimentos por cima do ombro de Honor. Isso pareceu incomodar Donovan, que se apressou para terminar. Quando Thomas saiu pela cozinha, Donovan levantou-se e foi em direção à porta da frente.

— Aceita um café antes de ir, Donovan? — perguntou Belle, parecendo simpática.

— Não quero assustar suas freguesas. Vocês se cuidem, Belle e Honor. Não terminei ainda — disse, batendo a porta ao sair.

Belle riu.

— A bebê o assusta mais do que qualquer outra coisa, Comfort devia ficar sempre aqui. Assim ele ficaria longe, melhor que qualquer talismã. — Beijou a cabecinha de Comfort, seus ralos cabelos louros. Não era muito comum ela demonstrar carinho pela bebê.

Ouviram o cavalo de Donovan se afastar.

— Honor, vá até a janela e veja se ele está montado. Já fez isso antes — avisou Belle.

Honor olhou e reconheceu a silhueta alta, montada à sela. Olhou até perdê-lo de vista.

— Foi embora.

— Que bom. Fique aqui na loja e garanta que ele não volte. — Belle correu para o fundo da loja. Minutos após, Honor viu a carroça de Thomas passar chacoalhando, agora que estava sem o carregamento de lenha.

Ela e Comfort ficaram à janela, a bebê calada, encostada no ombro da mãe e esticando a mãozinha no escuro. Nos últimos dias, ela ficou com os movimentos mais definidos.

Belle voltou logo.

— Muito bem, vou preparar o jantar. — Honor abriu a boca para falar, mas Belle a interrompeu: — Não me pergunte. Se não sabe, não pode contar nada para Donovan quando ele voltar. Pois ele volta essa noite para dar mais uma olhada. — Ela falava como se Honor soubesse o que estava acontecendo. Sabia. Só que não pensava no assunto. Certas coisas deviam continuar escondidas.

Mas não continuaram escondidas. Honor e Belle estavam jantando na cozinha, e a bebê dormia no berço aos pés de Honor, quando ouviram um choro. Não era de Comfort, Honor estava tão acostumada aos sons da filha que nem olhou para o berço. Ela gelou, parou de cortar a costeleta de porco que estava comendo e ouviu.

Já Belle colocou os talheres no prato e se levantou, empurrou a cadeira, que arranhou o piso de madeira.

— Sabe o que gosto de beber no jantar? Chá. Os ingleses tomam chá o dia inteiro, não é? Vou ferver água.

Pegou uma jarra d'água e encheu a chaleira.

— Foge um pouco do café e uísque de sempre, não é?

Belle bateu a chaleira no fogão.

— Mas você nunca tomou uma gota de bebida alcoólica, não é? Uísque, nem cerveja, nem nada. Pobre quaker.

Mesmo com o valente esforço de Belle para fazer barulho, Honor ouviu outro choro, seguido do murmúrio de uma voz feminina. Não era uma voz qualquer, era de uma mãe ninando o filho. Agora que Honor era mãe, estava mais sensível aos tons que as mães precisavam usar.

— Onde estão? — perguntou Honor, durante uma pausa na barulheira de Belle.

Belle pareceu quase aliviada e sorriu como para se desculpar por pensar que Honor não ia perceber a tentativa desajeitada de disfarce.

— Se eu disser, você vai ter de pensar no que responder quando Donovan perguntar. Sei que os quakers não podem mentir, mas uma pequena mentira ajuda uma verdade maior, não? Deus não vai lhe condenar por mentir para meu irmão, vai? E se os Haymaker a julgarem por isso, bem... — ela não completou o que pensava sobre os parentes de Honor.

Honor pensou.

— Ouvi dizer que os quakers punham vendas nos próprios olhos para não ver quem estavam ajudando. Assim, se alguém perguntasse, podiam honestamente dizer que não viram.

Belle zombou.

— Isto não é um tipo de brincadeira que Deus vai perceber de qualquer maneira? Brincar com a verdade não é pior do que mentir por um motivo maior?

— Talvez.

A criança tinha deixado de choramingar e passou a chorar com vontade, o som vinha do buraco ao lado do fogão, que dava no abrigo de lenha. O buraco servia para Belle pegar lenha sem sair da cozinha e tinha um pano grosso impedindo que entrasse vento, mas que não abafava os sons completamente. Honor não aguentou o choro. Soltou um longo suspiro que não sabia estar preso no peito.

— Por favor, traga a criança para cá, não quero que morra de frio por minha causa. Se for preciso, eu minto para Donovan — disse Honor.

Belle concordou com a cabeça. Puxou o pano de lado e chamou pelo buraco:

— Está tudo bem aqui, Virginie. Traga-as um pouco para dentro.

Um instante após, duas mãos negras enfiaram pelo buraco da parede uma menina e depois outra para os braços de Belle. Ela as colocou de pé, lado a lado. Eram gêmeas idênticas, de uns cinco anos, com grandes olhos negros e tranças presas com os laços vermelhos levados pela esposa de Thomas no dia anterior Ficaram sérias e caladas, na frente de Belle e Honor. A única diferença entre as duas era o nariz escorrendo e a tosse da que estivera chorando.

Belle afastou as gêmeas de lado quando uma touca cinza surgiu no buraco. Honor notou o debrum amarelo da touca e se assustou.

Belle sorriu.

— Ah, então aquela touca foi parar aí. Não reconheci no escuro antes. Pensei que você a tinha deixado com os Haymaker, mas só Deus sabe o que eles fariam com ela. Um coador, talvez.

Ela deu a mão para a fugitiva se levantar. Honor lembrou do corpo esbelto, da pele lisa, do olhar firme.

A mulher olhou para Honor e concordou com a cabeça:

— Vejo que você continua aqui, que bom, seu bebê nasceu. Pois eu também estou com os meus. — Abraçou as meninas. Depois de sair do esconderijo e ficar ao lado da mãe, a menina resfriada se sentiu à vontade para chorar bastante.

— Honor, dê para ela um pouco de geleia de framboesa com água morna — ordenou Belle. — A água da chaleira está quente. Junte uma gota de uísque. Não me olhe feio assim, vai fazer bem para ela. Vou preparar um emplastro para aplicar no peito dela. — Olhou pela janela, cuja pesada cortina estava puxada e para a porta entre a cozinha e a loja, que ela havia fechado. — Não podem ficar fora do esconderijo muito tempo, Donovan vai voltar. Nós o enganamos uma vez, ele acha que você ainda não está aqui. Mas ele vai voltar logo.

— Quando elas entraram lá? — perguntou Honor.

— Bem quando Donovan estava indo embora. É a melhor hora, quando o caçador de escravos ainda está aqui, mas não desconfia mais. O velho Thomas trouxe-as na parte de baixo da carroça, onde a pessoa se deita e eles colocam um fundo falso em cima. Não é confortável, não é, Virginie?

— Foi assim que Thomas trouxe o fugitivo de Hudson quando viemos para cá? — Honor lembrou-se de Thomas batendo os pés no chão do coche de vez em quando; da conversa dele enquanto ela estava na floresta e da sensação de que havia uma pessoa com eles.

— Foi. Donovan ainda não sabe. Ele procura embaixo do banco da frente.

Agora que Belle sabia que Honor não ia contar nada, ficou mais conversadeira, orgulhosa das artimanhas que ela, Thomas e outras pessoas que trabalhavam na Ferrovia Subterrânea tinham para esconder fugitivos. Depois de medicar a menina com geleia de framboesa e uísque e colocar uma pasta de mostarda no peito dela, Belle fez Honor entrar pelo buraco e sair no abrigo de lenha, que era mais comprido do que ela imaginava, visto do lado de fora. Belle e Thomas tinham empilhado a lenha de modo a parecer encostada na parede de trás, mas deixando um espaço que fazia um quartinho pouco maior que um armário, onde se entrava apertado. Dentro, havia três tocos de árvores que os fugitivos usavam como bancos e que, deitados no chão, pareciam inofensivos. Se alguém empurrasse a lenha ali, parecia uma pilha bagunçada à espera de ser usada. Honor olhou tudo e pensou em quantos fugitivos teriam se escondido naquele lugar. Dezenas? Centenas? Belle morava em Wellington há quinze anos e os fugitivos deviam existir há tanto tempo quanto existia escravidão.

Honor então ouviu Comfort chorar e voltou pelo buraco com tanta falta de jeito que Belle riu. Quando ela se levantou, viu que Comfort estava calma no colo da negra. Apesar de ter voltado, a mulher não a entregou para Honor.

— Cuidei de muitos bebezinhos brancos da patroa — disse, ninando Comfort na curva de seus braços. — É bom segurar um bebê novamente. Vejam o bebê, meninas — disse para as filhas sentadas à mesa. — Ela ainda não sorri. Tem só um mês, é muito pequena para sorrir para nós. Precisamos *merecer* o sorriso.

Honor fez força para não tirar a filha dos braços da mulher, mesmo sabendo que Comfort não se machucaria.

A mulher se chamava Virginie. Honor não perguntou seu nome na noite que passaram juntas na floresta e no campo. Na verdade, nunca perguntou o nome de nenhum fugitivo. Ficou então pensando por quê. Talvez não quisesse humanizá-los. Sem nomes, era mais fácil sumirem da vida dela. E sumiram mesmo, menos o desconhecido que foi enterrado na floresta Wieland.

"Busque a Luz Interior dela", sugeriu para si mesma, "pois todas as pessoas têm. Não esqueça".

Comfort era pequena demais para julgar outra coisa que não fosse se se sentia segura nos braços de alguém. E se sentia. Olhava para a negra, que começou a cantar:

Estou passando por águas profundas
Tentando chegar em casa,
Senhor, estou passando por água profundas
Tentando chegar em casa
Bem, estou passando por água profundas
Passando por águas profundas
Sim, estou passando por água profundas
Tentando chegar em casa.

— Ela está sorrindo! — gritou Honor.

Virginie achou graça.

— Só mexeu a boca, mas é bom de ver. Volte para sua mãe, mennininha, e sorria *para ela*.

Belle alimentou as fugitivas com bife e pão de milho com a manteiga de maçã que Honor tinha feito no dia anterior. Uma das gêmeas comeu tudo, mas a outra colocou os braços sobre a mesa e deitou a cabeça. Belle observou bem a menina ao voltar dos quartos carregando colchas.

— Melhor vocês voltarem para o esconderijo. — Enfiou as colchas pelo buraco e saiu para dar uma olhada antes que entrassem no abrigo de lenha.

Honor e Virginie deram boa-noite e as três fugitivas entraram no esconderijo. Alguns minutos após, Belle entrou pela porta dos fundos.

— Espero que a menina melhore — disse, balançando a cabeça. — Lá dentro é bastante confortável, mas ela não pode piorar. Estão tão perto do Canadá. Mesmo no andar lento de uma criança pequena, estão a menos de uma semana do lago Erie. E quando chegarem a Oberlin podem ser esconder com a comunidade negra até ela melhorar.

— Belle, tu és uma... Chefe de estação?

Belle riu.

— Sabe, eu nunca uso essas palavras bobas: chefe de estação, estação de trem, maquinista. Até a expressão Ferrovia Subterrânea me irrita. Parece brincadeira de criança, o que certamente não é.

A tosse da menina começou de novo. Honor ouviu, enquanto lavava os pratos.

— O frio está entrando no peito dela — observou.

Belle suspirou.

— Donovan vai ouvir a tosse quando vier no meio da noite. Ela precisa dormir dentro de casa, numa cama quente. Isso vai acalmar a tosse, junto com um xarope. Mas não posso trazer as três para dentro, não dá para esconder todas elas de Donovan.

Ela puxou o pano que cobria o buraco e falou alguma coisa. Minutos após, a menina doente foi passada para Belle, que deu uma colher de líquido marrom e grosso e disse:

— Vamos, querida, vou colocar você na minha cama. Fique bem quietinha.

Pouco depois, Honor também foi se deitar, exausta de tantas noites de sono interrompido e da tensão do dia. Deixou a porta entreaberta para ouvir, além de ver a luz do andar de baixo. O bebê ficou ao lado, para mamar durante a noite sem que ela tivesse de se levantar da cama. Belle continuava quieta na cozinha, fazendo flores de palha para os chapéus, à espera.

Honor ainda não tinha dormido quando sentiu uma coisinha ao lado dela. À luz que vinha do térreo, notou a silhueta da menina. Sem dizer nada, ela subiu na cama, com cuidado ao redor do bebê, entrou embaixo da colcha e ficou nas costas de Honor, como um bichinho querendo calor. Tossiu um pouco e dormiu.

Honor ficou parada, ouvindo a respiração pesada da menina e a quase imperceptível da filha, encantada por uma menina negra se aconchegar nela como Grace fazia quando eram pequenas e fazia frio. A barreira entre elas tinha sumido na cama cálida; ali, os bancos não eram separados. Quaisquer que fossem as incertezas no andar térreo, lá fora ou no mundo de forma geral, ali naquela cama com as crianças perto e confiando nela, Honor sentiu-se calma e parte de uma família. Com essa certeza, ela também conseguiu dormir.

Donovan jamais entraria na casa sem fazer barulho. Honor acordou assustada com a porta da frente batendo. O movimento (ou o barulho), acordou a menina, que choramingou

— Psssiu — fez Honor. — Fica quietinha, não te mexas. — Por sorte, estava deitada de lado, de frente para a porta e com a menina encostada nas costas dela, sob a colcha. Donovan não poderia vê-la. Honor puxou a colcha sobre a cabeça da criança, escondendo as tranças presas com fita vermelha.

Honor ouviu vozes firmes, baixas, depois a habitual busca na loja e depois na cozinha. Donovan não tinha intenção de destruir nada. Não quebrou vidraças, nem rasgou tecidos ou amassou chapéus. Não jogou louças no chão, nem virou móveis. Honor chegou a ouvir Belle rir como se os dois recordassem uma história familiar. Certamente, ele tinha feito buscas na casa dela muitas vezes. Talvez estivesse apenas querendo mostrar serviço. Ou desconfiasse que ela era mais esperta e que um dia ele descobriria onde Belle escondia os fugitivos.

A menina então tossiu, sacudindo-se. Não foi alto, mas foi claro. Honor sentiu um gelo no estômago. Ouviu a voz de Donovan e Belle respondendo. Teve a impressão de ouvir seu nome.

A menina tossiu de novo e, quando parou, Honor tossiu também, tentando imitar o peito congestionado de uma criança. Ouviu passos na escada, sentiu o medo da menina e o dela mesma.

Então ouviu a voz de Belle, dizendo o que ela devia fazer.

— Donovan, você vai interromper a mamada do bebê? Quer mesmo fazer isso?

Honor pegou Comfort e sacudiu-a de leve, juntando o corpinho roliço e cálido ao dela. Desabotoou a parte de cima da camisola, tirou o seio cheio e farto que começou a vazar leite antes mesmo de Comfort abrir a boca e morder, meio adormecida. Sugou forte o peito e Honor deu um suspiro forte de dor e alívio.

Donovan vasculhou primeiro o pequeno quarto onde Belle dormia; depois, a luz da lamparina balançou no quarto maior, formando um arco de luz sobre ela e o bebê. Honor rezou para que a menina não tossisse nem se mexesse. Donovan olhou para ela e esforçou-se em vão para não olhar para o bebê e o peito. Sem querer, uma espécie de nostalgia se espalhou por seu rosto. O efeito foi o que Honor esperava: ele não se aproximou para mexer nas pilhas de coisas que Belle guardava lá, nem para olhar embaixo da cama.

— Desculpe — disse ele. Mas não saiu logo, os olhos vagando sobre a colcha. — Essa era a colcha de minha mãe. Como se chama o desenho? Você disse quando nos conhecemos.

— Estrela de Belém.

— Isso mesmo. — Donovan olhou-a um instante, cumprimentou e foi-se embora.

Honor e a menina continuaram em silêncio. Só Comfort mexia e mamava, a mãozinha segurando na camisola de Honor. Ouviram Donovan sair pela porta dos fundos. Ele agora ia encontrar as outras fugitivas, ou não. O que elas fariam com a menina, se Donovan levasse as duas embora? Talvez a própria menina estivesse pensando nisso, pois de repente começou a chorar.

— Ah, não chora. Agora não podes chorar.

Com dificuldade, Honor tirou Comfort do peito e sentou-se. Encostada na cabeceira, colocou o bebê no seio outra vez e abraçou a menina com a mão livre.

— Não chore, vamos rezar para o Senhor salvá-las. — Fechou os olhos e escutou.

Ele não as encontrou. Meia hora depois, Belle apareceu e sentou-se na beira da cama de Honor, com cuidado para não acordar o bebê.

— Ele foi embora. Você pode dormir agora. Você também, pequena — acrescentou para a menina encostada em Honor.

— Belle, como faremos para tirá-las da casa em segurança?

— Querida, não se preocupe com isso. Belle Mills tem sempre uma carta na manga.

Comfort acordou mais duas vezes naquela noite para mamar e a menina continuou dormindo. Quando o sol finalmente despertou Honor, a menina tinha ido embora.

Na cozinha, Belle estava fritando panquecas e toucinho em quantidade bem maior que as duas poderiam comer. Mostrou o buraco do esconderijo e disse:

— A menininha melhorou. Ela quase sorriu para mim. — Colocou as panquecas e o toucinho num prato e empurrou no buraco.

Após o café da manhã, Belle saiu sem dizer aonde ia e deixou Honor cuidando da loja. Ao voltar, entregou um vestido cor de vinho e disse:

— A freguesa mandou tirar a bainha e as mangas.

Honor costurou o dia todo — o vestido; depois, uma saia —, enquanto pensava nas três fugitivas apertadas no pequeno espaço atrás da pilha de lenha. Lá devia ser escuro e desconfortável, a lenha tinha lascas e ratos. Mas talvez ainda fosse melhor do que se esconder na floresta.

Belle estava muito animada, de uma energia nervosa ao ajudar as freguesas a experimentar toucas, tirar as flores dos chapéus (estivais demais para o frio que aumentava) e colocar fitas xadrezes ou penas, adequadas para o inverno. Quando estava tudo calmo, ela trabalhava na mesa do canto, costurando tela amarela no feltro marrom que tinha esticado na fôrma. De vez em quando, olhava pela janela.

Quando Honor entregou as roupas reformadas, reparou que Belle segurava uma touca cinza que ela conhecia, tinha substituído a gasta fita amarela por uma cinza mais larga que prendia a aba em volta do rosto. Tinha acrescentado também uma tira de renda branca na aba, escondendo o debrum amarelo. A touca ficou vistosa demais para Honor usar; quanto mais para Virginie, pois as negras não colocavam muitos enfeites.

Honor arregalou os olhos. Belle deu de ombros e cantarolou baixinho: era a mesma música que Virginie tinha cantado para Comfort na noite anterior.

— Esse é um hino religioso?

— Não, é uma canção dos negros quando trabalham nos campos do sul. Eles cantam para se consolarem.

No final daquele dia, no momento em que Belle acendia as lamparinas, três mulheres entraram na loja com várias meninas.

— Atenda-as, Honor, eu já volto — disse Belle, indo para a cozinha.

Honor olhou para Belle, surpresa por não atender um grupo tão grande. Eram freguesas animadas, experimentaram tantos chapéus e toucas que Honor não conseguia acompanhar. No meio de tudo isso, Comfort começou a chorar no berço. Antes que Honor pudesse atender, uma das meninas mais velhas pegou-a e ficou andando com ela pela loja. Comfort parou de chorar com todo aquele movimento e as outras meninas rodearam-na. O grupo agora pareceu maior e todas batiam palmas, riam e brincavam com a bebê.

Ao longe, o trem apitou cortando o barulho.

— Vamos, meninas, está na hora — chamou uma das mulheres. Imediatamente, a menina entregou Comfort e segurou a mão de uma das menores. As outras ficaram em pares, de braços dados. Ao passarem pela porta, uma das meninas, de touca de aba larga e xale cobrindo o pescoço e o queixo, virou-se para Honor: era uma das gêmeas de Virginie, embora só aparecesse um pedacinho de sua pele negra. No escuro lá de fora, de braços dados com outra, seria impossível distingui-la. Honor sorriu para ela, mas a menina estava muito assustada para falar.

A irmã gêmea também saiu no meio do grupo e, de repente, a loja ficou em silêncio. Restou só uma mulher. Belle então voltou, puxando Virginie. A fugitiva estava transformada, com o vestido cor de vinho e um xale, a touca cinza e amarela bem presa no queixo de maneira que, de lado, seu rosto não aparecia. Só podia ser visto de frente.

— Não temos tempo a perder, está todo mundo na rua para esperar o trem. Saia e grite "esperem, moças!" e corra atrás delas. Faça de conta que vai ver a chegada do trem. Ele está esperando do outro lado da rua, tome coragem — disse Belle.

Virginie apertou o braço de Belle e disse:

— 'Brigada.

Belle riu.

— Faz parte do meu trabalho, querida. Agora, vá. Se você tiver sorte, não a verei nunca mais!

— O Senhor te acompanhe, Virginie. E as tuas meninas — desejou Honor.

Virginie acenou com a cabeça e foi atrás da outra mulher.

— Saia da janela — mandou Belle. — Donovan vai desconfiar se vir que estamos interessadas.

A porta se abriu e mais uma mulher de Wellington entrou.

— Cheguei tarde? Preciso de uma fita nova para a minha touca — disse.

— Estamos abertas para atender a senhora — respondeu Belle.

— Honor, guarde essas toucas no lugar, sim? Aquelas meninas fizeram uma grande bagunça.

Honor arrumou as toucas com uma das mãos enquanto balançava Comfort com a outra. Seu coração estava aos pulos. Queria olhar na janela para ver se Donovan tinha seguido as mulheres, mas não podia.

Dez minutos depois, Belle levou a freguesa à porta, fechou e começou a fechar também as janelas.

— Ele foi embora, mas não sei se atrás das mulheres — anunciou ela. — Pode ter entrado no bar para tomar um uísque. Deus sabe que eu mereço um gole. Aliás... — Belle foi para a cozinha, serviu uma dose generosa de uísque e bebeu de um trago.

Honor olhou da porta.

— As coisas são sempre difíceis assim?

— Não. — Belle bateu com o copo na mesa. — Muitas vezes, Donovan nem sabe que os fugitivos estão passando. Prefere pegá-los em local aberto. Ele se sente mais à vontade na floresta e nas estradas do que numa chapelaria. Mas agora que você está aqui, ele fica farejando mais, mesmo que não suba e desça a rua na frente da loja como antes. Com todo esse movimento, não é muito fácil esconder pessoas.

— Eu faço a situação dos fugitivos ficar mais perigosa — Honor disse o que era tão óbvio que devia ter percebido semanas antes.

Belle deu de ombros.

— Mandei avisar para eles ficarem um tempo sem passar, por isso não escondemos ninguém enquanto você esteve aqui, exceto Virginie, que já tinha vindo.

Honor estremeceu. Virginie e as filhas podiam ser pegas por ela ter continuado na loja de Belle, congelada pela indecisão. E outros fugitivos podiam ser pegos por tomarem outros caminhos para evitar Wellington. Belle não reclamou de Honor estar com ela, mas sem dúvida a hospedagem tinha consequências.

No dia seguinte, um menino veio dizer que as fugitivas tinham saído da cidade em segurança e estavam a caminho de Oberlin. Belle comemorou com mais um uísque.

Era o último Primeiro Dia antes de Honor voltar para a fazenda dos Haymaker sem ser excluída da comunidade dos Amigos de Faithwell. A loja estava fechada e Belle dormia, depois de passar quase a noite toda com uma garrafa de uísque como companhia.

Nesse ponto, era parecida com o irmão. Como na primeira vez em que Honor ficou com ela, Belle continuava sem ir à igreja.

— Deus e eu vamos ter uma longa conversa quando nos encontrarmos. Acertar as contas — disse, dando a entender que tal encontro não ia demorar. Honor sentia um aperto no coração ao pensar nisso.

Estava olhando para Belle. A amiga dormia de barriga pra cima, o corpo magro marcado sob a gasta colcha com estampa da estrela de Ohio: quadrados e triângulos formavam estrelas de oito pontas vermelhas e marrons. Honor tinha se oferecido para consertar os rasgos na colcha, mas Belle não se interessou. "Perda de tempo" ela havia dito, sem mais explicações. Dormindo, o rosto dela ficava mais encovado ainda, deixando as maçãs expostas, os ossos quase à vista sob a pele que de amarelada tinha passado a cinza. Ela podia estar num caixão de defunto. Honor conteve um suspiro e saiu do quarto.

Desceu para a cozinha e ficou junto ao fogão, olhando o mingau de milho que tinha feito para o café da manhã das duas. Estava de pé há três horas, despertada por Comfort, à espera de Belle acordar e comer. Embora Belle estivesse se alimentando ainda menos do que o habitual, Honor gostava da companhia. Mas agora, ao ver o estado físico da amiga, perdeu a fome. Colocou a tigela no fundo do fogão e cobriu-a com um prato para não esfriar.

Comfort dormia no berço. Dessa vez, Honor desejou que ela estivesse acordada para segurá-la no colo. Então, sentou-se numa das cadeiras no meio da silenciosa cozinha e fechou os olhos. Desde que estava na casa de Belle, quase não teve chance de ficar em silêncio. Era mais difícil fazer isso sem a força e a concentração da comunidade. O silêncio coletivo tinha uma finalidade definida. Por isso, naquele momento o silêncio pareceu vazio, como se ela não estivesse se esforçando para alcançá-lo, ou no local adequado.

Ficou sentada bastante tempo, sem a imersão que desejava por causa dos sons que normalmente não teria notado: as cinzas da lenha se desmanchando no fogão; o estalar da madeira secando em algum canto da casa; o trote de um cavalo e as rodas de uma carroça passando na frente da loja. Honor ficou pensando na colcha para berço que ia começar e se os recortes feitos durante todo o verão iam mesmo combinar com Comfort. Pareciam muito ingleses, e ela era americana.

Ouviu então um raspar na porta dos fundos e abriu os olhos. Na janelinha da porta, viu a copa de um chapéu de feltro marrom enfeitado com folhas de bordo vermelhas e laranja.

Honor correu para abrir a porta.

— Me deixa entrar logo! Não quero que ninguém me veja — disse a sra. Reed, entrando na cozinha. — Feche a porta — mandou, pois Honor estava tão surpresa que ficou parada segurando a maçaneta.

A sra. Reed estava com um xale marrom por cima de um paletó masculino. A boca estava como sempre virada para baixo, o lábio inferior esticado. Limpou os óculos na ponta do xale e deu uma olhada na cozinha. Ao ver o berço, animou-se como com a neta, quando Honor foi visitá-la. Era uma mulher que gostava de bebês. Podia ser séria e desconfiada com as pessoas, mas os bebês sempre lhe arrancavam um sorriso. Debruçou-se no berço e encostou o rosto no de Comfort.

— Olá, bebezinha, dormindo feito um anjinho. Aposto que não é sempre assim. Não tenho ouvido você. Espero ouvir logo você berrar. Você é um conforto para a mamãe, é isso que você é.

— Queres sentar? — Honor ofereceu a cadeira de balanço, esperando que a sra. Reed não acordasse o bebê. Era mais difícil conversar com ela acordada.

A sra. Reed preferiu uma cadeira de espaldar reto. Evidente que estava lá para tratar de coisas sérias e não para conversas amenas. A cadeira de balanço tiraria a atenção das duas. Mas aceitou um café com açúcar mascavo.

— Em nome do nosso bom Deus, por que está aqui, Honor Bright? — perguntou a sra. Reed, após provar o café, fazer uma careta e colocar mais açúcar. — Além de queimar o café, claro.

Eu só soube que você estava aqui quando Virginie me contou. Perguntei do bebê para Adam Cox e ele disse que tinha nascido, mas não disse que você estava em Wellington.

— Como está a filha de Virginie? — Honor quis mudar de assunto.

— Aquela que estava doente? Está ótima. Um pouco de pimenta acabou com aquele resfriado. Elas passaram uns dias comigo e foram para Sandusky. Já devem estar lá à espera de um barco, se tiverem sorte. Mas não mude de assunto. A visita não é para falar nelas, mas em você. Por que está aqui e não com o seu marido? — a sra. Reed observava Honor com atenção, os olhos bem visíveis através dos óculos. Era um olhar direto: não era zangado, triste ou frustrado, nem os outros sentimentos que Honor tinha visto no olhar das pessoas quando estava na casa de Belle. Essa franqueza a fez concluir que também devia ser direta.

— Discordo dos Haymaker sobre ajudar os fugitivos. Isso me mostra que não faço parte da família, nem nunca vou fazer.

A sra. Reed concordou com a cabeça.

— Virginie me contou. Esse é o único motivo? Pois se é, não basta.

Honor olhou bem para a visitante.

— Honor, você acha que pode salvar todos os fugitivos sozinha? Acha que uma comida que dá para eles ou o abrigo que tem no seu celeiro muda tudo? Quando eles encontram você, já percorreram centenas de quilômetros. Passaram por coisas horríveis. Você é apenas um pequeno elo numa corrente imensa. Claro que agradecemos o que fez, mas antes de você aparecer no ano passado nós já conseguíamos fazer as coisas e vamos continuar conseguindo sem você. Alguém vai substituir você, senão a Ferrovia acaba. Fazemos isso há muito tempo e continuaremos fazendo. Sabe quantos escravos há no sul?

Honor negou com a cabeça, olhando as mãos no colo para a sra. Reed não ver as lágrimas escorrendo.

— São milhões de escravos! Milhões. E quantos você ajudou nesse um ano? Uns vinte, talvez? Temos um longo caminho.

Não é motivo para você terminar seu casamento. É bobagem. Qualquer fugitivo diria a você. Tudo que eles querem é a liberdade para levar a vida como você. Se você joga isso fora por causa deles, está zombando do próprio sonho deles.

Honor desistiu de esconder as lágrimas e deixou que rolassem livremente pelo rosto.

— Não sei o que Belle acha, mas alguém tem de lhe dizer isso porque você não está pensando direito.

— É difícil dizer essas coisas quando a pessoa está morando com você — disse Belle na soleira da porta, dando um susto nas duas. Agora que estava acordada, o rosto ficou um pouco mais corado, embora o cinza não tivesse sumido totalmente. — Que bom você chamar a atenção dela. — Belle se dirigia à sra. Reed e as duas se entreolharam. As duas concordaram ao mesmo tempo. Isso deu a Honor a chance de enxugar as lágrimas e suspirar, trêmula.

— Que bom finalmente conhecer você, Belle — disse a sra. Reed.

— Da mesma forma, Elsie.

— Não se conheciam? — perguntou Honor, surpresa.

— Melhor não... Não quero chamar a atenção — observou Belle. — Mas nós sabemos uma da outra. Alguém viu você entrar aqui? — perguntou Belle, virando-se para a sra. Reed.

— Não que eu notasse. Há um cavaleiro na floresta que me deixou perto da cidade. Depois, vim andando. Eu não devia estar aqui, não é seguro, atualmente. Desde que a nova lei entrou em vigor no ano passado, não saio de perto de casa. Mas hoje fiz uma exceção por ela, também me pergunto por quê — disse a sra. Reed, indicando Honor.

Belle riu.

— Ela provoca isso nas pessoas, não é?

Honor olhou de uma para outra, surpresa.

— Sempre que vejo um fugitivo, de qualquer cor, tenho de ajudar. Faz parte de mim. — A sra. Reed olhou para Honor. — Mas não quero que você use os fugitivos como desculpa para fugir. Ou o problema é com o seu marido?

Honor refletiu sobre a pergunta.

Belle entrou na conversa.

— Ele cuida de você? Ele bate em você? Ele é gentil na cama?

Honor concordou e discordou com a cabeça para responder o que as duas amigas já sabiam.

— Claro, ele é quaker, portanto, não fuma, não bebe, nem cospe no chão — prosseguiu Belle. — Já é alguma coisa. Então, qual é o problema, afora a mãe que tem? — Ela e a sra. Reed aguardaram uma resposta.

Dessa vez, Honor desejou que Comfort acordasse para distrai-las.

— Jack não tem nada de errado — disse ela, por fim. — O problema é meu. Não sou deste país.

Quando Belle e a sra. Reed deram o mesmo sorriso cético, Honor viu que aquilo soava ridículo para uma mulher que estava à beira da morte e a outra que tinha uma liberdade precária.

— Claro que fico grata aos Haymaker por terem me acolhido, mas não me sinto tranquila aqui. É como se... se eu flutuasse no ar, meus pés não tocam no chão. Na Inglaterra eu sabia onde estava e me sentia ligada ao meu lugar — prosseguiu ela.

Para surpresa de Honor (pois não esperava que as duas mulheres entendessem), elas concordaram:

— É por que você está em Ohio. Muita gente diz a mesma coisa — concordou a sra. Reed.

— Todo mundo só está passando por Ohio para chegar a algum lugar — acrescentou Belle. — Os fugitivos vão para o norte; os colonos vão para o oeste. Você conhece uma pessoa e não sabe se vai vê-la de novo: no dia seguinte, no mês seguinte, ou no ano seguinte ela pode ir embora. Elsie e eu somos veteranas: há quantos anos você mora em Oberlin? — perguntou à sra. Reed.

— Doze anos.

— Eu há quinze. Para muita gente, isso é muito tempo. Wellington foi fundada em 1818 e ainda não foi reconhecida oficialmente. Oberlin é ainda mais nova.

— Minha cidade tem mil anos — informou Honor.

A sra. Reed e Belle riram.

— Bom, querida, então não passamos de crianças para você — disse Belle.

— É o que você quer, Honor Bright? — perguntou a sra. Reed. — Uma cidade milenar e pessoas que passam a vida inteira lá? Então, está no lugar errado.

— Se quer um lugar de raízes vá para Boston ou Filadélfia — acrescentou Belle. — Mas essas duas cidades têm poucas centenas de anos. Realmente, você está no país errado. Talvez devesse voltar para a Inglaterra. Por que não volta?

Honor pensou no enjoo insuportável a bordo do *Adventurer*, das semanas sem chão firme. Mas ela plantou os pés na América? O estômago podia ter se acalmado, mas as pernas ainda estavam inseguras.

— Antes de qualquer coisa, por que você saiu da Inglaterra? — perguntou a sra. Reed. Se Honor fechasse os olhos, não saberia qual das duas estava perguntando.

— Minha irmã veio para casar-se aqui, mas faleceu na viagem.

— Não perguntei da sua irmã, mas de *você*. Tem família na Inglaterra?

Honor concordou com a cabeça.

— Por que não ficou com eles? Não precisava vir com a sua irmã.

Honor sentiu um gosto amargo na boca, mas tinha de responder.

— Eu ia me casar, mas meu noivo arrumou outra. Largou a Sociedade dos Amigos para ficar com ela. — Lembrar-se de Samuel a fez pensar que dali a pouco também não pertenceria mais à Sociedade.

— E daí? Isso não significa que você não podia ficar na Inglaterra.

Honor respirou fundo e se obrigou a dizer o que nunca tinha ousado, ou sequer pensado direito.

— Na minha cidade, eu tinha um lugar onde me encaixar; quando tiraram esse lugar, perdi o chão. Achei melhor ir embora e começar num lugar novo.

— É um conceito bem americano, ir embora deixando os problemas para trás — disse Belle. — Se pensou assim, talvez não seja tão inglesa. Talvez queira começar de novo. Diga quais são as coisas que você *gosta* em Ohio.

Honor demorou a responder e Belle acrescentou:

— Lembro-me de uma: folhas de bordo — disse, mostrando o chapéu da sra. Reed. — Está sempre comentando o vermelho delas no outono e dizendo que as árvores inglesas não são assim.

Honor concordou com a cabeça.

— É, as folhas são lindas. E os cardeais e os pica-paus de peito vermelho. Nunca pensei que os pássaros pudessem ser tão vermelhos. Gosto também dos beija-flores. — Ela fez uma pausa e continuou: — Do milho verde. Da pipoca. Do xarope de bordo. Dos pêssegos. Dos vaga-lumes. Dos esquilos listrados. Do corniso florido. De algumas colchas de retalhos. — Ela olhou para a sra. Reed, lembrando da colcha dela no quarto da frente.

— Escute você mesma. Está bom, se você continuar prestando atenção, sem preconceitos, vai achar mais coisas para gostar.

Veio um barulho do berço: Comfort não estava chorando, apenas anunciando, à sua maneira, que estava lá.

— Ah, o bebê. — Antes que Honor pudesse se levantar, a sra. Reed tirou Comfort do berço e segurou-a, dando batidinhas nas costas. Comfort não chorou, ficou no colo daquela senhora desconhecida, aceitando onde estava. — Amo a sensação de segurar um bebê, parece um saco de fubá, parado lá todo durinho esperando ser devorado. — Ela estalou a boca no ouvido do bebê. — Gosto de bebês.

Honor olhou a filha e teve por um instante aquela sensação dos recortes da colcha de retalhos, quando eram unidos e combinavam. Dessa vez, não foi com Jack, mas com duas mulheres tão parecidas que a cor da pele delas não importava. Mas ela sabia que aquela sensação não ia durar, pois a sra. Reed tinha sua comunidade e Belle (sentada, já sem a eventual energia que tivesse acumulado durante a noite) morreria em breve. Honor percebeu que não podia continuar lá. A dúvida era se conseguiria ter aquela sensação de tranquilidade em outro lugar.

O barulho foi tão alto que Belle e a sra. Reed deram um grito. Mas Honor e Comfort ficaram caladas, embora a bebê logo começasse a chorar.

Donovan tinha derrubado a porta dos fundos com um chute, fazendo as dobradiças se soltarem e o vidro se espatifar. As mulheres se levantaram e olharam para ele, a sra. Reed segurando Comfort com força.

— Jesus Cristo Todo-Poderoso, Donovan, o que é isso? — gritou Belle. — Seu maldito, derrubou a minha porta! Vai pagar o conserto. Diabos, *você* vai consertar.

— As senhoras estão tomando um chazinho? Desculpem atrapalhar, estou procurando uma pessoa — disse Donovan.

— Ela não está... Você está atrasado uma semana.

— Ela está sim... Bem aqui. — Ele deu um sorriso irônico para a sra. Reed.

— O que quer comigo? — a sra. Reed estava séria. Comfort parou de chorar alto, mas ainda chorava.

— Faz essa bendita criança ficar quieta — rosnou Donovan.

A sra. Reed entregou o bebê para Honor, que enrolou-o no xale para proteger do frio que entrava pela porta derrubada.

— O que quer comigo? — repetiu a sra. Reed.

— Tenho umas coisinhas a resolver. O seu velho patrão na Virgínia vai gostar muito de vê-la depois de tantos anos. Mesmo que agora esteja velha, ele tem trabalho para você.

— Do que diabos está falando? Ela é livre, mora em Oberlin — interrompeu Belle.

— Ah, cara irmã, eu sei onde a sra. Reed mora — explicou Donovan. — Naquela casinha vermelha na Mill Street, onde faz todas aquelas atividades interessantes. Sei tudo sobre ela: fugiu do patrão há doze anos, junto com a filha. Não se preocupe, vou procurar a filha e a neta também. Levar todas juntas. Vai valer por que a criança vai ser uma ótima escrava, se ainda não foi mimada pela liberdade. — Ele pronunciou essa última palavra como se fosse uma doença.

— Não pode fazer isso — reclamou Belle. — Ela está protegida pela lei e a criança nasceu livre.

— Você sabe muito bem que a Lei do Escravo Fugitivo permite que ela seja presa mesmo se fugiu há anos. — Virou-se para a sra. Reed e perguntou: — Por que está aqui tomando café com minha irmã e Honor Bright? Arriscou-se a ficar tão longe de casa por causa... Dela? — ele indicou Honor com a cabeça.

A sra. Reed respondeu apenas com a linha dura da boca.

Comfort tinha parado de chorar; estava agora com soluço.

— Donovan, por favor, deixe a sra. Reed em paz — disse Honor, baixo. Sabia por que ele estava fazendo aquilo: para castigá-la por ter uma filha com Jack. — Comfort e eu vamos embora de Wellington amanhã e tu nunca mais nos verá. Por favor.

— Agora é tarde. — Donovan olhou para ela e Comfort como se estivesse longe, os olhos vazios. Honor percebeu que algo tinha se encaixado, uma maneira de pensar que era mais simples para ele. Parecia ter sido há muito tempo aquele instante em que os dois ficaram olhando os tocos de árvores em Oberlin e ele sugeriu mudar de vida.

Donovan tirou uma corda do bolso e, num gesto rápido, amarrou os punhos da sra. Reed nas costas, como se esperasse uma reação. Mas ela não reagiu. Apenas olhou-o por cima do ombro, os olhos ofuscados pelas lentes dos óculos.

Belle então grudou nas costas dele como um gato, batendo e tentando sufocá-lo. Ele ficou surpreso, mas Belle estava tão fraca que os socos não adiantaram e Donovan afastou-a facilmente. Honor tropeçou nela e caiu ao lado. Belle mexeu de leve a mão e pediu:

— Não se incomode comigo, ajude Elsie. — Por um instante, Honor não entendeu o que ela quis dizer, depois lembrou: Elsie era o nome de batismo da sra. Reed. Honor nunca tinha perguntado qual era.

Donovan já estava puxando sua prisioneira pela porta dos fundos e a escada da varanda. A sra. Reed não resistiu, deixou-se arrastar, assim parecia manter a dignidade. Ele a puxou pela grama gelada da lateral da casa e foi assim até a praça. Era uma manhã fria e cinzenta, muito parada. Honor foi atrás, ainda segurando Comfort no colo, que sentiu o ar frio, mas continuou quieta.

— Por favor, pare, Donovan — pediu Honor, sabendo que não adiantava. Olhou a praça, esperando que algum vizinho estivesse na rua e pudesse ajudar, mas estava tudo deserto: os moradores tinham ido à igreja. Até o bar do hotel estava vazio.

Só o marido de Honor estava na rua: Jack Haymaker vinha do norte pela Main Street, com seu chapéu preto de aba larga e seu casaco preto, os suspensórios reluzindo na camisa branca. Trazia um buquê de flores fora de estação do jardim da mãe. Firme, ele sorriu ao ver Honor e Comfort. Honor nunca pensou em sentir tanto alívio ao vê-lo.

— Jack! — ela chamou, e correu para ele.

Mas o sorriso de Jack sumiu ao ver Donovan, que agora lutava para montar a sra. Reed no cavalo dele.

— Tens que nos ajudar! — implorou Honor, ao chegar o marido. Jack olhou para Donovan. Pigarreou e perguntou:

— Amigo, o que fazes?

Donovan virou-se. Ao ver o trio familiar, sorriu.

— Jack Haymaker — disse, lentamente. — Exatamente o homem que preciso. Pensei em procurar você para me ajudar com outro fugitivo, mas, em respeito à sua esposa, só peço agora. Ajude-me a montar essa negra no meu cavalo. Nós dois vamos fazer uma pequena viagem.

— Não preciso da ajuda dele para montar nesse cavalo — interrompeu a sra. Reed. — Faça um estribo com a mão e eu subo. Não precisa envolver os quakers nisso.

— Ah, preciso sim. Então, Haymaker, você prefere me ajudar e irritar a sua esposa, ou desrespeitar a lei e arruinar a sua fazenda e a sua família? Da última vez que perguntei, você preferiu obedecer à lei. Vai fazer igual dessa vez? Agora tem uma filha.

Jack empalideceu. Olhou para Honor e ela sentiu aquele revirar de estômago de sempre.

— Jack... — ela começou.

— Não faça isso, Jack Haymaker — pediu a sra. Reed. — Esse homem está só querendo colocar a sua esposa contra você. Não ouse ajudar ele.

Jack olhou em volta, furioso.

— Honor, eu... — deu um passo na direção de Donovan.

Honor ouviu primeiro o "clique". De certa maneira, pareceu mais alto do que a explosão que veio a seguir.

Ela gritou. Mais alto e mais forte do que nunca na vida, gritou quando o peito de Donovan se abriu como uma flor vermelha desabrochando; quando o cavalo dele relinchou, recuou com o barulho, soltou-se e saiu a galope pela rua; quando a sra. Reed fez "argh" como se tivesse recebido um soco e caiu na calçada da loja; quando Comfort ficou dura de medo e gritou como a mãe. Jack então abraçou as duas com tanta força que Honor não conseguia respirar. Ela libertou o rosto para respirar e, por cima do ombro dele, viu Belle Mills ainda junto à casa, segurando a arma que um dia usou para matar uma cobra cabeça de cobre. A pólvora tinha se espalhado pelo rosto dela e a pele amarelada ficou salpicada de preto. Enquanto Honor olhava, Belle lentamente caiu de joelhos, o vestido largo em volta dela, deixando cair a arma à sua frente.

O tiro pareceu tão alto que Honor achou que as pessoas viriam correndo ver o que tinha acontecido. Foi estranho como demorou até que alguém chegasse perto. O dono do hotel Wadsworth apareceu na porta, enxugando as mãos numa toalha, mas não se aproximou. Os homens que apareceram na porta da igreja metodista vieram para o meio da rua lentamente, como se estivessem em um sonho.

Honor ficou ao lado de Belle, com Comfort no colo.

— Não se preocupe comigo, querida — disse Belle. — Você sabe que estou morrendo. Estou assim desde que nos conhecemos, isso só vai apressar tudo.

Jack tinha soltado as mãos da sra. Reed. Ela se aproximou de Belle.

— Lastimo que você tenha precisado fazer isso, mas obrigada.

Belle concordou com a cabeça:

— É simples escolher entre o certo e o errado.

— Agora, tenho de sumir. Não é bom para um negro se envolver com tiro — disse a sra. Reed, olhando para o grupo de homens.

— Vá por trás da casa até a estrada de ferro e siga os trilhos para fora da cidade — disse Belle. — É pouco provável eles irem por lá. Gostei de ter conhecido você, Elsie.

— Eu também. — A sra. Reed tirou os óculos e enxugou os olhos. O rosto dela não se alterou, mas Honor notou agora que estava chorando.

Ela colocou os óculos de volta e apertou o xale nos ombros.

— Vou rezar por você. — A sra. Reed olhou para Honor e Jack e acrescentou: — Por todos vocês. Se eu andar depressa, chego à igreja antes do final da missa. — Ela contornou a loja, foi para o quintal e olhou para trás: — Tchau, menininha — disse para Comfort. — Faça seus pais cuidarem bem de você.

Como de propósito, Comfort começou a chorar. A sra. Reed sorriu, virou-se e sumiu atrás da loja.

— Honor, está vendo aquela touca na vitrine? A cinza, que eu estava fazendo?

Honor olhou a touca cinza com debrum azul-celeste.

— É para você. Está na hora de você usar outra cor. Mas você já sabia disso.

Ela sabia.

— Honor, ele morreu? — perguntou Belle.

Ninguém tinha se aproximado de Donovan caído no chão, com o sangue empoçando na rua em volta dele. O colete marrom estava furado e ficando vermelho escuro. Ao lado, o chapéu dele e o buquê de flores que Jack tinha deixado cair.

— Ainda não. — Honor sentia a presença dele como a de um fugitivo na floresta.

— Ninguém deve morrer sozinho, nem mesmo um canalha como Donovan — murmurou Belle. — Alguém precisa ficar com ele. É meu irmão.

O grupo de homens chegou à praça, mas afastou-se da cena. Tinham tomado Belle e pegado a arma; aguardavam o final do drama.

Honor mordeu o lábio. Depois, levantou-se e foi até o marido. Os dois se entreolharam.

— Não podemos continuar como estávamos. Temos de achar um novo caminho, diferente da tua família — disse ela.

Jack concordou com a cabeça.

— Eu agora tenho de fazer o que Belle pediu.

Jack concordou de novo.

Honor entregou a filha para ele e foi até Donovan. Ajoelhou-se ao lado e viu brilhar no meio do sangue grosso, metálico, e o furo no peito, a chave da arca. O colete marrom estava rasgado com pequenas listas amarelas. "Vou usar na próxima colcha", pensou, pois Donovan tinha de fazer parte dela.

Honor olhou o rosto dele. Estava de olhos fechados, a boca numa careta que indicava a morte próxima.

Donovan então abriu os olhos. Honor notou as pintas pretas nos olhos, suspensas no castanho.

— Segure minha mão, Honor Bright — pediu ele.

E ela segurou, apertando-a até sentir a Luz se apagar.

Faithwell, Ohio
Décimo dia do terceiro mês de 1852

Querida Biddy,

Esta é a última carta que escrevo de Faithwell. *Quando terminar, tenho de guardar meus apetrechos de escrita e entrar na carroça com nossos outros pertences. Amanhã, Jack, Comfort e eu vamos para o oeste. Passamos o inverno todo discutindo para onde ir. Por enquanto, vamos para Wisconsin, onde estão alguns Amigos de Faithwell, que escreveram aprovando a cidade. Há planos de instalarem fazendas-leiteiras lá. Ouvi dizer também que parte do oeste tem o que eles chamam de pradarias, com poucas árvores e grandes espaços abertos. Estou ansiosa por isso.*

Esperamos o inverno terminar e Dorcas se casar. Ela casou-se na semana passada com um fazendeiro que se mudou para cá. Ele está cuidando da fazenda, junto com Judith Haymaker. Nós demos a ela a escolha de vir conosco e tenho a satisfação de dizer que ela resolveu ficar em Faithwell. Diz que já mudou muito de endereço. Fico contente que o motivo seja esse.

Estamos deixando quase tudo, pois podemos comprar ou fazer as coisas no lugar para onde vamos. Mas levamos quatro colchas de retalhos (fico muito contente de ter devolvido a tua!): a colcha assinada de Bridport, claro, cujos nomes estarão sempre no meu coração, aonde quer que eu vá. Além dela, levamos a nossa colcha de casamento que as mulheres de Faithwell fizeram tão rápido. Não é uma costura de primeira, mas aquece e, às vezes, isso é tudo o que se deveria esperar de uma colcha. Também fiz uma pequena colcha para Comfort com retalhos de tecidos de Dorset e Ohio. É um modelo chamado estrela de Ohio, feito com triângulos e quadrados marrons, amarelos, vermelhos, creme e ferrugem. Comfort gosta de dormir com ela. A quarta colcha é uma que eu gostei, foi dada por uma negra chamada sra. Reed e é de tiras de pano azuis, cremes, cinzas, marrons e amarelas. É diferente de todas que tu já viste, de uma agradável aleatoriedade difícil de descrever. Gostaria de aprender a fazer uma colcha assim. Talvez consiga no oeste.

Vais gostar de saber que na última Reunião em Faithwell, falei no Culto pela primeira vez. Sempre achei que as palavras não conseguem transmitir direito o que sinto. Mas o Espírito me obrigou a abrir a boca para explicar, mesmo que de maneira imperfeita, o que sinto quando ajudo fugitivos. E ajudarei até o dia em que a escravidão for finalmente abolida neste país, pois acredito que será. Precisa. Quando me sentei no banco, fiquei cheia de pensamentos e depois que falei o ferreiro me elogiou por conseguir.

Não lastimo sair de Ohio e ir para o oeste, exceto por ficar ainda mais longe de ti, Biddy. Escreverei novamente quando encontrarmos onde nos instalarmos. Como tu continuas aí, é mais fácil para mim caminhar, pois tu és a praia onde anseio voltar, a estrela que não sai do lugar. Depois da viagem atravessando o oceano, não pensei que eu tivesse coragem de mudar de lugar outra vez, mas agora que decidi ir, estou contente.

Claro que estou também ansiosa. Imagino que não consiga dormir hoje, pensando no que virá. Mas é diferente de quando saí de Bridport com Grace. Naquela época, eu estava fugindo e era como se estivesse de olhos fechados e sem ter onde me segurar. Agora, estou de olhos abertos e posso ir em frente, amparada em Jack e Comfort. Como os americanos fazem. Talvez seja o que finalmente estou me tornando, uma americana. Estou aprendendo a diferença entre "correr de" e "correr para".

> Sempre contigo no coração,
> Tua amiga fiel,
> Honor Haymaker

AGRADECIMENTOS

Usei muitas fontes para criar este livro, mas aqui estão algumas para quem quiser aprofundar certos temas.

Sobre a Ferrovia Subterrânea e a abolição: *The Underground Railroad from Slavery to Freedom*, de Wilbur H. Siebert (1898) é o clássico onde todos os outros livros foram buscar informação; *Let My People Go: the Story of the Underground Railroad and the Growth of the Abolition Movement*, de Henrietta Buckmaster (1941); *Freedom's Struggle: A Response to Slavery from the Ohio Borderland*, de Gary L. Knepp (2008).

Sobre os quakers: *The Quaker Reader*, editado por Jessamyn West (1962); *A Introduction to Quakerism*, de Pink Dandelion (2007); *Reminiscences of Levi Coffin, the Reputed President of the Underground Railroad*, editado por Ben Richmond (1991); *Slavery and the Meetinghouse: The Quakers and the Abolitionist Dilemma, 1820-1865*, de Ryan P. Jordan (2007); *A Fine Meeting There is There: 300 Years of Bridport's Quaker History*, de Suzanne Finch (2000; obrigada, Marian Vincent, por descobrir esse livro para mim).

Sobre Oberlin e arredores: *Oberlin: The Colony and the College*, de James H. Fairchild (1883); *The Town that Started the Civil War*, de Nat Brandt (1990); *A Place on the Glacial Till: Time, Land and Nature within an American Town*, de Thomas Fairchild Sherman (1997).

Colchas de retalhos: Há muitos livros sobre o tema e sua fascinante história, porém os mais usados para as colchas de Honor foram *Quilts in Community: Ohio's Traditions*, editado por Ricky Clark (1991), *Classic Quilts from the American Museum in Britain*, de Laura Beresford e Katherine Hebert (2009); *Philena's Friendship Quilt: A Quaker Farewell to Ohio*, de Linda Salter Chenoweth (2009);

Textos sobre a época: *Buckeye Cookery and Practical Housekeeping* (1877; obrigada a Carole DeSanti por me emprestar esse tesouro); *Our Cousins in Ohio*, de Mary Botham Howitt (1849), não tanto um romance, mas um ano na vida de uma fazenda em Ohio e, claro, *Uncle Tom's Cabin*, de Harriet Beecher Stowe (1852). Para saber o que os ingleses do século dezenove achavam dos americanos, o melhor é *Domestic Manners of the Americans*, de Frances Trollope (1832) e *American Notes*, de Charles Dickens (1842): os dois criticam muito os Estados Unidos, mas muitas observações valem até hoje.

Agradeço a muitas pessoas pela ajuda com este livro.

Em Ohio: Gwen Mayer, a arquivista mais apaixonada de Hudson e Sue Flechner, por sua generosa hospitalidade. Lastimo que Hudson não tenha maior participação na história, mas me forneceu um nome e uma profissão: Belle Mills, a chapeleira, por isso, tenho uma grande dívida com a cidade. Tim Simonson, sobre a história de Wellington; Bob Gordon a respeito de fazendas e um agradecimento especial a Maddie Shelter por me mostrar duas vezes a fazenda da família. Várias ajudas anônimas no Oberlin Heritage Center e no Oberlin College Archives. Por fim, meus maiores agradecimentos a Kathie Linehan e Glenn Loafman por muitas e variadas ajudas em terra (e, com Glenn, no ar!), desde o envio de mapas até respostas para pequenas e grandes dúvidas, me conectando com pessoas conhecedoras, me mostrando de avião a região do romance e subindo mais e mais comigo, com tanto interesse pela minha pesquisa sobre Ohio que passaram a fazer parte dela. Oberlin é um lugar especial e Kathie e Glenn se destacam entre seus melhores habitantes.

Chapéus: Rose Cory e suas alunas de chapelaria em Woolwich; Shelley Zetuni por me apresentar; Oriole Cullen no Victoria and Albert Museum, em Londres.

Colchas de retalhos: naturalmente, tive de aprender a fazê-las. Agradeço a Fiona Fletcher por me ensinar o básico e ao grupo de artesãs Gansos Voadores, no norte de Londres, que tanto me ajudou em todas as fases da minha primeira colcha. Desejo que os seus pontos sejam sempre perfeitos.

Quakers: Christopher Densmore, no Swarthmore College, por responder às minhas inúmeras dúvidas; Hampstead Meeting, por compartilhar horas de expectativa.

Gostaria de agradecer a John Wieland pelo privilégio de ter uma árvore com o nome dele no leilão de levantamento de fundos para o Woodland Trust, uma instituição de caridade britânica dedicada a conservação de florestas.

Pelas palavras corretas, agradeço a Richenda Todd.

Por fim, obrigada aos meus ajudantes: Clare Ferraro e Denise Roy em Dutton; Katie Espiner na HarperCollins, Jonny Geller na Curtis Brown e Deborah Schneider na Gelfman Schneider.

Impresso no Brasil pelo
Sistema Cameron da Divisão Gráfica da
DISTRIBUIDORA RECORD DE SERVIÇOS DE IMPRENSA S.A.
Rua Argentina, 171 – Rio de Janeiro, RJ – 20921-380 – Tel.: 2585-2000